O problema com Deus

CB143354

# O problema com Deus

Bart D. Ehrman

TRADUÇÃO DE
Alexandre Martins

AGIR

Título original
*God's Problem*

Copyright © 2008, Bart D. Ehrman
Copyright da tradução © 2008, Agir Editora Ltda.

*Capa*
Douglas Lucas

*Copidesque*
Soraya Araujo

*Revisão*
Argemiro de Figueiredo

*Produção editorial*
Paulo Cesar Veiga

CIP-Brasil. Catalogação-na-fonte
Sindicato Nacional dos Editores de Livros, RJ.

---

E32p Ehrman, Bart D.
O problema com Deus / Bart D. Ehrman ; tradução de Alexandre Martins. — Rio de Janeiro : Agir, 2008.

Tradução de: God's problem
Inclui bibliografia e índice
ISBN 978-85-220-0989-3

1. Sofrimento — Doutrina bíblica. I. Título.

08-2744. CDD: 231.8
CDU: 2-185.2

---

Todos os direitos reservados à Agir Editora Ltda. — Uma empresa Ediouro Publicações Ltda.

Rua Nova Jerusalém, 345 — Bonsucesso
Rio de Janeiro — RJ — CEP: 21042-235
Tel.: (21)3882-8200 — Fax: (21)3882-8212/8313
www.ediouro.com.br

Para Jeff Siker e Judy Siker — Fuzzy e Judes —,
que já ajudaram muito, mas continuam a me orientar.

# Sumário

# Prefácio

Este livro aborda uma questão que é muito importante para mim, não apenas profissional, mas também pessoalmente. Eu o escrevi para um público amplo de leitores comuns, não para um pequeno público de especialistas (que, suponho, poderiam ser considerados leitores incomuns). Em função do público-alvo, reduzi ao mínimo o número de notas e referências. Quem estiver interessado em outros estudos mais profundos pode encontrá-los facilmente olhando ao redor. Dois pontos de partida excelentes são *Defending God: Biblical Responses to the Problem of Evil*, de James L. Crenshaw (Nova York: Oxford University Press, 2005), e *Theodicy in the World of the Bible*, de Antti Laato e Johannes C. de Moor (Leiden: E.J. Brill, 2003). Ambos são altamente documentados, e o primeiro oferece uma extensa bibliografia.

Eu me concentrei nas "soluções" bíblicas para o problema do sofrimento que considero as mais importantes. Como a chamada visão clássica domina a Bíblia hebraica e a visão apocalíptica domina o Novo Testamento, dediquei dois capítulos a cada uma. Um único capítulo é dedicado a cada uma das outras visões que eu estudo.

As traduções da Bíblia hebraica para o inglês são da New Revised Standard Version; as traduções do Novo Testamento são minhas.*

Um agradecimento especial à minha esposa, Sarah Beckwith, professora de inglês medieval na Duke University e parceira de debates *sans pareille*; a Roger

* As diversas traduções da Bíblia disponíveis apresentam várias diferenças de estilo e mesmo de numeração de versículos em alguns livros. Entre as mais marcantes estão a opção pelo tratamento em segunda ou terceira pessoas, e o nome de Deus, que historicamente era considerado santo demais para ser pronunciado e é substituído nas diferentes obras por "o Senhor", "o Eterno", "Adonai", "Jeová" ou "Iahweh", sendo este uma reconstrução de um nome hebraico sem vogais representado pelo tetragrama YHWH e cuja pronúncia se perdeu. Para as citações bíblicas desta tradução, a referência é *Bíblia de Jerusalém*. Paulus Editora, 2004. (N. do T.)

Freet, editor sênior da HarperOne, que é ótimo em sua área e fez uma revisão completa e valiosa do original; e à minha filha Kelly, que verificou cada linha com olho atento.

Gostaria de agradecer a três pessoas bondosas, generosas e muito inteligentes que leram o original para mim, pedindo mudanças e rindo de minha tolice por às vezes recusar: Greg Goering, por algum tempo meu colega na cátedra de Bíblia hebraica na University of South Carolina-Chapel Hill; minha velha amiga e confidente Julia O'Brien, especialista em Bíblia hebraica no Seminário Teológico Lancaster; e um de meus mais velhos amigos na área, o especialista em Novo Testamento, de Loyola Marymount, Jeff Siker.

Eu dediquei este livro a Jeff e sua esposa, Judy Siker. Apresentei um ao outro há mais de 11 anos; eles se apaixonaram loucamente e vivem felizes desde então. Fico com os créditos. Eles continuam a ser dois de meus amigos mais queridos, que, conhecendo os detalhes mais íntimos de minha vida, ainda se dignam a passar longas tardes comigo bebendo um bom *scotch*, fumando belos charutos e conversando sobre vida, família, amigos, trabalho, amor, virtudes, vícios e desejos. Existe algo melhor que isso?

# Sofrimento e uma crise de fé

Se há no mundo um Deus todo-poderoso e amoroso, por que há tanta dor excruciante e tanto sofrimento indizível? O problema do sofrimento me atormentou durante muito tempo. Foi o que me levou a pensar na religião quando jovem, e foi o que me fez questionar minha fé quando mais velho. Por fim, foi a razão pela qual eu perdi minha fé. Este livro tenta estudar alguns aspectos do problema, especialmente do modo como ele é refletido na Bíblia, cujos autores também lidaram com a dor e os infortúnios no mundo.

Para explicar por que o problema tem tanta importância para mim, preciso fornecer um breve histórico pessoal. Durante a maior parte da vida eu fui um cristão devoto e praticante. Fui batizado em uma igreja congregacionalista e criado como episcopaliano, tornando-me coroinha aos 12 anos e assim permanecendo até o curso secundário. Nos primeiros dias como secundarista, eu comecei a freqüentar um clube de Jovens em Cristo, e tive uma experiência de "renascimento" — que retrospectivamente soa um pouco estranho: eu tinha estado envolvido com a Igreja, acreditado em Cristo, orado a Deus, confessado meus pecados, e assim por diante ao longo de anos. Do que exatamente eu tinha de me converter? Acho que estava me convertendo do inferno — eu não queria experimentar o sofrimento eterno com as pobres almas que não tinham sido "salvas"; eu preferia muito mais a opção do paraíso. Seja como for, quando renasci era como se estivesse subindo um grau em minha religião. Eu passei a levar muito a sério minha fé, e decidi ingressar em um seminário fundamentalista — o Moody Bible Institute, em Chicago —, onde comecei a me preparar para o ministério.

Eu me esforcei muito para aprender a Bíblia — decorei parte dela. Posso citar livros inteiros do Novo Testamento, versículo a versículo, de memória. Depois que me me formei no Moody, com um diploma em Bíblia e Teologia (na época o Moody não oferecia bacharelado), prossegui meus estudos em Wheaton, uma faculdade cristã evangélica em Illinois (também a *alma mater* de Billy Graham). Lá eu aprendi grego, de modo a poder ler o Novo Testamento no original. Lá decidi dedicar minha vida a estudar os manuscritos gregos do Novo Testamento, e ingressei no Seminário Teológico de Princeton, uma instituição presbiteriana cujo brilhante corpo docente incluía Bruce Metzger, o maior estudioso de textos do país. Em Princeton eu consegui um mestrado em teologia — em minha preparação para o ministério — e, depois, um Ph.D. em estudos do Novo Testamento.

Ofereço esse breve resumo para mostrar que tinha sólidas credenciais cristãs e conhecia a fé cristã de dentro para fora — nos anos antes de eu perder minha fé.

Na época da faculdade e do seminário, eu participei ativamente de várias igrejas. Em casa, no Kansas, abandonei a igreja episcopal porque, por mais estranho que pareça, achava que ela não era suficientemente séria em relação à religião (eu era muito radical em minha fase evangélica); e passei a ir duas vezes por semana à Plymouth Brethren Bible Chapel (em meio àqueles que *realmente* acreditavam!). Quando saí de casa para morar em Chicago, fui pastor de jovens de uma igreja evangélica. Quando me formei no seminário, fui convidado a assumir o púlpito da igreja batista enquanto eles procuravam um ministro em tempo integral. Assim, durante um ano fui pastor da igreja batista de Princeton, pregando nas manhãs de domingo, conduzindo grupos de oração e de estudo da Bíblia, visitando doentes no hospital e cumprindo meus deveres pastorais para com a comunidade.

Mas então, por uma série de razões que logo apresentarei, comecei a perder minha fé. Eu agora a perdi inteiramente. Não vou mais à igreja, não acredito mais, não mais me considero um cristão. O assunto deste livro é o porquê.

Em um livro anterior, *O que Jesus disse? O que Jesus não disse? Quem mudou a Bíblia e por quê*, eu mostrei que minha forte ligação com a Bíblia começou a desaparecer quanto mais a estudava. Comecei a perceber que em vez de uma revelação infalível de Deus, inspirada por suas próprias palavras (a visão que tinha no Moody Bible Institute), a Bíblia era um livro muito humano, com todas as marcas de que saíra de mãos humanas: discrepâncias, contradições, erros e pontos de vista diferentes de diferentes autores vivendo em épocas diferentes em diferentes países, escrevendo por diferentes motivos para diferentes públicos com diferentes necessidades. Mas não foram os problemas da Bíblia que me fizeram perder a fé. Esses problemas apenas mostraram que minhas crenças evangélicas sobre a Bíblia não resistiam, em minha opinião, ao escrutínio crítico. Eu continuei a ser um cristão — um cristão absolutamente comprometido — por muitos anos após abandonar o rebanho evangélico.

Finalmente, porém, me senti compelido a abandonar completamente o cristianismo. Isso não foi fácil. Pelo contrário; eu fui embora esperneando, querendo desesperadamente me aferrar à fé que conhecia desde a infância e da qual me tornara íntimo a partir da adolescência. Mas eu tinha chegado a um ponto em que não podia mais acreditar. É uma história muito longa, mas a versão reduzida é a seguinte: eu me dei conta de que não conseguia mais conciliar as alegações de fé com os fatos da vida. Em especial, não conseguia mais explicar como pode haver um Deus bom e todo-poderoso ativamente envolvido com este mundo, considerando-se o atual estado de coisas. Para muitas das pessoas que habitam este planeta, a vida é uma cloaca de infelicidade e sofrimento. Eu cheguei a um ponto em que simplesmente não podia acreditar que há um Senhor bom e bem intencionado encarregado do mundo.

Para mim, o problema do sofrimento se tornou o problema da fé. Após muitos anos me digladiando com o problema, tentando explicá-lo, pensando nas explicações que outros tinham oferecido — algumas delas, respostas fáceis e encantadoras por sua simplicidade; outras, reflexões altamente sofisticadas e matizadas de filósofos e teólogos sérios —, após pensar nas supostas respostas e continuar enfrentando o problema, há nove ou dez anos eu finalmente reconheci a derrota, me dei conta de que já não podia acreditar no Deus da minha tradição e reconheci que era um agnóstico: eu não "sei" se existe um Deus; mas acho que se houver um, ele certamente não é aquele proclamado pela tradição judaico-cristã, aquele poderosa e ativamente envolvido com este mundo. E, assim, deixei de ir à igreja.

Hoje só vou à igreja em raras oportunidades, normalmente quando minha esposa, Sarah, insiste muito. Sarah é uma intelectual brilhante — destacada professora de literatura inglesa medieval na Universidade Duke — e cristã praticante, participando ativamente da igreja episcopal. Para ela, os problemas do sofrimento com os quais eu luto não são problemas. É engraçado como pessoas inteligentes e bem-intencionadas podem ver as coisas de formas tão distintas, mesmo nas questões mais fundamentais e importantes da vida.

Seja como for, a última vez em que estive na igreja foi com Sarah, no último Natal, quando estava visitando o irmão dela, Simon (outro agnóstico), em Saffron Walden, uma cidade comercial perto de Cambridge, Inglaterra. Sarah quis ir ao culto de meia-noite na igreja anglicana local, e Simon e eu — que respeitamos seus pontos de vista religiosos — concordamos em ir com ela.

Quando jovem, eu considerava o culto de véspera de Natal a experiência devocional mais significativa do ano. Os hinos religiosos e os cânticos natalinos, as orações e os louvores, as leituras solenes das Escrituras, as reflexões silenciosas naquela que era a mais poderosa das noites, quando o Cristo divino veio ao mundo como um bebê humano — eu ainda tenho um forte laço emocional com o momento. No fundo, sou profundamente tocado pela história de Deus vir ao mundo para a salvação dos pecadores. Portanto, estava preparado, embora como uma pessoa que já não acredita, a considerar o culto religioso naquela véspera de Natal tocante e emocional.

Foi emocional, mas não do modo que eu esperara. Cantaram-se hinos, recitou-se a liturgia, fez-se um sermão. Porém, para mim o mais tocante foi a oração da congregação, que não foi tirada do livro de orações, mas escrita especialmente para a ocasião, recitada em voz alta e clara por um leigo de pé na nave, sua voz enchendo o enorme espaço da igreja cavernosa ao redor de nós. "Você mergulhou na escuridão e fez diferença", disse ele. "Mergulhe na escuridão novamente." Este era o refrão da oração, repetido várias vezes, com uma voz grave e sonora. Isso levou lágrimas a meus olhos, e eu fiquei sentado ali, de cabeça baixa, escutando e pensando. Mas não eram lágrimas de contentamento. Eram lágrimas de frustração. Se Deus tinha mergulhado na escuridão com o advento do menino Jesus, levando a salvação ao mundo, por que o mundo está neste estado? Por que ele *não* mergulha na escuridão novamente? Onde Deus está presente neste mundo de dor e infelicidade? Por que a escuridão é tão opressiva?

Eu sabia que a própria essência da mensagem da Bíblia está nessa oração sentida e bem-intencionada. Para os autores da Bíblia, o Deus que criou este mundo é um Deus de amor e poder que interfere em prol de seus fiéis para livrá-los da dor e da tristeza, e levar-lhes a salvação — não apenas no próximo mundo, mas no mundo em que vivemos agora. Esse é o Deus dos patriarcas que respondia às preces e fazia milagres por seu povo; esse é o Deus do êxodo que salvou seu povo sofrido da miséria da escravidão no Egito; esse é o Deus de Jesus que curou os doentes, deu a visão ao cego, fez o aleijado andar e alimentou quem estava com fome. Onde está esse Deus agora? Se ele mergulhou na escuridão e fez diferença, por que o mundo não está diferente? Por que os doentes continuam a definhar com dores indizíveis? Por que bebês ainda nascem com defeitos congênitos? Por que crianças são seqüestradas, estupradas e assassinadas? Por que há secas que deixam milhões de pessoas famintas, levando vidas horrendas e excruciantes que terminam com mortes horrendas e excruciantes? Se Deus interferiu para livrar os exércitos de Israel de seus inimigos, por que não interfere agora quando os exércitos de tiranos sádicos atacam de forma selvagem e destroem aldeias, cidades e mesmo países inteiros? Se Deus está agindo na escuridão, alimentando os famintos com a milagrosa multiplicação dos pães, por que uma criança — uma simples criança! — morre de fome a cada cinco segundos? A cada cinco segundos.

"Você mergulhou na escuridão e fez diferença. Mergulhe na escuridão novamente." Sim, eu queria declarar essa oração, acreditar nessa oração, me entregar a essa oração. Mas não podia. A escuridão é profunda demais, o sofrimento, intenso demais, a ausência divina, palpável demais. No tempo que aquele culto de Natal levou para ser concluído, mais de setecentas crianças morreram de fome no mundo; 250 outras por beberem água contaminada, e quase trezentas pessoas morreram de malária. Para não falar daquelas que foram estupradas, mutiladas, torturadas, esquartejadas e assassinadas. Nem das vítimas inocentes apanhadas pelo comércio de escravos, daqueles em todo o mundo sofrendo com a pobreza opressiva, os bóias-frias em nosso país, os sem-teto e os portadores de doenças mentais. Para não falar do sofrimento silencioso que muitos milhões entre os bem alimentados e bem criados experimentam diariamente: a dor de crianças com defeitos congênitos, crianças mortas em acidentes automobilísticos, crianças insensatamente atacadas pela leucemia; a dor do divórcio e de famílias destruídas; a dor de empregos perdidos, renda perdida, perspectivas frustradas. E onde Deus está?

Algumas pessoas acham que conhecem as respostas. Ou não se incomodam com essas perguntas. Eu não sou uma dessas pessoas. Pensei intensamente nessas perguntas durante muitos anos. Eu escutei as respostas, e embora um dia tenha "sabido" e me satisfeito com essas respostas, não me satisfaço mais.

Acho que sei quando o sofrimento começou a se tornar um "problema" para mim. Foi quando eu ainda era um cristão que acreditava — na verdade, quando era pastor da igreja batista de Princeton, em Nova Jersey. Não foi o sofrimento que eu via e com o qual tentava lidar na congregação — casamentos fracassados, dificuldades econômicas, o suicídio de um adolescente — que provocou meu questionamento, mas algo que aconteceu fora da igreja, na minha vida acadêmica.

Na época, além de trabalhar na igreja, eu estava escrevendo minha dissertação de doutorado e também lecionando em meio expediente na Universidade Rutgers. (Foi uma época movimentada. Além de tudo, também estava casado e tinha dois filhos pequenos.) Um dos cursos naquele ano era novidade para mim. Até então eu tinha basicamente dado cursos sobre a Bíblia hebraica, o Novo Testamento e os escritos de Paulo. Mas então fui convidado a dar um curso chamado "O problema do sofrimento nas tradições bíblicas". Gostei da oportunidade porque me parecia uma abordagem interessante da Bíblia: estudar as respostas dadas por vários autores bíblicos à pergunta de por que há sofrimento no mundo, especialmente entre o povo de Deus. Eu na época acreditava, e continuo a acreditar, que diferentes autores bíblicos tinham diferentes soluções para a questão de por que o povo de Deus sofre: alguns (como os profetas) acreditavam que o sofrimento vinha de Deus como uma punição pelo pecado; outros acreditavam que o sofrimento vinha dos inimigos cósmicos de Deus, que infligiam sofrimento às pessoas exatamente porque elas tentavam fazer o que era certo aos olhos de Deus; um terceiro grupo pensava que o sofrimento era um teste para verificar se as pessoas permaneceriam fiéis apesar do sofrimento; havia os que diziam que o sofrimento era um mistério e que era errado até mesmo questionar por que Deus permitia isso; e outros achavam que este mundo é apenas uma confusão inexplicável e que deveríamos "comer, beber e ter prazer" enquanto podemos. E assim por diante. Na época, a mim parecia, e ainda parece hoje, que uma das formas de ver a rica diversidade da herança escrita de judeus e cristãos era analisar como diferentes autores respondiam à questão fundamental do sofrimento.

No curso, eu estabeleci para os alunos uma série de leituras da Bíblia e também de diversos livros populares que discutem o sofrimento no mundo moderno — como o clássico de Elie Wiesel, *A noite,*[1] que descreve suas horríveis experiências em Auschwitz quando adolescente, o best-seller do rabino Harold Kushner, *Quando coisas ruins acontecem às pessoas boas,*[2] e a história muito menos lida mas altamente tocante de Jó reescrita por Archibald MacLeish em sua peça *J.B.*[3] Na turma, os alunos escreviam uma série de trabalhos, e toda semana discutíamos as passagens bíblicas e a leitura adicional que tinha sido passada.

Comecei o semestre apresentando aos estudantes o problema "clássico" do sofrimento e explicando o que significa o termo técnico *teodicéia*. Teodicéia é uma palavra inventada por um dos grandes intelectuais e polímatas do século XVII,

Gottfried Wilhelm Leibniz, que escreveu um longo tratado no qual tentava explicar como e por que pode haver sofrimento no mundo se Deus é todo-poderoso e quer o melhor para as pessoas.[4] O termo é composto de duas palavras gregas: *theos*, que significa "Deus", e *dikaios*, que significa "justiça". Teodicéia, em outras palavras, se refere ao problema de como Deus pode ser "justo" ou "probo" considerando-se o fato de que há tanto sofrimento no mundo que ele supostamente criou e do qual é soberano.

Os filósofos e teólogos que discutiram a teodicéia ao longo dos anos desenvolveram uma espécie de problema lógico que precisa ser solucionado para explicar o sofrimento no mundo. Este problema envolve três afirmações que parecem ser verdade, mas sendo verdade parecem contradizer umas às outras. As afirmações são as seguintes:

> Deus é todo-poderoso.
> Deus é todo amor.
> Há sofrimento.

Como todas as três podem ser simultaneamente verdadeiras? Se Deus é todo-poderoso, então é capaz de fazer o que quiser (e, portanto, pode eliminar o sofrimento). Se ele é todo amor, então obviamente quer o melhor para as pessoas (e, portanto, não quer que elas sofram). E ainda assim as pessoas sofrem. Como explicar isso?

Alguns pensadores tentaram negar uma ou outra das afirmações. Alguns, por exemplo, argumentaram que Deus na verdade não é todo-poderoso — essa é a resposta apresentada pelo rabino Kushner em *Quando coisas ruins acontecem às pessoas boas*. Para Kushner, Deus gostaria de interferir para eliminar todo o sofrimento, mas suas mãos estão atadas. Assim, ele permanece a seu lado de modo a dar a você a força necessária para lidar com a dor na vida, mas não pode fazer nada para acabar com a dor. Para outros pensadores, isso é estabelecer um limite ao poder de Deus e, na verdade, é uma forma de dizer que Deus não é realmente Deus.

Outros argumentaram que Deus não é todo amor, pelo menos não no sentido convencional. Essa é mais ou menos a visão daqueles que consideram Deus culpado pelo terrível sofrimento suportado pelas pessoas — uma visão que parece próxima do que Elie Wiesel afirma quando expressa sua raiva de Deus e o declara culpado pelo modo como tem tratado seu povo. Outros fazem objeções e alegam que se Deus não é amor, mais uma vez ele não é Deus.

Há algumas pessoas que querem negar a terceira afirmação; elas alegam que na verdade não há nenhum sofrimento no mundo. Mas essas pessoas formam uma extrema minoria e nunca foram muito convincentes para a maioria de nós, que prefere ver o mundo como ele é a enfiar a cabeça na areia como avestruzes.

A maioria das pessoas que lida com o problema quer dizer que todas as três afirmações são verdadeiras, mas que há circunstâncias atenuantes que explicam tudo. Por exemplo, na visão clássica dos profetas da Bíblia hebraica, como veremos mais detidamente nos dois próximos capítulos, Deus certamente é todo-poderoso e todo amor; uma das razões pelas quais há sofrimento é que seu povo violou sua lei ou agiu contra sua vontade, e ele o está fazendo sofrer para obrigá-lo a voltar para ele e levar uma vida justa. Esse tipo de explicação funciona bem desde que sejam os iníquos a sofrer. Mas e quando são os iníquos que prosperam enquanto aqueles que tentam fazer o que é certo aos olhos de Deus são destroçados com dor interminável e insuportável infelicidade? Como explicar o sofrimento dos justos? Para isso é preciso usar outra explicação (por exemplo, a de que todos seremos tornados justos na próxima vida — uma visão que não é encontrada nos profetas, mas em outros autores bíblicos). E assim por diante.

Embora tenha sido um acadêmico do Iluminismo — Leibniz — que concebeu o termo *teodicéia*, e embora o profundo problema filosófico esteja conosco apenas desde o Iluminismo, o "problema" básico se apresenta desde tempos imemoriais. Isso foi reconhecido pelos próprios intelectuais do Iluminismo. Um deles, o filósofo inglês David Hume, destacou que o problema foi apresentado há cerca de 2.500 anos por um dos grandes filósofos da Grécia antiga, Epicuro:

> As velhas perguntas de Epicuro ainda não foram respondidas:
> Deus quer impedir o mal, mas não consegue? Então ele é impotente.
> Ele é capaz, mas não quer? Então ele é malévolo.
> Ele é capaz e quer? Donde, então, o mal?

Quando estava ministrando meu curso sobre as visões bíblicas do sofrimento na Rutgers, há mais de vinte anos, comecei a me dar conta de que os alunos pareciam clara, e de certa forma inexplicavelmente, desligados do problema. Era um bom grupo de estudantes: inteligentes e atentos. Mas eles eram em sua maioria garotos brancos de classe média que ainda não tinham experimentado muita dor na vida, e eu tive algum trabalho para ajudá-los a perceber que o sofrimento de fato era um problema.

Por acaso, naquele momento estava havendo uma das grandes fomes na Etiópia. Para mostrar a meus alunos como o sofrimento pode ser perturbador, passei algum tempo com eles lidando com o problema da fome. Era um grande problema. Em parte por causa da situação política, mas ainda mais por causa de uma grande seca, 8 milhões de etíopes estavam enfrentando um severo racionamento e, conseqüentemente, passavam fome. Todos os dias os jornais publicavam fotografias de pobres almas famintas, desesperadas, sem sinal de alívio. No final, uma a cada oito pessoas teve a terrível morte por fome. Foi 1 milhão de pessoas mortas de fome, em um mundo que tem mais do que o suficiente para alimentar todos os seus habitantes, um mundo no qual os fazendeiros americanos são pagos para destruir suas colheitas e a maioria dos americanos ingere muito mais calorias do que nossos corpos precisam ou querem. Para provar minha tese, mostrei aos alunos fotografias da fome, fotos de mulheres etíopes esquálidas com crianças famintas ao peito, desesperadas por alimentos que nunca chegariam, mães e filhos finalmente destruídos pelos danos causados pela falta de comida.

Antes do final do semestre eu achei que meus alunos tinham entendido. A maioria deles aprendera a lidar com o problema. No início do curso, muitos deles tinham pensado que qualquer problema que houvesse com o sofrimento poderia ser facilmente solucionado. A solução mais popular entre eles era uma que, suspeito, a maioria das pessoas em nosso mundo (ocidental) ainda defende. Tem a ver com livre-arbítrio. Segundo esse ponto de vista, a razão pela qual há tanto sofrimento no mundo é Deus ter dado aos seres humanos o livre-arbítrio. Sem o livre-arbítrio de amar e obedecer a Deus, seríamos simplesmente robôs fazendo aquilo para o que fomos programados. Mas como temos o livre-arbítrio de amar e obedecer, também temos o livre-arbítrio de odiar e desobedecer, e daí surge o sofrimento. Hitler, o holocausto, Idi Amin, governos corruptos por todo o mundo, seres humanos corruptos nos governos e fora deles — tudo isso é explicado com base no livre-arbítrio.

Afinal, esta foi mais ou menos a resposta dada por alguns dos grandes intelectuais do Iluminismo, incluindo Leibniz, que argumentaram que os seres humanos precisam ser livres de modo a que este mundo seja o melhor mundo possível de existir. Para Leibniz, Deus é todo-poderoso e, portanto, era capaz de criar qualquer tipo de mundo que quisesse; e como ele era todo amor, obviamente queria criar o melhor dos mundos possível. Este mundo — com liberdade de escolha dada a suas criaturas — é, portanto, o melhor dos mundos possível.

Outros filósofos rejeitaram essa visão, nenhum deles tão reconhecida, cáustica e até hilariantemente quanto o filósofo francês Voltaire, cujo clássico romance *Candide* conta a história de um homem (Candide) que experimenta sofrimento e infelicidade tão sem sentido e aleatórios neste suposto "melhor dos mundos" que abandona sua formação leibniziana e adota uma perspectiva mais sensata, a de que não temos como saber os porquês e razões para o que acontece neste mundo, devendo simplesmente fazer o máximo possível para desfrutar dele enquanto pudermos.[6] *Candide* ainda é uma história que merece ser lida — espirituosa, inteligente e condenatória. Se este é o *melhor* mundo possível, imagine como seria um pior.

Seja como for, na verdade — para grande surpresa de meus alunos — esta explicação-padrão de que Deus tinha de dar aos seres humanos livre-arbítrio e que o sofrimento é resultado de as pessoas fazerem mau uso dele desempenha um papel muito pequeno na tradição bíblica. Os autores bíblicos não pensaram sobre a possibilidade de *não* terem livre-arbítrio — eles certamente não tinham conhecimento de robôs, nem mesmo de qualquer máquina que basicamente fizesse aquilo para o que era programada. Mas tinham muitas explicações, além do livre-arbítrio, para por que as pessoas sofrem. O objetivo do curso era discutir essas outras visões, avaliá-las e tentar descobrir se de fato era possível alguma solução para o problema.

Na verdade era bastante fácil apresentar alguns dos problemas dessa explicação-padrão moderna de que o sofrimento é fruto do livre-arbítrio. Sim, você pode explicar as maquinações políticas das forças políticas rivais na Etiópia (ou na Alemanha nazista, na União Soviética de Stalin ou nos antigos mundos de Israel e Mesopotâmia) alegando que os seres humanos lidaram mal com a liberdade dada a eles. Mas como explicar a seca? Quando ela chega, não é porque alguém escolheu não fazer chover. Ou como você explica um furacão que destrói Nova Orleans? Ou um tsunami que mata centenas de milhares da noite para o dia? Ou terremotos, deslizamentos de terra, malária ou disenteria? A lista é longa. Ademais, a alegação de que o livre-arbítrio está por trás de todo o sofrimento sempre foi um tanto problemática, pelo menos do ponto de vista de quem pensa. A maioria das pessoas que acredita no livre-arbítrio dado por Deus também acredita na vida após a morte. Supostamente as pessoas no mundo após a morte ainda terão livre-arbítrio (elas também não serão robôs, serão?). Mas (supostamente) não haverá sofrimento então. Por que as pessoas saberiam exercer o livre-arbítrio no paraíso se não sabem como exercê-lo na Terra? Na verdade, se Deus deu às pessoas o livre-arbítrio como um grande presente, por que não deu a elas a inteligência de que necessitam para exercê-la de modo que todos possamos viver juntos felizes e em paz? Você não pode argumentar que ele não era *capaz* de fazê-lo se quiser argumentar que ele é todo-poderoso. Ademais, se Deus de vez em quando interfere na história para reagir às decisões tomadas de livre-arbítrio por outros — quando ele, por exemplo, destruiu os exércitos egípcios no êxodo (eles tinham decidido livremente oprimir os israelitas), quando ele alimentou as multidões no deserto nos dias de Jesus (pessoas que tinham escolhido partir para ouvi-lo sem levar o almoço), ou quando desfez a decisão ruim do governador romano Pilatos de destruir Jesus fazendo o Jesus crucificado se erguer dos mortos — se ele *de vez em quando* intervém para desfazer o livre-arbítrio, por que não faz isso mais vezes? Ou, de fato, o tempo todo? No final, a pessoa terá de dizer que a resposta é um mistério. Não sabemos como o livre-arbítrio funciona tão bem no paraíso mas não na Terra. Não sabemos por que Deus não dá a inteligência de que necessitamos para exercer o livre-arbítrio. Não sabemos por que ele algumas vezes se contrapõe ao livre exercício do arbítrio e algumas vezes não. E isso é um problema, porque se no final a questão é resolvida dizendo que a resposta é um mistério, ela deixa de ser uma resposta. É a admissão de que não há resposta. A "solução" do livre-arbítrio, no final, acaba levando à conclusão de que tudo é um mistério.

E esta *é* uma das respostas comuns dadas pela Bíblia. Nós simplesmente não sabemos por que há sofrimento. Mas outras respostas da Bíblia são igualmente comuns — na verdade, ainda mais comuns. No curso em Rutgers eu queria estudar todas essas respostas, para descobrir o que os autores bíblicos pensavam sobre tais questões e avaliar o que tinham a dizer.

Com base em minha experiência com a turma, no final do período eu decidi que queria escrever um livro sobre isso, um estudo do sofrimento e das respostas bíblicas para ele. Mas quanto mais pensava nisso, mais me dava conta de que não estava pronto para escrever o livro. Na época eu tinha apenas trinta anos de idade, e, embora tivesse visto muito do mundo, reconhecia que ainda não tinha visto nem de longe o suficiente dele. Um livro como este exige anos de pensamento e reflexão, maior noção do mundo e maior compreensão da vida.

Hoje sou vinte anos mais velho, e posso ainda não estar pronto para escrever o livro. É verdade, eu vi muito mais do mundo ao longo desses anos. Eu pessoalmente experimentei muito mais dor, e vi a dor e o sofrimento dos outros, algumas vezes de perto: casamentos fracassados, saúde abalada, o câncer levando entes queridos no auge da vida, suicídio, defeitos congênitos, crianças mortas em acidentes automobilísticos, desamparo, doença mental — você pode fazer sua própria lista a partir de suas experiências nos últimos vinte anos. E eu li muito: genocídios e "limpezas étnicas" não apenas na Alemanha nazista, mas no Camboja, em Ruanda, na Bósnia e agora em Darfur; ataques terroristas, fome em massa, epidemias antigas e modernas, deslizamentos que matam 30 mil colombianos de uma só vez, secas, terremotos, furacões, tsunamis.

Mas, mesmo com vinte anos adicionais de experiência e reflexão, eu posso não estar pronto para escrever o livro. Mas suponho que em outros vinte anos, com o horrível sofrimento reservado para este mundo, ainda poderei me sentir da mesma forma. Então decidi escrevê-lo agora.

Como já anunciei, meu objetivo básico ao escrever o livro é estudar as respostas bíblicas ao problema do sofrimento. Acho esta uma tarefa importante por uma série de razões:

1. Muitas pessoas se voltam para a Bíblia como fonte de consolo, esperança e inspiração. Mesmo no caso daqueles que não o fazem, a Bíblia está na base da cultura e da civilização ocidentais, oferecendo os antecedentes para o modo como pensamos sobre o mundo e nosso lugar nele (em minha opinião, isso é verdade para todos nós, crentes e descrentes; a Bíblia molda nosso raciocínio de mais formas do que tendemos a admitir).
2. A Bíblia contém muitas e variadas respostas para o problema de por que há sofrimento no mundo.
3. Muitas dessas respostas entram em conflito umas com as outras, e com o que a maioria das pessoas parece pensar hoje.

4. A maioria das pessoas — mesmo "crentes na Bíblia", assim como pessoas comuns nas ruas que podem ter alguma espécie de respeito vago pela Bíblia mas nenhum compromisso especial para com ela — não tem idéia de quais são essas diversas respostas bíblicas ao problema do sofrimento.

Ao longo dos anos eu conversei com muitas pessoas sobre questões relativas ao sofrimento, e me surpreendo com as reações com que me deparo. Francamente, muitas pessoas simplesmente não querem falar sobre isso. Para elas, falar sobre sofrimento é quase como falar sobre hábitos de toalete. Eles existem e não podem ser evitados, mas realmente não é um assunto que você queira levantar em um coquetel. Há outras pessoas — mais uma vez muitas pessoas — que têm simples respostas prontas para o problema e na verdade não entendem por que há tal problema. Imagino que muitas das pessoas lendo este primeiro capítulo são assim. Quando insisto em falar sobre todo o sofrimento do mundo elas se sentem tentadas a me enviar um e-mail para explicar tudo (é por causa do livre-arbítrio; o sofrimento tem o objetivo de nos fortalecer; Deus algumas vezes nos coloca à prova, e assim por diante). Outras pessoas — incluindo alguns de meus amigos brilhantes — entendem o motivo pelo qual este é um problema religioso para mim, mas não o consideram um problema deles. Em sua forma mais sutil (e para esses amigos tudo é extremamente sutil), é a visão de que a fé religiosa não é um sistema intelectual para explicar tudo. A fé é um mistério e uma experiência do divino no mundo, não uma solução para um conjunto de problemas.

Eu respeito profundamente este ponto de vista e em certos dias gostaria de poder partilhar dele. Mas não. O Deus no qual eu um dia acreditei era um Deus atuante neste mundo. Ele salvou os israelitas da escravidão; ele enviou Jesus para a salvação do mundo; ele respondeu a preces; ele interferiu em prol de seu povo quando ele precisava desesperadamente de ajuda; ele esteve diretamente envolvido em minha vida. Mas não posso acreditar mais naquele Deus, porque em função do que hoje vejo ao redor do mundo, ele não intervém. Uma resposta a *essa* objeção é que ele intervém nos corações dos que sofrem, dando a eles consolo e esperança no momento de maior necessidade. É um belo pensamento, mas temo que, visto daqui, isso simplesmente não seja verdade. A enorme maioria das pessoas que morrem de fome, malária ou Aids não encontra qualquer consolo ou esperança — apenas a pura agonia física, abandono pessoal e angústia mental. A resposta pronta a *isso* é que não precisa ser assim se eles tiverem fé. Eu, por outro lado, simplesmente não acho que isso seja verdade. Olhe em volta!

Seja como for, meu objetivo final neste livro é estudar as respostas bíblicas para o sofrimento, descobrir quais são, avaliar como elas poderiam ser úteis para aqueles que pensam ter uma noção da realidade do sofrimento em suas próprias vidas ou nas vidas dos outros, e avaliar sua adequação à luz da realidade do nosso mundo. Como já anunciei, o que se revela uma surpresa para muitos leitores da Bíblia é que algumas dessas respostas não são as que eles esperariam, e que algumas das respostas entram em choque com outras. Vou tentar mostrar, por exemplo, que o livro de Jó tem dois conjuntos de respostas para o problema do sofrimento (uma é a história de Jó no início e no final do livro, e a outra está nos diálogos entre Jó e seus amigos que ocupam a maior parte dos capítulos). Essas duas visões são contraditórias entre si. Mais ainda, as duas visões diferem das visões dos profetas. E a resposta profética — encontrada ao longo de boa parte da Bíblia hebraica — entra em contradição com as visões de "apocaliptistas" como Daniel, Paulo e mesmo Jesus.

Acho que é importante entender que a Bíblia tem um grande leque de respostas para o problema do sofrimento porque isso revela o problema que é imaginar que a Bíblia tem uma resposta simples para qualquer assunto. Muitas pessoas em nosso mundo abordam a Bíblia como um *self-service*, selecionando e escolhendo o que se ajusta a elas e seus pontos de vista, sem reconhecer que a Bíblia é uma concatenação extremamente complexa e intrincada de pontos de vista, perspectivas e idéias. Há milhões de pessoas em nosso mundo que, por exemplo, sofrem de discriminação social por causa de sua orientação sexual. Parte dessa discriminação social é fruto de crentes na Bíblia simplórios que insistem em que relacionamentos gays são condenados pelas Escrituras. De fato, essa é uma questão debatida, uma em relação à qual acadêmicos sérios discordam.[7] Mas fora isso, essa condenação das relações homossexuais "porque a Bíblia condena" é o caso de quando as pessoas escolhem aceitar as partes da Bíblia que querem aceitar e ignorar todo o resto. Os mesmos livros que condenam relações entre o mesmo sexo, por exemplo, também exigem que as pessoas apedrejem seus filhos até a morte se eles forem desobedientes, executem qualquer um que faça qualquer trabalho aos sábados ou coma costeleta de porco, e condenem qualquer um que vista uma camisa feita de dois tecidos diferentes. Não é dada qualquer ênfase especial a uma dessas leis acima das outras — todas elas fazem parte da lei bíblica. Mas em setores da sociedade as relações homossexuais são condenadas, enquanto comer um sanduíche de presunto durante o intervalo para o almoço no plantão de sábado é perfeitamente aceitável.

Portanto, é importante descobrir o que a Bíblia de fato diz, e não fingir que ela não diz algo que por acaso contradiz o ponto de vista de alguém em particular. Mas tudo o que a Bíblia diz precisa ser avaliado. Não é uma questão de assumir a posição de Deus, determinando o que é e o que não é verdade divina. É uma questão de usar nossa inteligência para avaliar o mérito do que os autores bíblicos dizem — queira isso envolva questões de sofrimento, preferências sexuais, trabalho no final de semana ou escolhas culinárias e de vestuário.

Tendo dito isto, devo deixar claro que o objetivo deste livro não é convencê-lo, meu leitor, a partilhar meu ponto de vista sobre sofrimento, Deus ou religião. Não estou interessado em destruir a fé de ninguém ou desconverter as pessoas de sua religião. Não estou prestes a instar ninguém a se tornar um agnóstico. Diferentemente de outros recentes autores agnósticos ou ateus, não penso que toda pessoa razoável e razoavelmente inteligente no final passará a ver as coisas do meu jeito no que diz respeito a importantes questões da vida. Mas sei que muitas pessoas que pensam, pensam no sofrimento. Não é à toa, já que todos sofremos, e muitos de nós sofrem muito. Mesmo aqueles de nós que estão bem, que são bem educados, bem cuidados — mesmo nós podemos passar por desapontamentos profissionais, desemprego inesperado e perda de renda, a morte de um filho, problemas de saúde; podemos ter câncer, doença cardíaca ou Aids; todos acabaremos sofrendo e morrendo. É importante pensar nessas coisas, e ao fazê-lo é importante descobrir como outros pensaram nisso antes de nós — neste caso, aqueles que produziram os livros que formam a Bíblia, o livro mais vendido de todos os tempos e o livro que está no cerne de nossa civilização e nossa cultura.

Assim, meu objetivo é ajudar as pessoas a pensar sobre o sofrimento. Já há, claro, muitos livros sobre sofrimento. Mas em minha opinião, muitos desses livros são intelectualmente insatisfatórios, moralmente falhos ou praticamente inúteis. Alguns deles tentam dar uma resposta fácil ou de fácil digestão para a questão de por que as pessoas sofrem. Para as pessoas que preferem respostas fáceis, esses podem ser livros úteis. Mas para pessoas que lidam em profundidade com as questões da vida e de modo algum consideram satisfatórias as respostas fáceis, tais livros apenas irritam a mente e atacam os nervos — eles não ajudam. Também há uma boa dose de lixo simplista escrito sobre o sofrimento. Respostas carolas ou prontas (e muito velhas, sem imaginação) vendem bem, após tantos anos.[8]

Outros livros são, em minha opinião, moralmente dúbios — especialmente aqueles escritos por teólogos intelectuais e filósofos que lidam com a questão do mal de forma abstrata, tentando dar uma resposta intelectualmente satisfatória para a questão da teodicéia.[9] O que eu acho moralmente repugnante em muitos desses livros é que eles estão demasiadamente distantes da verdadeira dor e do sofrimento que há em nosso mundo, lidando com o mal mais como uma "idéia" que como uma realidade vivida que destrói as vidas das pessoas.

Este livro não dará uma solução fácil nem atacará a questão filosoficamente aplicando complexos conceitos intelectuais e fazendo alegações de difícil compreensão com um vocabulário sofisticado e esotérico. Ao contrário, neste livro eu estou interessado em algumas das antigas e tradicionais reflexões sobre o mal encontradas nos documentos de fundadores da tradição judaico-cristã.

As perguntas que farei serão as seguintes:

O que os autores bíblicos dizem sobre o sofrimento?

Eles dão uma resposta ou muitas respostas?

Quais de suas respostas contradizem umas as outras, e por que isso é importante?

Como nós, pensadores do século XXI, podemos avaliar essas respostas, que foram escritas em diferentes contextos, tantos séculos atrás?

Minha esperança é que, estudando esses textos antigos que acabaram por formar a Bíblia, nos fortaleçamos para lidar de forma mais responsável e ponderada com as questões levantadas por eles, à medida que pensamos em uma das questões mais prementes e arrebatadoras da existência humana: por que sofremos.

# Pecadores nas mãos de um Deus raivoso: a visão clássica do sofrimento

## O sofrimento e o Holocausto

Como podemos discutir o problema do sofrimento sem começar pelo Holocausto, o mais hediondo crime contra a humanidade na história da raça humana? É relativamente fácil citar os números convencionados daqueles que foram assassinados pela máquina mortal nazista, mas quase impossível imaginar a intensidade do sofrimento produzido. Seis milhões de judeus assassinados a sangue-frio, simplesmente por serem judeus. Um em cada três judeus da face da terra, eliminado. Cinco milhões de não-judeus — poloneses, tchecos, ciganos, homossexuais, "aberrantes" religiosos e outros. Um total de 11 milhões de pessoas mortas, não em batalha como combatentes inimigos, mas como seres humanos considerados inaceitáveis por aqueles que detinham o poder, e brutalmente assassinados. Ter conhecimento dos números de certa forma disfarça o horror. É importante lembrar que cada um de todos aqueles mortos era um indivíduo com uma história pessoal, um ser humano de carne e osso com esperanças, medos, amores, ódios, famílias, amigos, bens, saudades, desejos. Cada um tinha uma história a contar — ou teria, se tivesse vivido para isso.

Os relatos em primeira mão dos sobreviventes o assombrarão e provocarão pesadelos, relatos de ser sistematicamente deixado com fome, espancado, agredido, transformado em cobaia, forçado a trabalhar quase até a morte em condições terríveis e subumanas. Nós tratamos animais de forma melhor.

São as mortes, claro, o mais lembrado: cerca de 3 milhões de judeus da Polônia; um milhão e meio da Rússia; populações judaicas inteiras de algumas regiões menores. De Budapeste, 440 mil judeus foram deportados em maio de 1944; 400 mil deles foram mortos em Auschwitz. Na Romênia, a cidade de Odessa tinha cerca de 90 mil judeus quando foi tomada pelos alemães em outubro de 1941. A maioria deles foi fuzilada naquele mês.[1] O mesmo aconteceu em aldeias próximas, como relatado posteriormente:

> No outono de 1941 um destacamento da SS surgiu em uma das aldeias e prendeu todos os judeus. Eles foram agrupados em frente a uma vala na estrada e receberam a ordem de se despir. Então o líder do grupo SS declarou que os judeus tinham iniciado a guerra e que as pessoas reunidas teriam de pagar por isso. Depois do discurso os adultos foram fuzilados e as crianças mortas com as coronhas dos fuzis. Os corpos foram cobertos de gasolina e incendiados. Crianças que ainda estavam vivas foram jogadas às chamas.[2]

Crianças queimadas vivas. Essa é uma história repetida em todas as fontes.

A maioria dos judeus, e outras vítimas, foi morta nos campos. Um dos mais conhecidos e mais lidos entre os sobreviventes de Auschwitz, Primo Levi, deu um dos primeiros relatos em primeira mão em seu *Auschwitz Report*.[3] Levi foi uma das 650 pessoas esmagadas em vagões de carga e levadas para Auschwitz de sua cidade natal de Fossoli, na Itália. No final, apenas 24 sobreviveram. Na chegada, cerca de 525 foram selecionados para as câmaras de gás. Em duas horas tinham sido mortos e levados para as fornalhas. Outros cem trabalharam até a morte nos campos. As condições brutais são inteiramente documentadas. O próprio Levi forneceu um relato, menos de dois anos após os acontecimentos:

> Antes daquele período [fevereiro de 1944] não havia serviço médico e os doentes não tinham como receber tratamento, mas eram obrigados a trabalhar como de hábito todos os dias até desmaiar de exaustão durante o serviço. Naturalmente, esses casos ocorriam com grande freqüência. A confirmação da morte era feita, então, de uma forma singular; a tarefa era confiada a dois indivíduos, que não eram médicos, e estavam armados com tendões de boi e tinham de espancar o homem caído por vários minutos sem parar. Quando tivessem terminado, se ele não conseguisse reagir com algum movimento era considerado morto, e seu corpo, imediatamente levado para o crematório. Se, ao contrário, caso

> ele se movesse, isso significava que não estava morto, de modo que era obrigado a retomar o trabalho interrompido.[4]

A fria eficiência da máquina de matar nazista não é mais desapaixonadamente descrita do que na autobiografia do comandante do campo de Auschwitz, Rudolf Höss, escrita no tempo livre enquanto aguardava julgamento em Nuremberg.[5] Ele descreve, com certo orgulho, como teve ele próprio a idéia de usar Zyclon B — um veneno para ratos — para matar por gás centenas de pessoas de uma só vez e depois usar fornos crematórios especialmente construídos para se livrar dos corpos. Ele relembra com certo carinho de ter construído os dois grandes crematórios em 1942-43, cada um com "cinco fornos com três portas cada, [que] podiam cremar cerca de 2 mil corpos em 24 horas".[6] Também havia dois crematórios menores. Era uma máquina de matar diferente de qualquer coisa que o mundo já tinha visto. Como Höss recordou, "O maior número total de pessoas mortas por gás e cremadas em 24 horas foi ligeiramente superior a 9 mil".[7] Parece uma competição.

Por mais horrível que fosse, a câmara de gás era de certo modo preferível às outras opções. O braço-direito do médico louco Mengele, Miklos Nyiszli, um prisioneiro judeu húngaro com formação médica avançada e que realizava a maioria das autópsias requisitadas (por exemplo, em gêmeos, à medida que Mengele fazia "experiências" para determinar como tornar as mulheres arianas duplamente produtivas), conta o que acontecia quando as câmaras de gás estavam superlotadas de vítimas. Os "excedentes" eram retirados, esperneando e gritando, para serem fuzilados na nuca em frente a uma enorme pira erguida dentro de uma fossa profunda. Eles então eram jogados às chamas. Os que tinham sorte morriam antes: "Até o melhor atirador do crematório 1, Oberschaarführer Mussfeld, disparava um segundo tiro em qualquer um que não tivesse sido imediatamente morto pelo primeiro. Já o Oberschaarführer Molle não perdia tempo com essas insignificâncias. Ali a maioria dos homens era jogada viva às chamas."[8]

Em outras oportunidades, no caso das crianças, a pressa em matar significava que não havia nenhuma "anestesia por bala". Uma imagem particularmente horrenda foi apresentada nos julgamentos de Nuremberg por uma polonesa chamada Severina Shmaglevskaya, uma interna de Auschwitz que conseguira sobreviver ao campo por mais de dois anos, de 7 de outubro de 1942 até sua libertação em janeiro de 1945. Durante o julgamento ela descreveu o processo "seletivo" pelo qual alguns judeus eram mandados para o campo de trabalho, enquanto a maioria — incluindo todas as mulheres com seus filhos — era imediatamente levada para a morte. Neste fragmento de seu depoimento ela está sendo interrogada por um promotor chamado Smirnov:

> SR. ADVOGADO SMIRNOV: Diga-me, testemunha, você mesma viu as crianças sendo levadas para câmaras de gás?
>
> SHMAGLEVSKAYA: Eu trabalhava bem perto da estrada de ferro que levava ao crematório. De vez em quando, pela manhã, eu passava perto do prédio que os alemães usavam como latrina, e de lá podia ver o transporte, escondida. Eu vi muitas crianças entre os judeus levados para o campo de concentração. Algumas vezes uma família tinha muitos filhos. O tribunal provavelmente tem conhecimento de que em frente ao crematório eles eram selecionados. (...) Mulheres com crianças de colo ou aquelas que tinham crianças maiores eram mandadas para o crematório juntamente com os filhos. As crianças eram afastadas de seus pais em frente ao crematório e conduzidas separadamente para dentro das câmaras de gás.
>
> Naquela época, quando um grande número de judeus era exterminado nas câmaras de gás, foi dada a ordem de que as crianças fossem jogadas nos fornos crematórios ou nas valas crematórias sem terem sido previamente asfixiadas com gás.
>
> SR. ADVOGADO SMIRNOV: Como devemos entender isso? Elas eram jogadas nos fornos vivas ou eram mortas de outras formas antes de serem incineradas?
>
> SHMAGLEVSKAYA: As crianças eram jogadas vivas. Era possível ouvir os gritos delas por todo o campo.[9]

Gritos de crianças, berrando em meio a fornos abrasadores.

Aqueles que não eram mortos, mas "selecionados" para o campo de trabalho, não eram mais bem tratados. Eles eram sistematicamente submetidos a fome, agressões, espancamentos e — na maioria dos casos — literalmente se matavam de trabalhar. O assistente de Mengele, Nyiszli, estimou que a imensa maioria morria desse tratamento em três ou quatro meses. E não era apenas em Auschwitz:

outros campos eram tão ruins ou piores. Belzek, por exemplo, tinha centenas de milhares de internos. Apenas um reconhecidamente sobreviveu.[1]

Quando se vai além das estatísticas, além dos números, além até mesmo das experiências perturbadoras desses milhões de pessoas tratadas de forma desumana e assassinadas brutalmente — quando tentamos entender tudo isso, como podemos compreender o Holocausto? Deixando de lado por um momento os 5 milhões de não-judeus que foram mortos, como podemos explicar o impiedoso extermínio de 6 milhões de judeus? Os judeus deveriam ser o povo de Deus, escolhido por Deus para desfrutar de sua preferência especial em troca de sua devoção a ele. Os judeus teriam sido escolhidos para *isso*?

Por mais que seja difícil acreditar, há no mundo cristãos que argumentaram que sim. Essa é uma das muitas formas sob as quais o anti-semitismo continua vivo em nossa época, como era durante os pogrons da Europa oriental, durante a inquisição, recuando até a Idade Média, nos primórdios da Igreja. Imediatamente depois da Segunda Guerra Mundial, a Conferência Evangélica Alemã em Darmstadt — no país que tinha sido responsável pelo genocídio — alegou que o sofrimento judaico no Holocausto tinha sido uma provação divina, e conclamou os judeus a deixar de rejeitar e crucificar Cristo.[11] Não foi o melhor momento do cristianismo alemão. De qualquer forma que você veja, a enorme maioria daqueles que morreram no Holocausto era de sofredores inocentes, pessoas como eu e você, arrancadas de seus lares, famílias e carreiras e submetidos a uma crueldade indizível.

Como Deus pode ter permitido que isso acontecesse? A morte de um inocente seria difícil de explicar, um garoto de cinco anos morto por gás, um adolescente morto de fome, uma mãe de três filhos congelando até a morte, um banqueiro, químico, médico ou professor honrado espancado até se transformar em uma massa amorfa ensangüentada e fuzilado por se recusar a ficar de pé. Mas não estamos falando de uma, duas ou três mortes como estas. Estamos falando de 6 milhões de judeus, e de 5 milhões de outros. Seriam necessários muitos volumes para detalhar a dor, o sofrimento e a infelicidade; a quantidade de livros nem caberia no mundo. Como Deus poderia permitir que isso acontecesse com alguém, quanto mais com seu "povo escolhido"?

O problema moderno da teodicéia, que está conosco desde o Iluminismo, é como podemos imaginar a existência de Deus se há tanta dor e tanto sofrimento sem sentido. Contudo, para os povos antigos, nunca, ou quase nunca, houve a questão de se Deus (ou os deuses) realmente existia. A questão era como explicar o relacionamento de Deus (ou dos deuses) com as pessoas, dado o estado do mundo. Considerando-se o fato — que quase todas as pessoas antigas consideravam um fato — de que Deus está ao mesmo tempo acima do mundo e envolvido com ele, como explicar o fato corolário de que as pessoas sofrem?

Muitos dos autores bíblicos estavam preocupados com essa questão — até mesmo obcecados por ela. Do Gênesis ao Apocalipse, escritores bíblicos lidam com esse tema, o discutem, sofrem com ele. Uma grande parte da Bíblia é dedicada a lidar com isso. Se Deus escolheu os judeus — ou (também?) os cristãos — como seu povo, por que eles experimentam um sofrimento tão horrendo? É verdade que no mundo antigo não havia nada como o Holocausto. Isso exigia os "avanços" tecnológicos da modernidade: a capacidade de transportar milhões por via férrea, matar milhares com gás e incinerar centenas em fornos crematórios especialmente construídos. Mas havia muitos massacres no mundo antigo e terríveis sofrimentos de todos os tipos produzidos por circunstâncias as mais diversas: derrota militar, crueldade para com prisioneiros de guerra e tortura; seca, fome, pestes, epidemias; defeitos congênitos, mortalidade infantil, infanticídio, e assim por diante.

Quando essas coisas aconteciam, como os antigos autores as explicavam?

Uma das explicações mais comuns — ela enche muitas páginas da Bíblia hebraica — pode parecer simplista, repugnante, atrasada ou apenas absolutamente errada para muitas pessoas hoje. É a de que as pessoas sofrem porque Deus quer que elas sofram. E por que Deus quer que elas sofram? Porque elas desobedeceram a ele, e ele as está punindo. Os antigos israelitas tinham uma saudável noção do poder de Deus, e muitos deles estavam convencidos de que nada acontece neste mundo a não ser pela mão de Deus. Se o povo de Deus está sofrendo é porque ele está com raiva por as pessoas não se comportarem do modo que deveriam. O sofrimento é uma punição pelo pecado.

Qual a origem dessa visão, e como podemos explicá-la em um contexto bíblico? Para compreendermos essa visão "clássica" do sofrimento como uma punição pelo pecado, precisamos levar em consideração algumas informações do contexto histórico.

## Sofrimento como punição: o contexto bíblico

A religião do antigo Israel tinha raízes em tradições históricas transmitidas de uma geração a outra ao longo de muitos séculos. Os próprios livros da Bíblia são textos surgidos ao final desse longo período de tradição oral (e início da escrita). Os cinco primeiros livros da Bíblia hebraica — também chamados de Pentateuco (significando os "cinco rolos") ou Torá (significando "instrução", "orientação" ou "a lei", já que contêm a Lei mosaica) — relatam muitas dessas importantes tradições antigas, começando pela criação do mundo no Gênesis, a época dos ancestrais judaicos (Abraão, o pai dos judeus; seu filho Isaque; Jacó, o filho de Isaque; e os 12 filhos de Jacó, que se tornaram fundadores das "12 tribos" de Israel, tudo isso no Gênesis), passando pela escravização do povo judeu no Egito (o livro do Êxodo) e chegando à sua libertação da escravidão pelo grande líder Moisés, que guiou o povo na fuga do Egito e depois recebeu a Lei de Deus (a Torá) do próprio Deus no monte Sinai (Êxodo, Levítico e Números). O Pentateuco continua descrevendo como os israelitas vagaram pelo deserto até estarem prestes a entrar em Canaã, a terra que Deus prometera a eles (Deuteronômio). Tradicionalmente acreditava-se que esses livros tinham sido escritos por ninguém menos que o próprio Moisés (que teria vivido por volta de 1300 a.C.), mas os livros não alegam ter sido escritos por ele, e os estudiosos estão hoje convencidos, como estiveram por mais de 150 anos, de que foram escritos bem posteriormente, com base em fontes orais conhecidas havia séculos. Os estudiosos de hoje sustentam que havia várias fontes escritas por trás do Pentateuco; eles costumam datar sua produção final, na forma que conhecemos hoje, em cerca de oitocentos anos após a morte de Moisés.[12]

Quando quer que tenham sido escritos, os livros do Pentateuco contêm uma compreensão muito antiga do relacionamento de Israel com Deus, o único Deus verdadeiro, aquele que criou o céu e a terra. Muitos israelitas antigos consideravam essas tradições não apenas historicamente precisas, mas teologicamente significativas. Segundo essas tradições, como encontradas no Pentateuco, Deus escolheu Israel como seu povo especial — antes mesmo de eles se tornarem um povo. Depois que o mundo foi criado, destruído por um dilúvio e repovoado (Gn. 1-11), Deus escolheu um homem, Abraão, como pai de uma grande nação que teria uma ligação especial com o Senhor de todos. Os descendentes de Abraão teriam uma proteção especial de Deus, assim como o seu povo. Mas, duas gerações após Abraão, sua família foi obrigada a ir para o Egito para fugir da fome na terra de Israel. Lá eles se multiplicaram e se tornaram uma grande nação. Temendo seu tamanho e sua força, os egípcios escravizaram o povo de Israel, que conseqüentemente viveu um terrível sofrimento.

Mas Deus se lembrou da promessa feita a Abraão de que seria pai desse povo, então criou um poderoso salvador, Moisés, para resgatá-lo das mãos dos egípcios. Moisés fez muitos milagres no Egito para levar o faraó egípcio a libertar o povo; acabou sendo obrigado a fazê-lo, e eles fugiram para o deserto. O faraó então mudou de idéia e perseguiu os filhos de Israel, mas teve uma derrota irreversível nas mãos de Deus, que destruiu o faraó e seus exércitos quando os israelitas cruzaram o "mar Vermelho" (ou o "mar dos juncos"). Deus então conduziu o povo de Israel a seu monte sagrado, o Sinai, onde deu a Moisés os Dez Mandamentos e o restante da lei judaica e fez seu pacto (ou "tratado de paz") com ele. Eles seriam seu povo escolhido — significando que tinham chegado a uma espécie de acordo político, um tratado de paz. Eles seriam seu povo escolhido, que ele iria proteger e defender para sempre, exatamente como tinha feito quando estavam no cativeiro no Egito. Em troca, eles seguiriam sua Lei, que determinava como deveriam adorá-lo (grande parte do Levítico apresenta os detalhes) e como deveriam se relacionar uns com os outros como o povo de Deus.

Depois do Pentateuco vem um outro conjunto de livros históricos da Bíblia hebraica: Josué, Juízes, os livros de Samuel e os livros dos Reis. Eles levam a história ainda mais adiante, mostrando como Deus deu a Israel a terra prometida (já havia pessoas vivendo lá, portanto os israelitas precisariam destruí-las pela guerra, como é descrito no livro de Josué); como ele os governou por intermédio de líderes locais carismáticos (Juízes); como acabou surgindo a monarquia (1 Samuel) e o que aconteceu na época do reino unificado, quando tanto o norte quanto o sul eram governados por um só rei (nos reinados de Saul, Davi e Salomão), e depois na monarquia dividida, quando o reino se partiu em duas partes, Israel (ou Efraim) ao norte e Judá ao sul. Entre outras coisas, esses livros detalham as tragédias que se abateram sobre o povo de Israel ao longo dos anos, culminando com a destruição da nação de Israel (o reino do norte) em 722 a.C. pelos assírios, o primeiro "império mundial" da Mesopotâmia, e a destruição de Judá (o reino do sul) um século e meio depois, em 586 a.C., pelos babilônios, que haviam superado os assírios.

Não pretendo aqui discutir a questão histórica de se isso — especialmente os relatos do Pentateuco — realmente aconteceu. Alguns estudiosos acreditam que os relatos do Gênesis até o Deuteronômio são basicamente históricos em suas descrições, outros pensam que são invenções muito posteriores, e provavelmente a maioria acha que há alguma base histórica para essas tradições, que se desenvolveram de forma significativa com o tempo, à medida que as histórias eram contadas e recontadas ao longo de séculos de tradição oral.[13] O certo é que muitos antigos israelitas acreditavam nessas tradições relativas a seus ancestrais. O povo de Israel era o povo escolhido por Deus. Ele tinha estabelecido uma relação especial com seus ancestrais; ele os tinha resgatado da escravidão no Egito; ele tinha dado sua Lei; e ele tinha assegurado a terra prometida. Esse Deus era o Senhor Deus Todo-poderoso, que criara o céu e a terra e reinava sobre tudo o que existe. Ele era poderoso e capaz de realizar seus objetivos grandiosos na terra simplesmente pela palavra. E ele estava do lado do pequeno Israel, concordando em proteger e defender seu povo e fazê-lo prosperar na terra que lhe tinha sido dada, em troca de sua devoção.

Dada essa teologia da escolha — a de que Deus escolhera o povo de Israel para uma relação especial com ele —, o que os antigos pensadores israelitas deveriam imaginar quando as coisas começaram a não acontecer como planejado ou esperado? O que fazer com o fato de que algumas vezes Israel sofria derrotas militares, revezes políticos ou problemas econômicos? Como explicar o fato de que o povo de Deus sofria com fome, seca e pestes? Como explicar o sofrimento — não apenas nacional, mas também pessoal, quando eles passavam fome ou estavam gravemente feridos, quando seus filhos nasciam mortos ou com defeitos, quando enfrentavam terrível pobreza ou perdas pessoais? Se Deus é o criador poderoso, e se tinha escolhido Israel e prometido sucesso e prosperidade, como explicar o fato de que Israel sofre? O reino do norte acabou sendo completamente destruído por uma nação estrangeira. Como podia ser assim, se Deus os escolhera como seu povo? Em outros 150 anos, o reino do sul foi igualmente destruído. Por que Deus não o protegeu e defendeu, como tinha prometido?

Essas eram perguntas feitas naturalmente — feitas fervorosamente — por muitos no povo de Israel. A resposta mais retumbante a essa pergunta foi dada por um grupo de pensadores conhecidos como profetas. Os profetas diziam à pessoa que o sofrimento nacional de Israel era fruto de ter desobedecido a Deus, e o sofrimento era uma punição. O Deus de Israel era não apenas um Deus de misericórdia, mas também um Deus de ira, e quando a nação pecava, pagava o preço.

## Introdução aos profetas

Os escritos dos profetas estão hoje entre os trechos mais incompreendidos da Bíblia, em grande parte porque normalmente eles são lidos fora do contexto.[14] Muitas pessoas hoje, principalmente os cristãos conservadores, lêem os profetas como se eles fossem videntes prevendo em bolas de cristal acontecimentos ainda por vir em nossa própria época, mais de 2 mil anos distante da época em que os profetas estavam falando. Essa é uma abordagem absolutamente egocêntrica da Bíblia (tudo diz respeito a *mim*!). Mas os autores bíblicos tinham seu próprio contexto e, conseqüentemente, suas próprias preocupações. E aqueles contextos e preocupações não são os nossos. Os profetas não estavam preocupados conosco; estavam preocupados com eles mesmos e com o povo de Deus que vivia na época. Não espanta que a maioria das pessoas que lê os profetas dessa forma (eles previram o conflito no Oriente Médio! eles anteciparam Saddam Hussein! eles nos falam sobre o Armagedom!) escolha ler apenas um ou outro versículo ou passagem isolados, sem ler os profetas na íntegra. Quando os profetas são lidos do início ao fim, fica claro que estão escrevendo para sua própria época. De fato, eles com freqüência nos contam exatamente quando estão escrevendo — por exemplo, sob qual(is) rei(s) —, de modo que seus leitores possam compreender a situação histórica que buscam abordar.

O que faz um profeta? Na Bíblia hebraica há, *grosso modo*, dois tipos de profetas. Alguns profetas — historicamente, talvez a maioria — espalharam "a palavra de Deus" oralmente. Ou seja, eles eram porta-vozes de Deus, aqueles que transmitiam a (sua compreensão da) mensagem de Deus a seu povo, para que as pessoas soubessem o que Deus queria que fizessem ou como Deus queria que agissem — especialmente como precisava mudar para cair nas graças de Deus (ver, por exemplo, 1 Samuel 9; 2 Samuel 12). Outros profetas — aqueles que mais conhecemos hoje — eram profetas escritores, porta-vozes de Deus cujas proclamações (orais) eram também escritas, no antigo equivalente do papel. Os escritos de alguns dos antigos profetas israelitas posteriormente se tornaram parte da

Bíblia. Nas traduções da Bíblia eles são divididos em profetas "maiores", personagens bem conhecidos como Isaías, Jeremias e Ezequiel, e profetas "menores". Essa diferenciação não pretende sugerir que alguns profetas são mais importantes que outros, e sim indicar quais escritos são mais longos ("maior") que outros ("menor"). Os 12 profetas menores são um pouco menos conhecidos, mas muitos deles transmitiram mensagens poderosas: Oséias, Joel, Amós, Obadias, Jonas, Miquéias, Naum, Habacuque, Sofonias, Ageu, Zacarias e Malaquias.

O que une todos esses profetas é o fato de que eles estão transmitindo a mensagem de Deus, falando a palavra de Deus, do modo como a compreendem, ao povo de Deus. Eles se viam e (alguns) outros os viam como porta-vozes de Deus. Em especial, estavam transmitindo a mensagem de Deus às pessoas em situações concretas, dizendo a elas o que, na visão de Deus, estavam fazendo de errado, o que precisavam fazer certo, como precisavam mudar e o que aconteceria caso se recusassem. Essa questão de "o que aconteceria caso se recusassem" é o máximo de "previsões" feitas pelos profetas. Eles não estavam falando sobre o que iria acontecer a longo prazo, milhares de anos depois de sua época. Estavam falando para as pessoas que viviam em sua própria época e dizendo a elas o que Deus esperava delas e o que faria caso não obedecessem.

Como regra, os profetas acreditavam que haveria terríveis conseqüências para aqueles que não seguissem suas instruções, dadas por Deus. Para eles, Deus era soberano sobre seu povo e estava decidido e determinado a garantir que se comportasse adequadamente. Se não fosse assim, ele iria puni-lo — assim como tinha punido antes. Ele podia provocar secas, fome, dificuldades econômicas, revezes políticos e derrotas militares. Acima de tudo, derrotas militares. O Deus que tinha destruído os exércitos egípcios quando resgatara seu povo da escravidão iria destruí-*lo* caso não se comportasse como seu povo. Portanto, para os profetas, os revezes que as pessoas experimentavam, muitas das dificuldades que enfrentavam, muito de seu sofrimento, eram impostos diretamente por Deus, como uma punição por seus pecados e um esforço para levá-las a mudar. (Como veremos depois, os profetas também pensavam que os próprios seres humanos freqüentemente eram os culpados pelos sofrimentos dos outros, com os ricos e poderosos, por exemplo, oprimindo os pobres e indefesos: era exatamente por tais pecados que Deus estava determinado a punir a nação.)

A maioria dos profetas escritores produziu suas obras na época das duas maiores tragédias vividas pelo antigo Israel: a destruição do reino do norte pelos assírios no século VIII a.C. e a destruição do sul pelos babilônios no século VI. Para estudar um pouco mais as idéias de cada um desses autores, apenas destacarei a mensagem de vários deles. Aqueles que escolhi são representativos dos pontos de vista encontrados nos outros, mas apresentam suas mensagens de pecado e punição em termos especialmente vívidos e memoráveis.[15]

## Amós de Técua

Um dos mais claros retratos da "visão profética" da relação entre pecado e sofrimento está em uma das jóias da Bíblia hebraica, o livro de Amós.[16] O livro nos diz pouco sobre o homem Amós, e ele não é mencionado em nenhum outro livro da Bíblia. O que ele nos diz é que era da região sul da terra — ou seja, do país de Judá —, da cidadezinha de Técua, nas montanhas ao sul de Jerusalém (1:1). Ele menciona duas vezes ser pastor (1:1, 7:14) e fazendeiro — cultivava sicômoros (7:14). Muitas vezes se acreditou, dada sua ocupação, que ele era da classe baixa da Judéia; mas considerando-se que era alfabetizado e obviamente tivera formação em retórica, poderia muito bem ter sido um proprietário de terras relativamente próspero, com seu próprio rebanho. De qualquer modo, ele não era de modo algum um defensor das classes superiores ricas; pelo contrário: boa parte de seu livro é voltada contra aqueles que tinham obtido riqueza à custa dos pobres. Ele acreditava que era por causa dos abusos dos bem-postos que Israel logo seria julgado. Era especialmente contra o norte que Amós fazia suas profecias, saindo de sua região sul para anunciar o julgamento do reino por Deus.

O prefácio ao livro de Amós (1:1) indica que sua pregação profética ocorreu quando Ozias era o rei do reino do norte (783-742 a.C.) e Jeroboão, o rei do sul (786-746 a.C.). Essa foi uma época relativamente calma e pacífica na história do reino dividido. Nem o grande império estrangeiro do sul — o Egito — nem o maior império a nordeste — a Assíria — representavam uma ameaça direta à tranqüilidade dos povos que viviam na "terra prometida". Mas aquilo logo mudaria. Amós previu que Deus iria criar um reino que se opusesse a seu povo porque ele tinha desobedecido sua vontade e rompido o pacto. O futuro, afirmou ele, reservava derrota militar e tragédia. E ele se mostrou correto.[17] Cerca de vinte anos após o reinado pacífico de Ozias, a Assíria entrou em ação e invadiu, destruindo o reino do norte e dispersando o povo de lá. Na época da afirmação de Amós, porém, suas profecias sinistras podem ter parecido desnecessariamente tristes, já que a vida era relativamente boa para aqueles que habitavam a região, especialmente aqueles que tinham prosperado durante o período de paz.

Amós começa suas profecias em um tom que caracterizará todo o livro, enunciando previsões assustadoras de destruição para os vizinhos de Israel, uma destruição provocada por Deus como punição por seus pecados.[18] Assim, de início, há uma profecia contra a capital da Síria, Damasco, por ter destruído a cidade menor de Gileade:

> Assim diz o Senhor:
> Por três crimes de Damasco,
> e por quatro, não o revogarei!
> Porque esmagaram Gileade com debulhadoras de ferro.
> Por isso enviarei fogo à casa de Hazael (...)
> eu quebrarei o ferrolho de Damasco,
> exterminarei o habitante do vale de Ávem. (Amós 1:3-4)

A derrota militar (fogo e portões derrubados) aguarda os cidadãos de Damasco por causa de suas ações militares. Da mesma forma a cidade-Estado filistina de Gaza:

> E assim diz o Senhor:
> por três crimes de Gaza,
> e por quatro não o revogarei!
> Porque deportaram populações inteiras,
> para entregá-las a Edom.
> Por isso enviarei fogo contra as muralhas de Gaza,
> e ele devorará os seus palácios;
> exterminarei os habitantes de Asdode. (Amós 1:6-8)

E assim vai. Nos capítulos 1-2 Amós prevê derrota militar e violência em termos similares para sete dos vizinhos de Israel. É possível imaginar seus leitores que moravam em Israel anuindo. *É isso! É exatamente o que nossos malditos vizinhos merecem: Deus vai julgá-los no final.*

Mas então Amós aponta para o próprio povo de Israel, e em um clímax retórico indica que também ele será destruído, com uma vingança especial, pelo Deus que pensava estar ao seu lado:

> E assim diz o Senhor:
> Por três crimes de Israel,
> e por quatro, não o revogarei!
> Porque vendem o justo por dinheiro
> e o indigente por um par de sandálias.
> Eles esmagam sobre o pó da terra a cabeça dos fracos
> e tornam torto o caminho dos pobres;
> um homem e seu pai vão à mesma jovem
> para profanar o meu santo nome. (...)
> Pois bem! Eu voz taxarei no lugar
> como é taxado um carro cheio de feixes!
> A fuga será impossível ao ágil,
> o homem forte não empregará sua força
> e o herói não salvará a sua vida.
> Aquele que maneja o arco não ficará de pé,
> o homem ágil não se salvará com seus pés,
> o cavaleiro não salvará a sua vida,
> e o mais corajoso entre os heróis fugirá nu, naquele dia,
> oráculo do Senhor. (Amós 2:6-16)

Os pecados do próprio povo de Deus, Israel, levarão à derrota militar. Esses pecados são ao mesmo tempo sociais e o que poderíamos chamar de religiosos. Socialmente o povo tinha oprimido os pobres e necessitados; e tinha violado a lei que Deus dera de formas flagrantes (pai e filho fazendo sexo com a mesma mulher; ver Levítico 18:15, 20:12). Como continua Amós, esses pecados são particularmente graves porque Israel deveria ser o povo escolhido por Deus; portanto, sua punição seria ainda mais dura: "Só a vós eu conheci de todas as famílias da terra, por isso eu vos castigarei por todas as vossas faltas" (3:2). Mais ainda, a natureza da punição é anunciada em termos claros: "Um inimigo cercará a terra, arrancará de ti o teu poder, e os teus palácios serão saqueados" (3:11). Para Amós, essa futura tragédia militar e esse pesadelo político não são simplesmente um resultado infeliz da história humana: isso é o projeto de Deus, já que o próprio Deus decretou a futura catástrofe. Em um trecho especialmente memorável, Amós insiste no ponto juntando diversas perguntas retóricas, todas as quais devem ser respondidas com um sonoro "não"!

> Caminham duas pessoas juntas
> sem que antes tenham combinado?
> Ruge o leão na floresta
> sem que tenha uma presa?
> Levanta o filhote do leão a sua voz, em seu esconderijo,
> sem que tenha capturado algo?
> Cai um pássaro por terra na rede
> sem que haja uma armadilha para ele?
> Levanta-se uma rede do solo
> sem capturar alguma coisa?
> Se uma trombeta soa na cidade,
> não ficará a população apavorada?
> Se acontece uma desgraça na cidade,
> não foi o Senhor quem agiu? (Amós 3:3-6)

O leitor é compelido pela retórica do trecho a responder não também à pergunta final. A única razão pela qual o desastre se abate é que o próprio Senhor o lançou. Isso pode parecer severo, mas segundo Amós é coerente com a forma como Deus historicamente lidou com seu povo. Em outro trecho poderoso, Amós diz que Deus tem lançado todos os tipos de desastres naturais sobre seu povo, de modo a levá-lo a retornar a ele e a seu caminho. Mas ele nunca ouviu sua voz e nunca retornou. Assim, Deus vai submetê-lo a um julgamento final. De onde vêm a fome, a seca, a praga, a peste e a destruição que assolaram Israel? Segundo Amós, vieram de Deus como punição pelo pecado e estímulo ao arrependimento:

Eu mesmo vos dei dentes limpos
em todas as vossas cidades
e falta de pão em todos os vossos lugarejos,
mas não voltastes a mim!
Oráculo do Senhor.

Eu também vos privei da chuva,
quando ainda faltavam três meses para a colheita; (...)
mas não voltastes a mim!
Oráculo do Senhor.

Eu vos feri pela alforra e pelo amarelecer do trigo,
tantas vezes vossos jardins e vossas vinhas,
vossas figueiras e vossas oliveiras,
o gafanhoto devorou,
mas não voltastes a mim!
Oráculo do Senhor.

Eu vos enviei uma peste como a peste do Egito;
matei pela espada os vossos jovens, (...)
mas não voltastes a mim!
Oráculo do Senhor.

Eu vos derrubei como Deus derrubou Sodoma e Gomorra, (...)
mas não voltastes a mim!
Oráculo do Senhor.

Por isso, te tratarei assim, Israel!
E, porque te tratarei assim, Israel,
Prepara-te para o confronto com o teu Deus! (Amós 4:6-12).

Neste contexto, obviamente "encontrar teu Deus" não é uma boa perspectiva. Este é o Deus que deixa as pessoas famintas, destrói suas plantações e mata seus filhos — tudo em um esforço de fazê-las voltar. E se elas não o fizerem, só haverá coisas piores à frente. O que poderia ser pior que isso? A completa destruição de sua nação e todo o seu modo de vida.

Uma das mensagens paralelas de Amós é a de que apenas pelo comportamento correto — não pela observação cultista — que o povo de Israel pode readquirir uma posição certa perante Deus. Então ele pronuncia a palavra de Deus:

> Eu odeio, eu desprezo as vossas festas
> e não gosto de vossas reuniões.
> Porque, se me ofereceis holocaustos (...)
> não me agradam as vossas oferendas. (...)
> Afasta de mim o ruído de teus cantos,
> eu não posso ouvir o som de tuas harpas!
> Que o direito corra como a água
> e a justiça como um rio caudaloso! (Amós 5:21-24)

Aqueles que pensam que podem se acertar com Deus seguindo as devidas determinações para a adoração (o próprio Deus tinha determinado que eles observassem as festas e fizessem oferendas a ele) sem também lutar pela justiça social e a igualdade estão enganados. O povo de Israel não obedeceu ao apelo de Deus por uma vida correta. Seus sofrimentos são resultado disso. O pecado provoca a ira de Deus, que acabará levando à destruição do povo: "Pela espada morrerão todos os pecadores do meu povo" (9:10).

No livro de Amós da forma que chegou até nós, o profeta mantém a esperança de que Deus voltará a seu povo depois que ele tiver sido devidamente punido. A maioria dos estudiosos considera isso um adendo, acrescentado ao livro após a destruição prevista ter acontecido. Ainda assim, ela se encaixa perfeitamente, considerando a visão de Amós de que um enorme sofrimento se abate sobre aqueles que desobedecem a vontade de Deus. Assim que aqueles que sofrem tiverem pagado seus pecados, pode haver uma reconstrução:

> Mudarei o destino de meu povo, Israel,
> eles reconstruirão as cidades devastadas e as habitarão,
> plantarão vinhas e beberão o seu vinho,
> cultivarão pomares e comerão os seus frutos.

Eu os plantarei em sua terra
e não serão mais arrancados de sua terra, que eu lhes dei,
disse o Senhor teu Deus. (Amós 9:14-15)

Esse último conjunto de previsões nunca se realizou. O reino norte de Israel na verdade nunca foi recriado, e mesmo o que posteriormente passou a ser conhecido como Israel (o reino de Judá, ao sul) foi destruído, não uma vez, mas repetidamente ao longo dos anos. Por outro lado, as piores previsões de Amós se realizaram violentamente. Vinte ou trinta anos após a época de Amós, um monarca assírio chamado TiglathPileazer III (745-727) quis aumentar a influência de seu país, e decidiu se expandir para a Síria e a Palestina. Não foi ele exatamente o responsável pelos terríveis acontecimentos que levaram à destruição de Israel, mas seus sucessores foram. Os acontecimentos são descritos no livro bíblico 2 Reis. Os reis assírios Shalmaneser V e Sargão II atacaram o reino do norte, sitiando a capital, Samaria, e por fim a destruindo, assim como muitos de seus habitantes. Muitos dos que não morreram foram mandados para o exílio, e povos de outras nações conquistadas foram levadas para a região, onde se mesclaram à população local remanescente. Essa era a política assíria: realocando povos potencialmente rebeldes e promovendo a miscigenação eles conseguiam eliminar qualquer vestígio remanescente de nacionalismo e, de fato, em duas gerações, eliminar o povo de uma nação.[20] A nação e o povo do reino do norte de Israel desapareceram da face da terra, para nunca reaparecerem.

## Oséias, filho de Beeri

Um contemporâneo mais jovem de Amós foi um profeta do norte que, como seu equivalente do sul, pregou a mensagem da futura destruição de Israel. Também nesse caso sabemos muito pouco sobre o homem, que se identifica como filho de Beeri (tirando isso, um desconhecido), a não ser o que ele nos conta em seu livro. Oséias diz um pouco do que teria acontecido em sua vida, mas os estudiosos discutem se é uma verdadeira autobiografia ou uma narrativa ficcional usada para provar algo.[21] No capítulo 1 ele diz que o Senhor mandou que desposasse uma mulher de reputação ruim (não fica claro se ela realmente era uma prostituta quando se casaram ou apenas uma mulher de poucas preocupações morais). Esse casamento simboliza toda a mensagem de Oséias. O senhor, de certa forma, era o marido de Israel. E Israel não era fiel ao casamento, "se prostituindo" com outros deuses. Como se sentiria um homem cuja mulher não apenas tivesse um caso mas dedicasse toda a sua vida a se deitar com outros homens? É como Deus se sente em relação a Israel. Ele está ultrajado com seu comportamento e determinado a puni-lo por isso.

A esposa de Oséias, Gomer, deu a ele vários filhos, e Deus ordenou que escolhesse para eles nomes simbólicos. Uma é a menina chamada Lo-Ruama, termo hebraico para "Sem piedade", porque, Deus diz, "não mais terei piedade da casa de Israel, nem a perdoarei" (1:6). Parece cruel, mas não mais cruel que aquilo que acontece a seguir. Gomer tem um filho chamado Lo-Ami, que significa "Não meu povo", assim chamado porque Deus declarou que "não sois o meu povo, e eu não sou o vosso Deus" (1:9).

A rejeição de Deus a seu próprio povo é afirmada em termos grandiosos por todo o livro, em oráculos de julgamento. Como o que ele diz da nação:

> Senão eu a despirei completamente,
> deixá-la-ei como no dia de seu nascimento,
> torná-la-ei semelhante a um deserto,
> transformá-la-ei numa terra seca,
> fá-la-ei morrer de sede.
> Não amarei seus filhos,
> porque são filhos da prostituição. (Oséias 2:3-4)

E por que Deus trata seu povo dessa forma? Eis por quê:

> Mas ela não reconheceu que era eu
> quem lhe dava o trigo, o mosto e o óleo,
> quem lhe multiplicava a prata e o ouro
> que eles usavam para Baal. [um deus dos cananitas]
>
> Por isso retomarei o meu trigo a seu tempo
> e o meu mosto na sua estação, (...)

> Agora descobrirei sua vergonha aos olhos dos seus amantes. (...)
> Acabarei com sua alegria. (...)
> Devastarei sua vinha e sua figueira. (Oséias 2:8-12)

Enquanto para Amós o problema era que os ricos tinham oprimido os pobres e produzido uma enorme injustiça social, para Oséias o problema era que o povo de Israel tinha começado a venerar outros deuses, especialmente Baal, o deus de outros povos da região. Para Oséias, procurar outros deuses é como uma mulher buscar outros amantes, deixando seu marido para trás. A raiva que Deus sente desse ato de traição é palpável ao longo das profecias de Oséias. Como os israelitas tinham se prostituído com os deuses pagãos, Deus os faria passar fome e os mandaria para o exílio:

> Não te alegres, Israel:
> Não te exultes como os povos!
> porque tu te prostituíste longe do teu Deus,
> amaste o salário de prostituta em todas as eiras de trigo.
> A eira e o lagar não os alimentarão
> e o mosto os enganará.
> Eles não habitarão na terra do Senhor.
> Efraim [outro nome para Israel] voltará ao Egito,
> Na Assíria comerão coisas impuras. (Oséias 9:1-3)

Ao mesmo tempo, a idolatria de Israel também envolvia formas de "perversidade" e "injustiça", que levariam à destruição final: "Levantar-se-á um tumulto em teu povo, e todas as tuas fortalezas serão destruídas, como Sálmana devastou Bet-Arbel no dia do combate, quando mães foram esganadas com seus filhos. Eis o que vos fez Betel por causa de sua enorme perversidade" (10:14-15). Mães esganadas sobre os filhos? Sim, essa é a punição que Israel pode esperar por se afastar da trilha e da veneração a seu Deus.

Em nenhum momento a mensagem de Oséias é apresentada de forma mais grandiosa do que próximo ao fim do livro, quando ele diz que, como Israel tinha sido o povo escolhido, sua desobediência transformará Deus de um pastor fiel que infalivelmente os guiava pelo caminho em um animal selvagem que os faz em pedaços:

> Mas eu sou o Senhor teu Deus, desde a terra do Egito.
> Não deves reconhecer outro Deus além de mim,
> não há salvador que não seja eu.
> Eu te conheci no deserto,
> em uma terra árida.
> Estando na pastagem, eles se saciaram;
> uma vez saciados, seu coração se exaltou;
> por isso eles se esqueceram de mim.
> E eu me tornei para eles como um leão,
> como uma pantera no caminho
> eu estava à espreita.
> Eu os ataco como uma ursa despojada de seus filhotes,
> rasgo-lhes o peito e aí os devoro
> como uma leoa,
> As feras selvagens os despedaçarão.
> É tua destruição,
> pois só em mim está teu auxílio. (Oséias 13:4-9)

Este não é o tipo de Deus amoroso, preocupado e clemente das canções de ninar e dos livros da escola dominical. Deus é um animal feroz que fará seu povo em pedaços por não venerá-lo. Ou, como Oséias afirma na imagem mais perturbadora de todas:

> Samaria [a capital do reino do norte] deverá expiar.
> porque se revoltou contra o seu Deus.
> Cairão pela espada,
> seus filhos serão esmagados,
> às suas mulheres grávidas serão abertos os ventres. (Oséias 13:16)

A prevista queda de Israel se deu pouco depois da época de Oséias (ou possivelmente nos últimos anos de sua atividade profética). Assíria estava em movimento e queria muito controlar toda a região que mais tarde ficou conhecida como Crescente Fértil. Israel teve o azar geográfico de estar logo a leste do Mediterrâneo, na massa de terra que levava da Mesopotâmia ao Egito, no sul. Qualquer império mundial que quisesse controlar a região precisava controlar Israel. Os exércitos da Assíria marcharam contra o pequeno Israel e o tomaram, destruindo a capital, Samaria, matando a oposição e, como já foi dito, mandando boa parte do povo para o exílio.

Esse tipo de derrota militar pode ser lido por um historiador secular como um acontecimento natural, fruto de correntes políticas e ambição nacional. Não para um profeta religioso como Oséias. Para ele, o motivo pelo qual Israel sofreu tanto foi que o povo tinha perdido a fé no Deus que o resgatara do Egito e buscado outros deuses. O verdadeiro Deus não podia aceitar esse comportamento insincero, e, assim, mandou as poderosas tropas do norte. O exército foi destruído, a terra, arrasada e o povo, violentamente morto ou exilado, como punição por seu pecado.

## Outros profetas, mesma história

Os profetas Amós e Oséias não estavam sozinhos em ver o sofrimento do povo de Israel como uma punição de Deus. Na verdade isso é uma constante em *todos* os profetas escritores, estivessem eles profetizando contra o reino norte de Israel ou o reino sul de Judá, estivessem profetizando na época da ascensão assíria no século VIII ou na época dos babilônios no século VI — ou em qualquer outra época ou lugar. Página após página, os escritos dos profetas estão repletos de alertas funestos sobre como Deus infligiria dor e sofrimento a seu povo por desobediência, fosse por intermédio de fome, seca, peste, dificuldades econômicas e agitação política ou, como era mais comum, por intermédio de uma grande derrota militar. Deus produz tragédias de todo tipo, tanto para punir seu povo pelo pecado quanto para convencê-lo a voltar para ele. Se retornarem, a dor terminará; caso contrário, será maior.

Em vez de pesquisar todos os escritos de todos os profetas, abordarei aqui brevemente as palavras de dois dos mais famosos, Isaías e Jeremias, ambos de Jerusalém, ambos chamados de profetas maiores, e cuja poderosa retórica continua a ser uma leitura fascinante dois milênios e meio depois.[22] É importante lembrar, porém, que eles, e todos os profetas, estavam falando ao povo de sua própria época, orientando-o na palavra do Senhor, estimulando-o a retornar a Deus e recitando o destino terrível que esperava pelo povo se não fizesse isso. Os dois profetas tiveram ministérios longos de cerca de quarenta anos. Ambos profetizaram não contra o reino do norte, mas contra o do sul. Sua mensagem básica, porém, não difere de forma significativa daquela de seus colegas do norte.[23] O povo de Deus tinha saído da trilha, e, conseqüentemente, um sofrimento assustador estava reservado. Deus, para eles, era um Deus que castigava.

Vejam o lamento pungente do capítulo de abertura de Isaías:

> Ai da nação pecadora! Do povo cheio de iniqüidade!
> Da raça dos malfeitores, dos filhos pervertidos!
> Eles abandonaram o Senhor, desprezaram o Santo de Israel
> e afastaram-se dele.
> Onde podereis ser feridos ainda, vós que perseverais na rebelião? (...)
> Vossa terra está desolada e vossas cidades estão incendiadas,
> vosso solo é devorado por estrangeiros. (...)
> Não tivesse o Senhor dos Exércitos nos deixado alguns sobreviventes,
> estaríamos como Sodoma, seríamos semelhantes a Gomorra. (Is 1:4-9)

É difícil ler isto sem pensar naquele cartum ameaçador com a legenda: "Os espancamentos continuarão até que o moral melhore." De fato, essa é a mensagem de Isaías, em palavras que lembram Oséias:

> Como se transformou em prostituta, a cidade fiel [Jerusalém]?
> Sião, onde prevalecia o direito, onde habitava a justiça,
> mas agora, povoada de assassinos. (...)
> Teus príncipes são rebeldes, companheiros de ladrões;
> todos são ávidos por subornos e correm atrás de presentes.
> Não fazem justiça ao órfão, a causa da viúva não os atinge.
> Por isso mesmo — oráculo do Senhor Deus dos Exércitos, o forte de
> Israel —

> ai de ti! Eu me divertirei à custa de meus adversários,
> vingar-me-ei de meus inimigos.
> Voltarei a minha mão contra ti. (Is 1:21-25)

O povo de Deus tinha se transformado em inimigo de Deus. E ele agirá dessa forma:

> Em lugar de bálsamo, haverá mau cheiro;
> Em lugar de cinto, uma corda. (...)
> Em lugar da beleza ficará a marca do ferro em brasa.
> Teus homens cairão à espada,
> teus heróis tombarão na guerra.
> Suas portas se encherão de lamentação e de luto;
> ela, despojada, sentar-se-á no chão. (Is 3:24-26)

Em uma das passagens mais famosas do livro, Isaías relembra uma visão que teve do próprio Deus, "sentado sobre um trono, alto e elevado" acima do Templo (6:1-2). O profeta recebe de Deus a missão de espalhar sua mensagem, uma mensagem que o povo rejeitará. Quando ele pergunta ao Senhor durante quanto tempo deverá fazer a proclamação, recebe más notícias — até que toda a terra seja destruída: "Até que as cidades fiquem desertas por falta de habitantes; até que o solo se reduza a ermo, a desolação; até que o Senhor remova para longe seus homens e no seio da terra reine uma grande solidão" (6:11-12). E o que Judá fez para merecer tal julgamento? Eles roubaram os pobres, não cuidaram dos necessitados, não atenderam as viúvas e os órfãos em dificuldades (10:2-3). Deus, portanto, mandará outro grande poder contra eles para destruí-los.

Ainda assim, como vimos no caso de Amós, Isaías antecipa que a ira de Deus não queimará para sempre. Ao contrário, ele salvará um remanescente de seu povo e recomeçará.

> Naquele dia, o resto de Israel e os sobreviventes da casa de Jacó não continuarão a apoiar-se sobre aquele que o fere; apoiar-se-ão sobre o Senhor, o Santo de Israel, com fidelidade. Um resto, o resto de Jacó, voltará ao Deus forte. (...) Só mais um pouco de tempo e o furor chegará ao fim:

> minha ira causará sua [do inimigo] destruição (...) naquele dia, a carga será removida dos teus ombros, e o seu jugo, de sobre o teu pescoço. (Is 10:20-27)

Mais de um século depois, uma mensagem semelhante foi proclamada por Jeremias, outro profeta de Judá que antecipou que Deus iria destruir a nação por seus erros.[24] Uma potência estrangeira marcharia contra ela e produziria terrível destruição:

> Eis que trago contra vós
> uma nação de longe,
> ó casa de Israel,
> oráculo do Senhor.
> É nação duradoura,
> é nação antiga,
> nação cuja língua
> não conheces,
> e não compreendes o que ela fala (...)
> Devorará tua messe e teu pão,
> devorará teus filhos e tuas filhas,
> devorará tuas ovelhas e tuas vacas,
> devorará tua vinha e tua figueira,
> destruirá pela espada
> tuas cidades fortificadas
> em que depositas a tua confiança. (Jr 5:15-17)

Jeremias foi bastante explícito: a cidade sagrada, Jerusalém, seria destruída no massacre por vir. "Eu farei de Jerusalém um monte de pedras, abrigo de chacais: e das cidades de Judá farei uma desolação, sem habitantes" (9:10).[25] O conseqüente sofrimento dos habitantes da terra não será agradável: "Eles morrerão de doenças mortais, não serão lamentados nem enterrados; servirão de esterco sobre o solo. Perecerão pela espada e pela fome, e seus cadáveres serão alimento para os pássaros do céu e para os animais selvagens" (16:4). O cerco de Jerusalém pelos exércitos estrangeiros levará a horrores indizíveis, à medida que a fome aumente na cidade e as pessoas apelem às piores formas de canibalismo simplesmente para sobreviver: "Eu farei desta cidade um objeto de pavor e de burla; cada um que passar por ela ficará estupefato e assobiará, por causa de todos os seus ferimentos. Farei que eles devorem a carne de seus filhos e a carne de suas filhas: eles se devorarão mutuamente na angústia e na necessidade com que os oprimem os seus inimigos e aqueles que atentam contra a sua vida" (19:8-9).

Como seus predecessores proféticos, Jeremias também mantinha a esperança. Se as pessoas simplesmente retornassem a Deus, seu sofrimento poderia ser evitado: "Por isso assim disse o Senhor: se te convertes eu te faço retornar e estarás diante de mim. (...) E te farei, para esse povo, muralha de bronze, fortificada. Eles lutarão contra ti, mas nada poderão contra ti, porque estou contido, para te livrar e te salvar, oráculo do Senhor. Eu te livrarei da mão dos perversos e te resgatarei do punho dos violentos" (15:18-21).

A lógica dessa esperança é clara. O sofrimento vem de Deus. Se seu povo simplesmente retornar a ele, o sofrimento terá um fim. Mas caso se recuse, aumentará até haver uma destruição final. Nesse sentido, o sofrimento não é apenas um infeliz conjunto de circunstâncias, determinado por realidades políticas, econômicas, sociais ou militares. É aquilo que se abate sobre aqueles que desobedecem Deus; é o que se abate como uma punição pelo pecado.

## Uma avaliação inicial

O que pensar da visão profética do sofrimento? Não é simplesmente a visão de várias vozes isoladas em trechos distantes das Escrituras, mas a visão apresentada em página após página por todos os profetas da Bíblia hebraica, profetas maiores e profetas menores. Além disso, como veremos no próximo capítulo, a influência dessa visão se propagou bem além dos escritos dos profetas. É exatamente essa visão que orienta as cronologias do que aconteceu na nação de Israel em livros históricos como Josué, Juízes, 1 e 2 Samuel e 1 e 2 Reis. É uma visão encontrada em muitos dos salmos. É de muitas formas comparável à visão encontrada na literatura sapiencial, como o livro de Provérbios. É uma visão que permeia a Bíblia, especialmente as Escrituras hebraicas. Por que as pessoas sofrem? Em parte, porque Deus as faz sofrer. Não que ele apenas cause um pouco de desconforto aqui e ali para relembrar às pessoas que devem dar mais atenção a ele. Ele produz fome, seca, peste, guerra e destruição. Por que Deus faz as pessoas passarem fome? Por que elas têm doenças horrendas e fatais? Por que jovens são mutilados e mortos em batalha? Por que cidades inteiras são sitiadas, escravizadas, destruídas? Por que mulheres grávidas são estripadas e crianças esmagadas em pedras? Pelo menos em certa medida é Deus que faz isso. Ele está punindo seu povo que se perdeu.

Devo insistir em que os próprios profetas nunca afirmam isso como um princípio universal, como uma forma de explicar *todos* os casos de sofrimento. Ou seja, os profetas estavam falando *apenas* a seus contemporâneos sobre seu sofrimento específico. Ainda assim, não há como fugir da horrenda realidade dessa visão. Deus algumas vezes julga seu próprio povo — principalmente por ser seu povo — por que abandonou a ele e a seu caminho.

O que dizer de tal visão? Pelo lado positivo, essa visão leva a sério Deus e suas interações com o mundo. As leis que seu povo violou, afinal, eram leis que tinham o objetivo de preservar o bem-estar da sociedade. Eram leis concebidas para garantir que os pobres não fossem oprimidos, que os necessitados não fossem negligenciados, que os fracos não fossem explorados. Também eram leis determinando que Deus fosse venerado e servido — apenas Deus, não outros deuses de outros povos. Os profetas ensinaram que o atendimento aos desejos de Deus produziria favor divino, enquanto a desobediência levaria a dificuldades — e certamente a obediência seria melhor para todos os envolvidos, especialmente os pobres, necessitados e fracos. Os profetas, em síntese, estavam preocupados com questões da vida real — pobreza, desamparo, injustiça, opressão, distribuição desigual da riqueza, a indiferença daqueles que têm tudo para com aqueles que são pobres, desamparados e marginalizados. Em todos esses pontos eu concordo profundamente com os profetas e suas preocupações.

Ao mesmo tempo, há problemas óbvios nesse ponto de vista, especialmente se generalizado e transformado em uma espécie de princípio universal, como algumas pessoas tentaram fazer ao longo do tempo. Nós realmente queremos dizer que Deus produz fome como uma punição pelo pecado? Deus é responsável pelas ondas de fome na Etiópia? Deus cria conflitos militares? Ele deve ser culpado pelo que aconteceu na Bósnia? Deus produz doenças e epidemias? Foi ele quem criou a epidemia de gripe de 1918 que matou 30 milhões de pessoas em todo o mundo? Ele está matando 7 mil pessoas por dia de malária? Ele criou o surto de Aids?

Acho que não. Mesmo que se queira limitar a visão profética ao "povo escolhido", o povo de Israel, o que se pode dizer? Que os problemas políticos e militares no Oriente Médio são a forma escolhida por Deus para fazer com que Israel retorne a ele? Que ele está disposto a sacrificar as vidas de mulheres e crianças em atentados suicidas para provar sua tese? Mesmo se nos limitarmos ao *antigo* Israel, nós realmente queremos dizer que as pessoas inocentes morreram de fome (a fome, afinal, não afeta apenas os culpados) como uma punição divina pelos pecados da nação? Que a brutal opressão dos assírios e depois dos babilônios realmente era Deus agindo, que ele estimulou os soldados enquanto eles abriam as barrigas de mulheres grávidas e esmagavam criancinhas contra rochas?

O problema com essa visão é não apenas ser ela escandalosa e ultrajante, mas também que ao mesmo tempo cria falsa segurança e falsa culpa. Se a punição é fruto do pecado, e eu não estou sofrendo nada, muito obrigado, isso me torna probo? Mais probo que meu vizinho do lado que perdeu seu emprego, cujo filho foi morto em um acidente ou cuja esposa foi brutalmente violentada e assassinada? Por outro lado, se eu estou passando por um terrível sofrimento, realmente é porque Deus está me punindo? Eu realmente devo ser culpado quando meu filho nasce com um defeito? Quando a economia despenca e já não consigo colocar comida na mesa? Quando tenho câncer?

Certamente deve haver outras explicações para a dor e o sofrimento no mundo. E de fato há outras explicações — muitas delas — até mesmo na própria Bíblia. Mas antes de as estudarmos, devemos compreender como a visão profética do sofrimento afetou autores que não eram profetas, mas cujos livros também acabaram se tornando parte das Escrituras.

# Mais pecado e mais ira: o domínio da visão clássica do sofrimento

Por mais horroroso e horripilante que tenha sido o Holocausto, obviamente não foi a única conseqüência terrível da Segunda Guerra Mundial. A guerra afeta países inteiros e, claro, as pessoas que vivem neles, tanto civis quanto soldados. É relativamente fácil apresentar estatísticas dos grandes conflitos internacionais do século XX. Em relação a baixas, por exemplo, costuma-se acreditar que a Primeira Guerra Mundial produziu 15 milhões de mortos. Muitas dessas mortes foram horrendas e torturantes; a guerra nas trincheiras foi uma coisa feia. No que diz respeito apenas aos números, a Segunda Guerra Mundial foi muito mais significativa: aproximadamente entre 50 e 60 milhões de mortes, no total — o que corresponde a entre 2% e 3% da população da Terra na época. Isso não inclui, claro, os gravemente feridos — soldados com pernas arrancadas por minas terrestres, feridos com estilhaços que continuaram a carregar no corpo pelo resto da vida, e assim por diante. O que é preciso recordar quando são apresentados os números frios daqueles que morreram ou sofreram é que cada um dos números representa um indivíduo; um homem, mulher ou criança que tinha necessidades e desejos físicos, amores e ódios, crenças e esperanças. No caso de mais de 50 milhões de indivíduos na Segunda Guerra Mundial, essas esperanças foram violentamente destruídas. E mesmo os sobreviventes ficaram com cicatrizes por toda a vida.

Uma das características especiais do sofrimento pessoal é que ele pode não se revelar no rosto nem ficar evidente no restante da vida de alguém. Isso nem sempre é verdade, claro: soldados que tiveram a sorte de sobreviver a uma experiência de guerra — seja uma guerra mundial, Coréia, Vietnã ou qualquer outro das dezenas de conflitos do século passado — muitas vezes foram infelizes o resto da vida, permanentemente feridos, desfigurados ou tão mental e emocionalmente abalados que nunca conseguiram retomar uma vida normal. Qualquer um que pense em glorificar a guerra deveria mergulhar nos poemas de Wilfred Owen ou no filme de Dalton Trumbo, de 1971, *Johnny vai à guerra*, um dos filmes mais aterrorizantes já feitos.

Outros, porém, conseguiram sobreviver a uma guerra, retornar à vida civil e seguir em frente, levando uma existência feliz e próspera — de tal modo que apenas de olhar para eles você nunca saberia da angústia e do sofrimento profundos pelos quais passaram. Há milhões de experiências como essas, claro; eu aqui mencionarei apenas uma, aquela que conheço melhor — a experiência de meu próprio pai na Segunda Guerra Mundial.

Quando cheguei à idade da consciência (eu fui um pouco lento: digamos, 13 anos), meu pai levava a vida de alguém vivendo o sonho americano. Nós tínhamos uma bela casa colonial de quatro quartos em um grande terreno, dois carros e um barco; éramos sócios do country clube e tínhamos uma vida social movimentada. Papai era um homem de negócios bem-sucedido, trabalhando para uma empresa de caixas de papelão em Lawrence, Kansas. Ele tinha um casamento feliz com uma mulher que considerava sua melhor amiga, e eles tinham três filhos, um dos quais, poderia dizer, era particularmente fascinante por sua aparência e inteligência...

Onde está o sofrimento em uma vida assim? Bem, havia, claro, as formas comuns de desapontamento, frustração, esperanças malogradas, e assim por diante. E no final, câncer. Mas bem antes disso, meu pai tinha recebido uma dose muito grande de sofrimento no mundo, especialmente na guerra. Em março de 1943, com 18 anos de idade, ele foi convocado para o exército. Após um treinamento em diversos setores do exército (uma história em si complicada), ele foi mandado como soldado de primeira classe para lutar na Alemanha, integrando a 104ª Divisão de Infantaria (os "lobos cinzentos"). As batalhas que se seguiram o marcaram para toda a vida.

Em seu primeiro dia "de trabalho" ele começou como alimentador de munição, e no final do dia era o primeiro artilheiro em uma metralhadora. Os dois caras acima dele tinham sido mortos, e ele era o mais preparado para assumir. E assim foi. O maior trauma foi em uma batalha no rio Roer, na Alemanha, em 23 de fevereiro de 1945. Foi depois de a ofensiva alemã na Batalha do Bulge ter sido contida e os Aliados começarem a penetrar em território alemão. A 104ª Divisão estava se movendo na direção do Reno sob fogo pesado, mas antes teria de cruzar o pequeno rio Roer, que era bem defendido do outro lado por tropas alemãs armadas até os dentes. Os planos para a travessia foram feitos e o momento, definido — antes de serem frustrados pelos alemães: sabendo o que iria acontecer, eles explodiram a represa na cabeceira do rio, produzindo uma avalanche de água, tornando impossível a travessia imediata. Os americanos teriam de esperar. Finalmente, em 22 de fevereiro chegaram as ordens: eles deveriam partir à 1 hora da manhã seguinte.

As lembranças de meu pai das 24 horas seguintes precisaram ser reunidas a partir de fontes variadas: cartas que ele escreveu depois dos acontecimentos e histórias que ele (relutantemente) contou depois. Ele cruzou o rio em um barco, remando com cerca de outros 12, com a infantaria alemã do outro lado disparando contra eles, balas zunindo por toda parte. O colega à frente de meu pai foi explodido. Aqueles que conseguiram chegar do outro lado tiveram de se esconder em trincheiras enquanto outros soldados cruzavam. A trincheira em que meu pai se jogou estava cheia de água da inundação do rio. E meu pai tinha de permanecer ali, ele e mais dois, incapaz de sair por causa do tiroteio. Eles na verdade tiveram de permanecer por quase um dia inteiro, pés e pernas mergulhados na água gelada, no auge do inverno.

Eles acabaram decidindo que não poderiam permanecer: com os pés congelados e sem perspectiva de ajuda. Começaram a correr, com meu pai à frente. Infelizmente, a única saída era através de um campo minado. Seus dois companheiros foram feitos em pedaços atrás dele. Ele conseguiu retornar às suas fileiras, mas não pôde ir mais à frente. Um médico foi chamado, fez um exame rápido e chegou à conclusão de que seus pés estavam em mau estado. Eles o levaram de maca para a retaguarda; ele acabou sendo evacuado e levado de avião para Salisbury, na Inglaterra.

Lá, os médicos disseram que era um milagre ele ter conseguido ficar de pé, quanto mais correr, considerando o estado de seus pés. Achavam que talvez fosse necessária uma amputação. Por sorte, a circulação foi devidamente restaurada, e ele escapou com os dois pés intactos, mas ferido pelo resto da vida. Teve problemas circulatórios até o dia de sua morte e não conseguia manter os pés aquecidos.

O final da história é que um tio seu soube que ele estava em Salisbury e conseguiu visitá-lo no hospital militar. Inicialmente o tio não o reconheceu. O puro terror da experiência de meu pai deixara seus cabelos inteiramente brancos. Na época ele tinha vinte anos de idade.

Conto esta história não por ser incomum, mas por ser totalmente comum. Cinqüenta milhões de outras pessoas não tiveram nem de longe a mesma sorte: elas foram simplesmente mortas. Muitos outros milhões ficaram horrivelmente desfigurados ou aleijados, com ferimentos para exibir pelo resto das vidas. Milhões tiveram experiências comparáveis à de meu pai. Todos sofreram horrivelmente. A experiência de meu pai foi só dele, mas de certa forma foi típica. Ao mesmo tempo, não foi universal.

De volta ao Kansas, onde tinha sido criado, havia outros rapazes de vinte anos que no dia da batalha tinham pouco com que se preocupar além de receber uma nota baixa em uma prova de química, não conseguir companhia para o baile ou levar um fora da namorada. Não pretendo subestimar a dor excruciante do amor não-correspondido: a maioria de nós passou por isso, e isso pode destroçar uma pessoa de dentro para fora. Mas é difícil comparar esse tipo de dor com o tormento físico e o absoluto terror de estar sob fogo inimigo com colegas sendo feitos em pedaços ao seu lado.

Ao mesmo tempo, em contraste com aqueles que voltavam para casa, havia outros rapazes de vinte anos, perto da linha de frente, que estavam sendo lenta e inexoravelmente torturados e assassinados nas experiências de médicos nazistas enlouquecidos — submetidos a experiências de congelamento, com bombas incendiárias, amputações, tentativas de transplantes de braços e pernas, e assim por diante. O sofrimento não apenas é sem sentido, mas também aleatório, caprichoso e mal distribuído.

Como explicar o sofrimento da guerra — ou qualquer tipo de sofrimento?

## A visão profética revisitada

Como vimos, os profetas da Bíblia hebraica tinham uma explicação pronta para por que as pessoas precisavam passar pela agonia excruciante da guerra. Para eles — pelo menos em relação a Israel e às nações que na época cercavam o país — a guerra era uma sentença divina pelos pecados do povo. Quero enfatizar que o sofrimento real em uma guerra na Antiguidade não era menos horripilante que na época moderna. Combate corpo-a-corpo com espadas, lanças e facas é tão aterrorizante quanto ficar em trincheiras com balas zunindo e destruindo seus companheiros. Para os profetas, Deus algumas vezes lança guerra de modo a ensinar uma lição a seu povo e obrigá-lo a se arrepender. Eu imagino que se não há ateus nas trincheiras, individualmente a estratégia funciona.

Porém, seria um equívoco considerar este ponto de vista sobre o sofrimento a visão de apenas alguns autores isolados na Bíblia hebraica. Na verdade, esse é o ponto de vista da maioria dos autores que produziram os textos bíblicos. Em termos de gênero literário, no extremo oposto do espectro em relação aos profetas estavam os autores da "sabedoria" hebraica. Enquanto os profetas enunciavam "a palavra de Deus" em uma situação de crise específica, indicando o que Deus queria que seu povo fizesse quando enfrentando um determinado problema concreto, os porta-vozes da sabedoria davam conselhos sábios que podiam ser aplicados em uma grande variedade de situações. Esses autores estavam preocupados com verdades universais que pudessem ajudar a levar a pessoa a uma vida feliz e próspera. Eles aprenderam as verdades que transmitiam não por uma revelação especial de Deus, mas por intermédio de uma experiência humana que se estendia por muitas gerações. Há vários livros de "sabedoria" na Bíblia hebraica — incluindo os de Jó e Eclesiastes, que estudaremos posteriormente —, mas nenhum deles representa melhor o gênero do que o livro dos Provérbios, uma coletânea de ditos sábios que, se forem seguidos, levarão a uma vida boa e feliz.[1]

Composto quase que inteiramente de ditos estimulantes sobre os quais é preciso refletir e que devem ser digeridos, o livro dos Provérbios não é, em sua maior parte (há algumas poucas exceções), organizado segundo um padrão identificável. É o tipo de livro no qual você pode simplesmente mergulhar, sem se preocupar com o contexto literário ou o fluxo narrativo, porque, em sua maior parte, não há nenhum. O chocante é que, embora Provérbios seja muito diferente dos escritos dos profetas, partilha com eles a mesma visão básica de que uma vida correta perante Deus será recompensada, mas que o sofrimento se abate sobre os iníquos e os desobedientes. Nem tanto porque Deus puna os pecadores, mas porque o mundo foi criado de uma certa forma por Deus, de modo que uma vida correta leva à felicidade, mas o comportamento iníquo leva ao sofrimento. É um refrão constante por todo o livro. Veja os seguintes exemplos:

> A maldição do Senhor está na casa do ímpio,
> mas abençoa a morada dos justos. (3:33)

O Senhor não deixa o justo faminto,
mas reprime a cobiça dos ímpios. (10:3)

O justo escapa da angústia,
o ímpio ocupa o seu lugar. (11:8)

Sim, a justiça leva à vida,
quem procura o mal morrerá. (11:19)

Ao justo nada acontece de mal,
mas os ímpios estão cheios de infelicidade. (12:21)

A desgraça persegue os pecadores;
aos justos, a paz e o bem. (13:21)

Esta é a visão clássica dos profetas, transposta para os livros sapienciais. Por que as pessoas passam fome, experimentam danos físicos e azares pessoais, são amaldiçoadas por Deus, se metem em problemas e morrem? Porque são ímpios: não obedecem a Deus. Como a pessoa pode evitar o sofrimento? Como garantir a benção de Deus, a barriga cheia, prosperidade na vida, distância de problemas e dores? Obedecendo a Deus.

Se pelo menos fosse verdade. Mas a realidade histórica nunca é tão nítida. Basta olhar ao redor e ver que os ímpios freqüentemente florescem e os justos freqüentemente sofrem, algumas vezes de formas horríveis e repulsivas. Ainda assim, é interessante ver que mesmo os autores *históricos* da Bíblia hebraica — exatamente as pessoas que você acharia que poderiam perceber que a visão clássica do sofrimento tem muitos problemas quando examinada historicamente —, mesmo esses autores estão em sua maioria convencidos de que o sofrimento vem de Deus como uma punição pelo pecado. Isso pode ser visto em alguns dos mais conhecidos episódios históricos da Bíblia — por exemplo, nas histórias do primeiro livro, Gênesis — e ainda mais claramente nas longas e demoradas narrativas que contam a história de Israel desde a conquista da terra prometida (o livro de Josué) até a queda do reino do sul frente aos babilônios (2 Reis).

## Explanação: algumas histórias conhecidas desde o começo

De certo modo, os principais temas do Pentateuco estão embutidos na história de Adão e Eva, contada no início. O Pentateuco é sobre a relação de Deus com a raça humana que ele criou e com o povo (de Israel) que ele escolheu especificamente: ele fez desse o seu povo e deu suas leis; o povo violou suas leis, então ele o puniu. Para os autores do Pentateuco a história "funciona" em relação a Deus: as experiências do povo de Israel na terra são determinadas por seu relacionamento com o Deus que o chamou desde o céu. Aqueles que obedecem a Deus são abençoados (Abraão); aqueles que desobedecem a ele são amaldiçoados (o povo de Sodoma e Gomorra). O sofrimento não é fruto das vicissitudes da história, mas da vontade de Deus.

Todo o relato — todos os cinco livros — é prefaciado pela conhecida história de Adão e Eva. Adão é criado antes e ouve que poderá comer os frutos de todas as árvores no Jardim do Éden, com exceção da árvore "do conhecimento do bem e do mal" — se comer daquela árvore, ele "terá que morrer" (Gn 2:17). Eva é então criada a partir da costela de Adão, e eles começam a vida juntos no jardim da utopia.

Mas, segundo conta a história, a serpente no jardim era "o mais astuto dos animais" e tentou Eva, dizendo que comer do fruto proibido (não é dito que seria uma maçã) não levaria à morte, mas permitiria aos seres humanos "serem como Deus". A mulher sucumbe à tentação da serpente. (Aliás, não é dito que a serpente é Satanás: essa é uma interpretação posterior. Essa é uma serpente de verdade. Com pernas.) Ela come o fruto e o dá a Adão, que também o come. Grande erro.

Quando Deus aparece (caminhando pelo jardim à agradável brisa do fim do dia), ele se dá conta do que eles fizeram e pune os três: serpente, Adão e Eva (3:14-19). A serpente a partir de então se arrastaria pela terra (suas pernas são retiradas). Mais significativo, Eva passaria a experimentar uma dor excruciante no parto, como conseqüência de seu pecado.

Segundo todos os relatos (eu me baseio em ouvir dizer), o parto é quase a experiência mais dolorosa que um ser humano pode ter; dizem que eliminar um cálculo renal é comparável, mas francamente, sendo alguém que nunca teve esse pequeno prazer (e que certamente nunca terá o outro), tenho de dizer que acho difícil acreditar nisso. Seja como for, é difícil para nós imaginar como o parto seria possível sem dor, mas nesta história a dor é fruto da desobediência, ela se abate como uma punição de Deus.

Também Adão é amaldiçoado. Em vez de simplesmente colher frutos das árvores do jardim, ele terá de lavrar a terra com o suor de seu rosto. A partir de então a vida será difícil e a sobrevivência, complicada. Essa é uma forma permanente de sofrimento, o preço a pagar pela desobediência. Está dado o tom para o resto da Bíblia.

Uma forma de ler o Gênesis é ver uma ligação entre este primeiro ato de desobediência e os péssimos resultados que se seguem: toda a raça humana, nascida de pais desobedientes, está cheia de pecado. Chega a tal ponto que Deus decide destruir o mundo e recomeçar. E assim temos o relato da arca de Noé e do dilúvio. "O Senhor viu que a maldade do homem era grande sobre a terra e que era continuamente mau todo desígnio de seu coração" (6:5). Então ele decide punir todos eles, e fazer "desaparecer da superfície do solo os homens que criei", juntamente com todos os animais, "porque me arrependo de os ter feito" (6:7). Não fica claro o que os animais tinham feito para merecer a morte, mas pelo menos os seres humanos estavam sendo punidos por sua iniqüidade. Apenas Noé e sua família são milagrosamente salvos; todos os outros se afogam no dilúvio divino mandado por Deus.

A maioria de nós conhece alguém que se afogou, e pensamos dolorosamente sobre seus últimos momentos. Não é uma morte agradável. Mas um mundo inteiro afogado? Por quê? Porque Deus estava com raiva. A desobediência precisa ser punida, e, assim, Deus matou praticamente toda a raça humana. Aqueles que prevêem o Armagedom acreditam que ele o fará novamente — não com água (Deus prometeu não fazer isso novamente; 9:11), mas pela guerra. Outros, claro, se recusam a acreditar em um Deus que está determinado a exterminar o povo que criou porque desaprova o modo como ele se comporta.

Uma última história, mais uma vez do Gênesis. O mundo é repovoado, mas novamente quase todos são ímpios. Então Deus escolhe um homem, Abraão, para ter uma relação especial com ele. Abraão tem um sobrinho chamado Ló, que vivia na cidade de Sodoma, que, fora ele, era cheia de pessoas realmente repulsivas. Deus decide destruir o lugar; Abraão argumenta com ele, e o leva a concordar com que, caso lá vivam pelo menos dez justos, não a destruirá. Nessa negociação com seu escolhido, Deus tinha um ás na manga: ele sabia muito bem que não havia dez justos na cidade, apenas Ló, sua esposa e suas duas filhas. Então Deus manda seus dois anjos vingadores para a cidade. O povo da cidade, demonstrando toda sua devassidão incontida, pensa que eles são visitantes humanos, e vão até a casa de Ló à noite exigir que ele solte os estranhos para que eles possam estuprá-los. Ló, em um gesto curioso, determinado por antigas regras de hospitalidade, oferece suas duas filhas virgens no lugar deles. Felizmente, os dois anjos intervêm. No dia seguinte a família foge da cidade e Deus a destrói com enxofre e fogo. Porém, a esposa de Ló não segue as instruções dos anjos; ela olha para trás para ver a destruição e é transformada em uma estátua de sal (19:24-26). Em todos os níveis, a desobediência produz punição.

## No final do Pentateuco

Um tema semelhante conduz a narrativa de todos os cinco livros do Pentateuco. Em certos sentidos ele chega ao clímax no livro final, Deuteronômio. O título desse livro significa literalmente "segunda lei"; na verdade, não é uma segunda lei dada no livro — em vez disso, o livro descreve a segunda vez em que a Lei foi dada aos filhos de Israel pelo profeta Moisés. A seqüência narrativa é a seguinte: no livro do Êxodo Deus resgatou Israel da escravidão no Egito e, milagrosamente, permitiu-lhe escapar dos exércitos do faraó que o perseguiam no mar Vermelho (ou mar de juncos). Ele, então, levou o povo ao monte Sinai, onde lhe deu sua Lei (Êxodo e Levítico). O povo deveria marchar rumo ao norte e chegar à terra prometida. Porém, quando eles chegaram ao limite da terra e enviaram batedores, os espiões retornaram alertando que os israelitas não conseguiriam conquistar a terra porque os habitantes eram ferozes (Números 13-14). Como as pessoas se recusaram a acreditar que Deus estaria vigiando para que seguissem suas ordens — tomar a terra e destruir seus habitantes —, Deus puniu os filhos de Israel se recusando a permitir que qualquer um deles entrasse na terra prometida (pecado produz punição). Como ele diz a Moisés: "Todos estes homens que viram minha glória e os sinais que fiz no Egito e no deserto (...) sem obedecer à minha voz, não verão a terra que prometi com juramento a seus pais" (Nm 14:22-23).

Assim, Deus obrigou o povo de Israel a vagar pelo deserto durante quarenta anos, até que toda a geração morresse (com exceção de um espião fiel, Caleb, e o novo comandante israelita, Josué, sucessor de Moisés). Após quarenta anos, Deus ordenou que Moisés desse ao povo — que não tinha estado lá da primeira vez — a Lei que recebera no monte Sinai quarenta anos antes. O livro do Deuteronômio conta a história de Moisés novamente transmitindo a Lei.

Quase no final do livro, após Moisés ter transmitido os mandamentos e as determinações, ele diz às pessoas em termos claros e diretos que se quiserem ter sucesso e prosperar sob a mão orientadora de Deus, devem obedecer à Lei. Se, contudo, desobedecerem, serão amaldiçoados e passarão por sofrimentos horríveis e excruciantes. Deuteronômio 28 é a chave para compreender toda a teologia do livro, pois ali as "bênçãos e maldições" são apresentadas em termos claros, à medida que Moisés fala ao povo:

> Portanto, se obedeceres de fato à lei do Senhor teu Deus, cuidando de pôr em prática todos os seus mandamentos que eu hoje te ordeno, o Senhor teu Deus te fará superior a todas as nações da terra. Estas são as bênçãos que virão sobre ti e te atingirão. (...)
>
> Bendito serás tu na cidade, e bendito serás tu no campo!
>
> Bendito será o fruto de teu ventre, o fruto do teu solo, o fruto dos teus animais, a cria das tuas vacas e a prole das tuas ovelhas!
>
> Bendito será o teu cesto e a tua amassadeira!
>
> Bendito serás tu ao entrares e bendito serás ao saíres! (Dt 28:1-6)

Moisés prossegue, indicando que se o povo obedecer à Lei, derrotará todos os seus inimigos em batalha, terá colheitas grandiosas, prosperará e crescerá. Por outro lado, se desobedecer, pode esperar exatamente o oposto:

> Maldito serás tu. (...) O Senhor enviará contra ti a maldição, o pânico e a ameaça em todo empreendimento da tua mão, até que sejas exterminado. (...) O Senhor fará com que a peste se apegue a ti, até que te elimine do solo em que estás entrando. (...) O Senhor te ferirá com tísica e febre, com inflamação, delírio, secura, ferrugem e mofo, que te perseguirão até que tu pereças. (...) O Senhor te entregará, já vencido, aos teus inimigos. (...) Teu cadáver será o alimento de todas as aves do céu e dos animais da terra. (...) O Senhor te ferirá com úlceras do Egito, com tumores, crostas

e sarnas que não poderás curar. O Senhor te ferirá com loucura, cegueira e demência. (Dt 28:16-28)

Então, aí está. Por que a tragédia se abate sobre o povo de Deus? Por que ele experimenta epidemias e doença? Por que há secas e quebras de safra, derrota militar e doença mental, e todos os outros sofrimentos padecidos pelo povo de Deus? Deus o está punindo por desobediência. Essa é a visão profética do sofrimento colocada em uma narrativa histórica.

## Outros livros históricos das Escrituras

A visão profética não se limita ao livro do Deuteronômio; ela também está no cerne das outras narrativas históricas do Velho Testamento, a maioria das quais foi altamente influenciada pela teologia do Deuteronômio. Seis longas narrativas após o Deuteronômio — Josué, Juízes, 1 Samuel, 2 Samuel, 1 Reis e 2 Reis — são identificadas pelos estudiosos como história deuteronômica, porque há muito se sabe (ou pelo menos se acredita) que esses livros foram escritos por um autor ou autores que aceitaram os pontos de vista básicos encontrados no Deuteronômio e permitiram que esses pontos de vista orientassem seus relatos da história dos israelitas nos séculos após Moisés (aproximadamente 1250 a.C.).[2] Como já foi dito, esses livros contam como o povo finalmente conquistou a terra prometida (Josué), como as tribos de Israel viveram em comunidades separadas antes de um rei ser dado a todas elas (Juízes), como os reis Saul, Davi e Salomão passaram a governar todo Israel (1 e 2 Samuel, 1 Reis), e depois como o reino foi dividido após a morte de Salomão, até a destruição do reino do norte pelos assírios em 722 a.C. e a destruição do reino do sul pelos babilônios em 586 a.C. (1 e 2 Reis). Esses seis livros bíblicos, portanto, cobrem a história de Israel ao longo de um período de setecentos anos. E, neles, uma perspectiva domina toda a narrativa. É a perspectiva de pecado e punição: quando Israel obedece a Deus, faz sua vontade e segue sua Lei, prospera e cresce; quando desobedece, é punido. Finalmente, paga o preço final da desobediência: é destruído por exércitos estrangeiros.

Esse ponto de vista está presente em todos os livros da história deuteronômica. O livro de Josué registra como o péssimo exército dos israelitas conseguiu conquistar e se apossar da terra prometida. O tom do relato é estabelecido bem no início. Deus diz a Josué para ir tomar a terra e faz sua promessa a ele:

> Ninguém te poderá resistir durante toda a tua vida (...) Tão-somente sê realmente firme e corajoso, para teres o cuidado de agir segundo toda a Lei que te ordenou Moisés, meu servo. Não te apartes dela, nem para a direita nem para a esquerda, para que triunfes em todas as tuas realizações. Que o livro desta lei esteja sempre nos teus lábios: medita nele dia e noite, para que tenhas o cuidado de agir de acordo com tudo que está escrito nele. Assim serás bem-sucedido nas tuas realizações e alcançarás êxito. (Js 1:5-8)

Isso é o que de fato acontece, como se vê já na primeira cena de batalha, a famosa batalha de Jericó. Como os israelitas puderam conquistar uma cidade tão bem fortificada? Simplesmente seguindo as instruções de Deus. Josué recebe a ordem de fazer os guerreiros de Israel marchar ao redor das muralhas da cidade uma vez por dia durante seis dias. No sétimo dia eles devem marchar sete vezes, depois soprar as trombetas e "as muralhas da cidade cairão". Eles o fizeram e funcionou. As muralhas caíram, os guerreiros entraram na cidade — e assassinaram todos os homens, mulheres, crianças e animais do local (com a exceção da prostituta Raab e sua família). Uma vitória grandiosa e absoluta (Js 6).

Todos os interessados na questão do sofrimento podem começar a pensar, claro, sobre os habitantes de Jericó. Para o Deus de Israel, eles eram estrangeiros que veneravam deuses estrangeiros, portanto não mereciam nada além da destruição. Mas talvez se possa pensar sobre todos os inocentes que foram assassinados. Esse realmente é Deus, que ordena o massacre daqueles que não fazem parte do seu povo? O povo de Jericó não teve a oportunidade de pensar sobre as coisas e se voltar para ele. Foram todos massacrados, mesmo os bebês, em um banho de sangue por determinação divina.

Ao longo de todo o livro de Josué, os exércitos de Israel são bem-sucedidos sempre que obedecem às determinações divinas. Quando eles se desviam dessas determinações mesmo que de forma mínima, Deus os pune com a derrota (por exemplo, na batalha de Hai, em Josué 7). É preciso compreender que não estou discutindo o que *realmente* aconteceu quando um grupo de exilados do Egito penetrou na terra de Canaã e passou a residir ali. Os historiadores há muito discutem a realidade histórica por trás dessas narrativas — não há provas arqueológicas, por exemplo, que sustentem a alegação da completa destruição de Jericó no século XIII a.C.[3] O que me interessa aqui é como o próprio historiador do Deuteronômio viu esses acontecimentos. No ponto de vista dele, o sucesso bafejava o povo de Israel quando obedecia a Deus; havia reveses quando desobedecia. Na verdade, os reveses eram bastante graves. As pessoas sofriam horrivelmente se não fizessem o que Deus ordenara a elas.

A mesma idéia guia o livro dos Juízes, que descreve como as 12 tribos de Israel viviam na terra prometida antes que um rei reinasse sobre todos. Esse período de duzentos anos é apresentado como sendo um tanto caótico, mas um tema prevalece no relato. Quando Israel era fiel a Deus, florescia; quando se afastava de Deus, por exemplo venerando os deuses dos outros habitantes da terra (os exércitos israelitas não tinham conseguido aniquilar todos), então Deus o punia. Essa visão abrangente pode ser vista no resumo do período, dado logo no início do livro, em uma descrição do que costumava acontecer quando os filhos de Israel começavam a venerar "os baais" — isto é, as divindades locais dos cananeus.

> Então os israelitas fizeram o que era mau aos olhos do Senhor, e serviram aos baais. Deixaram o Senhor, o Deus de seus pais, que os tinha feito sair da terra do Egito, e seguiram a outros deuses dentre os dos povos ao seu redor. (...) e irritaram o Senhor. (...) Então a ira do Senhor se acendeu contra Israel. E os abandonou aos saqueadores que os espoliaram, e os entregou aos inimigos que os cercavam, e não puderam mais oferecer-lhes resistência. (...) E a sua aflição era extrema. (Jz 2:11-15)

Sempre que isso acontecia — e acontece constantemente a longo do livro dos Juízes —, Deus erguia um governante em uma ou outra parte da terra, governantes convocavam juízes, que faziam a sua vontade e libertavam o povo da opressão estrangeira. Assim, temos histórias de personagens como Aod, a profetiza Débora, Gideão e o poderoso Sansão. A história da época é definida de forma sucinta na última linha do livro: "Naqueles dias não havia rei em Israel, e cada um fazia o que lhe parecia correto" (21:25). Infelizmente, o que era correto aos olhos deles não o era aos olhos de Deus, de modo que o livro é repleto de incidentes de opressão e dominação externas.

O último juiz foi Samuel, e os dois livros de Samuel são dedicados a apresentar a transição do período de autonomia local (e caótica) entre as tribos de Israel para o período da monarquia. Samuel é orientado por Deus a ungir um rei que governará seu povo. A história deuteronômica dá relatos dúbios sobre se o clamor de Israel por um rei era uma coisa boa, coerente com a vontade de Deus, ou uma coisa ruim que ele concedeu de má vontade. O primeiro rei é Saul, que é alternadamente retratado como um governante bom e divino ou ruim e não-divino. Por causa das falhas de Saul, Deus determina a Samuel que unja outro rei, o jovem Davi, que, depois de vários conflitos com Saul (contados em 1 Samuel), e da morte de Saul em batalha, se torna o rei de todo o povo, escolhido por Deus. Isso inicia uma espécie de época de ouro para o antigo Israel, quando os territórios governados por ele eram extensos e quando potências estrangeiras como Egito e Assíria ainda não pretendiam dominar a região (2 Samuel). Essa fase se estendeu a todo o reinado de Salomão, descrito em 1 Reis. Mais uma vez o narrador deuteronomista dá o tom para o reinado de Salomão, em uma palavra de Deus que chega a ele:

> Quanto a ti, se procederes diante de mim como teu pai Davi, na integridade e retidão do coração, se agires segundo as minhas ordens (...) firmarei para sempre teu trono sobre Israel (...) porém, se vós e vossos filhos me abandonardes, não observando os mandamentos e os estatutos (...) e indo servir a outros deuses, (...) então erradicarei Israel da terra que lhe dei. (1 Reis 9:4-7)

Ao final, Salomão se mostra não-fiel a Deus. Como aconteceu com muitos governantes poderosos antes e depois dele, sua derrota foi fruto de sua vida amorosa. É-nos dito que Salomão tinha mais de mil esposas e concubinas (11:3). Isso em si não era um problema numa época em que a poligamia era amplamente praticada e não condenada pela lei mosaica (para surpresa de muitos leitores de hoje). O problema era que "Além da filha do faraó, o rei Salomão amou muitas mulheres estrangeiras: moabitas, amonitas, edomitas, sidônias e hetéias" (11:1). Deus tinha ordenado que os israelitas se casassem e se envolvessem sexualmente apenas com israelitas. E o motivo fica claro no caso de Salomão. Suas esposas estrangeiras o induziram a venerar seus deuses. Deus fica com raiva e jura: "Vou tirar-te o reino." E é o que acontece. Roboão, filho de Salomão, assume o trono após sua morte, mas as tribos da região norte da terra decidem se separar da união e criar sua própria nação sob um rei rival, Jeroboão.

O restante de 1 e 2 Reis descreve os governos de vários reis em Israel (o norte) e Judá (o sul), até os dois reinos serem destruídos pelas superpotências mesopotâmicas. Aos olhos do historiador deuteronomista, o sucesso de cada rei dependia não de sua sabedoria política ou de suas habilidades diplomáticas, mas de sua fidelidade a Deus. Aqueles que obedeciam a Deus eram abençoados; os que desobedeciam eram amaldiçoados. Finalmente, a desobediência cresce a tal ponto que Deus decide destruir o reino do norte. O autor de 2 Reis é explícito sobre o que levou à destruição, pelos assírios, da capital de Samaria e, com ela, de todo o reino do norte:

> Depois o rei da Assíria invadiu toda a terra e pôs cerco a Samaria durante três anos. No nono ano de Oséias o rei da Assíria tomou Samaria e deportou Israel para a Assíria. (...)
>
> Isso aconteceu porque os israelitas pecaram contra o Senhor seu Deus, que os fizera subir da terra do Egito. (...) Adoraram outros deuses, (...) proferiram palavras inconvenientes contra o Senhor seu Deus. (...) Prestaram culto aos ídolos. (...) Desprezaram seus estatutos, assim como a aliança que ele havia concluído com seus pais, e as ordens que lhes havia dado. (...) Rejeitaram todos os mandamentos do Senhor, seu Deus. (...) Então o Senhor irritou-se sobremaneira contra Israel e arrojou-o para longe de sua face. Restou apenas a tribo de Judá. (2 Reis 17:5-18)

Um século e meio mais tarde, os ímpios reis sem Deus de Judá foram igualmente rejeitados por Deus, e também aquela nação foi destruída, dessa vez pelos exércitos da Babilônia, que nesse meio-tempo tinha conquistado a poderosa Assíria. Mais uma vez, para esse autor a derrota militar esmagadora e o enorme sofrimento produzido por ela não foram resultado de erros políticos ou falta de força militar; Judá foi destruída por Deus por desobedecer seus mandamentos:

> Assim diz o Senhor: Eis que estou para fazer cair a desgraça sobre este lugar e sobre seus habitantes (...) porque me abandonaram e sacrificaram a outros deuses, para me irritar com suas ações. Minha ira se inflamou contra esse lugar, e ela não se aplacará. (2 Reis 22:16-17)

## O sistema sacrificial judaico

Já vimos como é dominante a chamada visão clássica do sofrimento. A idéia de que o sofrimento se abate sobre o povo de Deus em conseqüência da desobediência é encontrada não apenas em todos os profetas, tanto maiores quanto menores, mas também na tradicional literatura "sapiencial" israelita (o livro dos Provérbios) e nos livros históricos das Escrituras (isto é, o Pentateuco e a história deuteronômica). Na verdade, penetra ainda mais fundo, no próprio cerne da religião do antigo Israel.

Hoje, muitas pessoas em nosso mundo ocidental (especialmente onde eu vivo, no sul dos Estados Unidos) pensam que a religião é uma questão de crença: de fato, a religião envolve rituais de adoração e afeta o modo como uma pessoa vive, mas no âmago a religião é uma questão de o que a pessoa pensa sobre Deus, sobre Cristo, a salvação, a Bíblia, e assim por diante. Porém, no antigo Israel — como em quase todas as antigas sociedades — religião não era basicamente uma questão de crença correta. A religião dizia respeito a adorar Deus corretamente. E a adoração correta dizia respeito a realizar rituais sagrados de formas divinamente estabelecidas (isso também era válido para as antigas religiões pagãs). A religião de Israel, em particular, era uma religião de sacrifício.

Na Torá, Deus determina aos antigos israelitas que façam sacrifícios de animais e outros tipos de comida a ele (ver Levítico 1-7). Estudiosos modernos consideram as leis de sacrifício complexas e confusas, e há uma grande discussão sobre quais seriam os tipos de sacrifícios (sacrifícios pelo "pecado", sacrifícios pela "reparação", sacrifícios em "holocausto", sacrifícios de oblação, e assim por diante — todos discutidos na Torá), como eram feitos e como realmente "funcionavam".[4] Porém, uma coisa parece clara. Alguns dos sacrifícios que deveriam ser feitos por sacerdotes israelitas no local sagrado determinado (o antigo Tabernáculo, por exemplo, ou, após a época de Salomão, no Templo Judaico) eram feitos como expiação dos pecados. Ou seja, quando as pessoas, coletiva ou individualmente, violavam a lei de Deus, assim caindo em desgraça perante ele, Deus tinha estabelecido um modo para que pudessem reparar a falta: oferecendo um sacrifício. A idéia básica por trás dessa forma de sacrifício é haver uma punição (isto é, sofrimento vindo de Deus) estabelecida para aqueles que violam o desejo de Deus; quando o sacrifício adequado é oferecido, essa punição é suspensa.

Esse parece, nitidamente, ser o caso do que o Levítico chama de "oferenda de holocausto" ("será aceita para que se faça por ele o rito de expiação", Lv 1:4, ver Jó 1:5); de "oferenda de pecado" ("O sacerdote fará, assim, o rito de expiação pelo homem, pelo pecado que cometeu, e ele será perdoado", Lv 4:35), e de "oferenda de reparação" ("Este fará por ele o rito de expiação com o carneiro do sacrifício de reparação, e ser-lhe-á perdoado", Lv 5:16).

Como o pecado produz terrível punição por meio da manifestação da ira divina, essa ira precisa ser evitada. Ela é evitada com o adequado sacrifício de um animal. Não é claro, como disse, como o sacrifício realmente "funciona". O animal substituiria o ser humano, que já não precisa ser morto porque o animal o foi? (ver Gn 22:1-14). Ou há uma outra lógica, mais complicada, em ação?[5] Qualquer que seja a resposta à questão da mecânica, o culto do Templo israelita se concentrava no sacrifício como uma forma de restaurar uma relação perdida com Deus, rompida pela desobediência. Assim, a visão clássica do sofrimento — desobediência leva a punição — está no cerne da antiga religião israelita.

Em certo momento da história de Israel essa noção de que um ser (um animal) podia ser sacrificado no lugar de outro (um ser humano) acabou ganhando proporções simbólicas. Isso, como veremos, iria ser muito importante para os primeiros cristãos, cuja compreensão da morte de Jesus foi algumas vezes expressa como o "perfeito" sacrifício pelos pecados (ver Hebreus 9-10, no Novo Testamento). É importante perceber, porém, que os cristãos não inventaram a idéia de que o sofrimento de um poderia levar ao perdão de outro. Essa idéia tinha raízes no próprio antigo Israel, como pode ser visto particularmente nos escritos de um profeta ativo nos anos posteriores à destruição de Jerusalém em 586 a.C. Como os escritos desse profeta foram posteriormente combinados (no mesmo rolo) com aqueles de Isaías de Jerusalém, que viveu cerca de 150 anos antes, ele é conhecido como o Segundo Isaías.[6]

## O sacrifício substitutivo no Segundo Isaías

Os historiadores usaram várias fontes da Bíblia hebraica (2 Reis 25, Jr 52) para reconstituir como o reino sul de Judá caiu perante os babilônios.[7] Dividido entre as exigências do império egípcio ao sul e as do império babilônico ao nordeste, o rei da Judéia, Sedecias, tomou a decisão funesta de se aliar ao primeiro. Os exércitos babilônios sob o rei Nabucodonosor marcharam sobre Judá e sitiaram Jerusalém por 18 meses, provocando graves dificuldades e fome na cidade. As muralhas foram finalmente rompidas; a oposição, morta; e o Templo sagrado (construído por Salomão cerca de quatrocentos anos antes), destruído. Sedecias tentou fugir, mas foi capturado: Nabucodonosor matou os filhos do rei na frente de seus olhos, depois os arrancou e levou o rei de volta à Babilônia como prisioneiro. Muitos dos membros da aristocracia de Jerusalém também foram levados presos (a idéia era a de que eles não poderiam fomentar uma rebelião longe da pátria). Esse é o contexto em que o Segundo Isaías faz sua proclamação.

Há mais de cem anos, os estudiosos se deram conta de que os capítulos 40 a 55 do livro de Isaías não poderiam ter sido escritos pelo mesmo autor responsável pelos primeiros 39 capítulos (ou a maior parte deles). Os primeiros capítulos pressupõem uma situação na qual a Assíria está prestes a atacar Judá — ou seja, foram escritos no século VIII a.C. Os capítulos 40 a 55, por outro lado, pressupõem uma situação em que o reino do sul tinha sido destruído e seu povo, levado para o exílio — ou seja, meados do século VI a.C. Talvez porque os dois livros têm temas proféticos semelhantes, alguém posteriormente os somou em um único rolo, acrescentando ainda os capítulos 56 a 66, de um profeta ainda mais recente (o Terceiro Isaías), que escreveu em um terceiro contexto.

O Segundo Isaías concorda com seus predecessores proféticos ao ver o sofrimento que tinha se abatido sobre o povo de Israel como uma punição por seus pecados contra Deus. De fato, Israel "recebeu da mão do Senhor pega dobrada por todos os seus pecados" (40:2). Essa regra de pecado e punição, porém, se aplica não apenas a Israel, conquistado, mas também à Babilônia, conquistadora, como o próprio Deus informa a esta última:

> Eu estava irritado contra o meu povo,
> reduzi minha herança à humilhação;

> entreguei-a nas tuas mãos,
> mas tu não usaste de compaixão para com ela: (...)
> Uma desgraça te sobrevirá,
> tu não saberás como conjurá-la;
> uma ruína se desencadeará sobre ti
> e tu não poderás afastá-la. (Is 47:6, 11)

Um ensinamento fundamental do Segundo Isaías, diferentemente daquele dos profetas anteriores à tragédia, é que, agora que Judá tinha pagado por seus pecados sendo punida, Deus iria se aplacar e perdoar seu povo, reconduzindo-o à terra prometida e começando um novo relacionamento com eles. E assim, nas conhecidas palavras de abertura do relato do profeta:

> Consolai, consolai meu povo,
> diz vosso Deus,
> falai no coração de Jerusalém e dizei-lhe em voz alta
> que seu serviço está cumprido, que sua iniqüidade foi expiada. (Is 40:1-2)

Ou, como diz um pouco depois:

> Por um pouco de tempo te abandonei,
> mas agora, com grande compaixão, te unirei a mim.
> Em momento de cólera
> escondi de ti o rosto,
> mas logo me compadeci de ti, levado por amor eterno,
> diz o Senhor, o teu redentor. (Is 54:7-8)

Assim como Deus tinha salvado Israel da escravidão no Egito muitos séculos antes, guiando-o pelo deserto até a terra prometida, ele agiria novamente, construindo "no deserto uma estrada para nosso Deus". Esse retorno será miraculoso: "Seja entulhado todo vale, todo monte e toda colina sejam nivelados; transformem-se os lugares escarpados em planície, e as elevações em largos vales. Então a glória do Senhor há de revelar-se" (Is 40:3-5). Esse glorioso retorno através do deserto será possível a todos aqueles que depositarem sua confiança no Senhor:

> Ele dá força ao cansado,
> e prodigaliza vigor ao enfraquecido.
> Mesmo os jovens se cansam e se esgotam;
> até os moços vivem a tropeçar,
> mas os que põem sua esperança no Senhor renovam as suas forças,
> abrem asas como as águias,
> correm e não se esgotam,
> caminham e não se cansam. (Is 40:29-31)

Em várias passagens notáveis do livro, Deus fala de Israel como seu servo escolhido, que tinha sido mandado para o exílio mas agora seria devolvido, enquanto seus inimigos são dispersados:

> E tu, Israel, meu servo,
> Jacó, a quem escolhi,
> descendência de Abraão, meu amigo,
> tu, a quem tomei desde os confins da terra,
> a quem chamei desde seus recantos longínquos
> e te disse: "Tu és o meu servo,
> eu te escolhi, não te rejeitei."
> Não temas, porque estou contigo,
> não te apavores, porque eu sou o teu Deus;
> eu te fortaleci, sim, eu te ajudei. (...)
> Serão envergonhados e humilhados
> todos os que se inflamam contra ti.
> Serão reduzidos a nada e perecerão
> aqueles que querelavam contigo. (Is 41:8-10)

Para compreender o Segundo Isaías é importante reconhecer que é explicitamente o povo de Israel, evidentemente aqueles levados para o exílio, aquele chamado de "meu servo" (41:8). Como o profeta diz posteriormente, "Tu és meu servo Israel, aquele em quem me glorificarei" (49:3). A importância disso é que algumas das passagens do Segundo Isaías foram vistas pelos primeiros cristãos como se referindo a nenhum outro além do messias, Jesus, que se acreditava ter sofrido pelos outros, dando a redenção. E de fato é difícil para cristãos familiarizados com o Novo Testamento ler passagens como Isaías 52:13-53:8 sem pensar em Jesus:

> Eis que meu Servo prosperará,
> ele se elevará, será exaltado, será posto nas alturas. (...)
> Era desprezado e abandonado pelos homens,
> homem sujeito à dor, familiarizado com o sofrimento,
> como pessoa de quem todos escondem o rosto;
> desprezado, não fazíamos caso nenhum dele.
> E, no entanto, eram nossos sofrimentos que ele levava sobre si,
> nossas dores que ele carregava.
> Mas nós o tínhamos como vítima do castigo,
> ferido por Deus e humilhado.
> Mas ele foi trespassado por causa de nossas transgressões,
> esmagado por causa de nossas iniqüidades.
> O castigo que havia de trazer-nos a paz, caiu sobre ele,
> sim, por suas feridas fomos curados.
> Todos nós como ovelhas, andávamos errantes,
> seguindo cada um o seu próprio caminho,
> mas o Senhor fez cair sobre ele
> a iniqüidade de todos nós.
> Foi maltratado, mas livremente humilhou-se e não abriu a boca,
> como cordeiro conduzido ao matadouro;
> como ovelha que permanece muda na presença dos tosquiadores
> ele não abriu a boca. (...)
> [quem se preocupou] com o fato de ter sido cortado da terra dos vivos?
> De ter sido ferido pela transgressão do seu povo?

Vários pontos são importantes para interpretar uma passagem tão poderosa. O primeiro foi o que apresentei em um capítulo anterior: os profetas de Israel não eram adivinhos com bolas de cristal olhando para o futuro distante (Jesus iria aparecer apenas cinco séculos depois); eles estavam levando a palavra de Deus a pessoas que viviam em sua própria época. Além disso, não há nada na passagem que sugira que o autor está falando sobre um *futuro messias*. Para começar, a palavra *messias* nunca aparece nessa passagem (leia você mesmo o livro inteiro). Ademais, é dito que os sofrimentos deste "servo" estão no passado, não no futuro. À luz desses pontos, é fácil ver por que, antes do cristianismo, nenhum intérprete judeu considerou que esta passagem indicava como seria o messias ou o que faria. O antigo judaísmo (antes do cristianismo) nunca teve uma idéia de que o messias iria sofrer pelos outros — por isso a enorme maioria de judeus rejeitou a idéia de que Jesus pudesse ser o messias. O messias devia ser uma figura de grandeza e poder — por exemplo, alguém como o poderoso rei Davi — que governaria o povo de Deus. E quem foi Jesus? Um criminoso crucificado, exatamente o oposto do que um messias seria. Finalmente, é importante reiterar o ponto fundamental: o autor do Segundo Isaías nos diz explicitamente quem é o "servo" que tinha sofrido; o próprio Israel, especificamente Israel levado para o exílio (41:8; 49:2).[8]

Os cristãos, claro, acabaram passando a pensar que esta passagem *estava*, sim, se referindo ao seu messias, Jesus. Direi algumas palavras sobre isso em breve. Por hora, a questão é o que o Segundo Isaías poderia ter querido dizer em seu próprio contexto histórico. Se esta passagem se refere a "meu servo, Israel", o que isso tudo significa?

Como os outros profetas, o Segundo Isaías acreditava que o pecado exigia punição. Israel, servo de Deus, exilado na Babilônia, tinha sofrido terrivelmente nas mãos de seus opressores. Esse sofrimento produziu expiação. Assim como um animal sacrificado no Templo produzia expiação do pecado, da mesma forma fizera Israel exilado. Ele tinha sofrido pelas transgressões dos outros. Usando uma metáfora na qual Israel é identificado como um indivíduo, um "servo do Senhor", o Segundo Isaías indica que o povo exilado tinha sofrido de forma vicária por outros. Assim, a nação podia ser perdoada, retornar à relação certa com Deus e voltar à terra prometida.[9] Em outras palavras, a lógica dessa passagem está na compreensão clássica do sofrimento, a de que o pecado demanda uma punição e que o sofrimento é fruto da desobediência.

## A compreensão cristã da expiação

Embora o Segundo Isaías estivesse falando para Israel no exílio, de modo a mostrar que o sofrimento que recebera de Deus era suficiente para produzir uma reconciliação entre Deus e seu povo, cristãos posteriores pensaram que suas palavras sobre o servo sofredor deviam ser entendidas messianicamente, como uma referência à crucificação de Jesus. É importante lembrar de que quando os cristãos contaram as histórias sobre a crucificação de Jesus, e quando depois os autores do Evangelho descreveram o que tinha acontecido na crucifixão, eles o fizeram tendo em mente passagens como Isaías 53 (e Salmos 22, por exemplo). As descrições, nessas passagens, de alguém que sofre marcaram o modo como os cristãos contaram suas histórias da paixão de Jesus. Assim, o servo sofredor, originalmente concebido como Israel, estava em silêncio "como um cordeiro" durante seu sofrimento (Is. 53:7), e Jesus foi apresentado igualmente silencioso durante seu julgamento. O servo sofredor foi "contado entre os criminosos" (53:12), e Jesus foi crucificado entre malfeitores. O servo foi "desprezado e abandonado pelos homens" (63:3), e Jesus foi rejeitado por seu povo e escarnecido pelos soldados romanos. O servo "foi trespassado por causa de nossas transgressões" (53:5), e a morte de Jesus era vista como forma de produzir expiação. O servo teve "seu túmulo (...) com os ricos" (53:9), e Jesus teria sido enterrado por um homem rico, José de Arimatéia. O servo teria sido inocentado após seu sofrimento, de modo que o Senhor iria "prolongar seus dias" (53:10), e Jesus teria se erguido dos mortos. Não é por acaso que os relatos da crucificação do Novo Testamento soam tão parecidos com Isaías 53: os autores desses relatos estavam pensando no servo sofredor de Isaías enquanto escreviam seus relatos.

Há uma implicação particularmente importante para nosso estudo: a visão clássica da relação entre pecado e sofrimento não é encontrada apenas em todas as páginas da Bíblia hebraica. Ela também é fundamental para a compreensão do Novo Testamento. Por que Jesus tinha de sofrer e morrer? Porque Deus tinha de punir o pecado. O Segundo Isaías deu aos primeiros cristãos um roteiro para compreender a terrível paixão e morte de Jesus: seria um sofrimento suportado pelo bem de outros. Era por intermédio da morte de Jesus que outros poderiam acertar as contas com Deus. Jesus de fato era um sacrifício pelo pecado.

Já mencionei que esta é a visão apresentada na epístola dos Hebreus, do Novo Testamento, livro que tenta mostrar que a religião baseada em Jesus é superior à religião do judaísmo, em todos os sentidos. Para o autor de Hebreus, Jesus é superior a Moisés, que deu a Lei aos judeus (Hb 3); ele é superior a Josué, que conquistou a terra prometida (Hb 3); ele é superior aos sacerdotes que oferecem sacrifícios no templo (Hb 4-5); e, o mais marcante, ele é superior aos próprios sacrifícios (Hb 9-10). A morte de Jesus é vista como o sacrifício perfeito, o sacrifício que elimina a necessidade de todos os outros sacrifícios (judaicos), no sentido em que ele levou a perfeita santidade (ou "santificação") àqueles que o aceitaram: "É graças a esta *vontade* que somos santificados pela *oferenda do corpo* de Jesus Cristo, realizada uma vez por todas" (10:10), pois Cristo tinha "oferecido um sacrifício único pelos pecados" (10:12). Está implícita a idéia de que o sofrimento de um substitui o sofrimento de outros, uma expiação vicarial para aqueles que merecem enfrentar a ira de Deus.

O apóstolo Paulo, escrevendo algumas décadas antes do autor anônimo de Hebreus (que leitores cristãos posteriores equivocadamente supuseram ser Paulo), tinha uma visão basicamente semelhante. Como Paulo afirma em sua primeira carta aos coríntios, "Transmiti-vos, em primeiro lugar, aquilo que eu mesmo recebi: Cristo morreu por nossos pecados, segundo as Escrituras" (1 Cor 15:3). Paulo é um pouco mais expansivo em sua carta aos romanos, na qual indica que a "ira de Deus" (Rm 1:18) se abateu sobre o povo porque todos tinham pecado, mas que o próprio Cristo produziu uma expiação derramando seu sangue pelos outros:

> Visto que todos pecaram e todos estão privados da glória de Deus, e são justificados gratuitamente, por sua graça, em virtude da redenção realizada em Cristo Jesus: Deus o expôs como instrumento de propiciação, por seu próprio sangue, mediante a fé. (Rm 3:23-25)

Para Paulo, há uma fórmula relativamente simples para explicar como Deus dá a salvação eterna a seu povo: pecado leva a punição; Cristo tomou a punição para si; portanto, a morte de Cristo pode expiar os pecados de outros.

Toda essa visão da expiação tem como base a compreensão clássica do sofrimento: pecado exige sofrimento como punição. Do contrário, Deus poderia simplesmente perdoar as pessoas sempre que quisesse, e não haveria motivo para Cristo morrer. A doutrina cristã de expiação e salvação para a vida eterna está baseada na visão profética de que as pessoas sofrem porque Deus as está punindo por desobediência.

Em nenhum momento essa visão da expiação é mais bem retratada que em Marcos, o primeiro dos Evangelhos a ser escrito. Pouco há que indique que o autor anônimo do Evangelho de Marcos tenha realmente lido os escritos do apóstolo Paulo — que escreveu cerca de vinte anos antes de Marcos aparecer —, mas em muitos sentidos a visão de Marcos da importância da morte de Jesus reflete uma compreensão paulina da expiação. Como o próprio Jesus teria, em Marcos, ensinado a seus discípulos: "Pois o Filho do Homem [o próprio Jesus] não veio para ser servido, mas para servir e dar a sua vida em resgate por muitos" (Marcos 10:45). Eis a doutrina de uma vida dada por outra, diretamente do Segundo Isaías.

Mais tarde, ainda em Marcos, Jesus interpreta sua morte como um sacrifício expiatório pelo pecado. Antes de ser preso ele faz uma última refeição com seus discípulos. Parece ser uma refeição de *Pessach* — ou seja, a refeição anual celebrada pelos judeus para comemorar os acontecimentos do êxodo sob Moisés, muitos séculos antes. Anualmente os judeus faziam (e ainda fazem) uma refeição especial no *Pessach,* com alimentos simbólicos para relembrar seu resgate por Deus: comiam um cordeiro para lembrar os cordeiros mortos na noite em que o anjo da morte "passou sobre" as casas dos israelitas no caminho para matar os primogênitos dos egípcios; comiam ervas amargas para recordar a amarga escravidão no Egito; comiam pão ázimo para recordar que tiveram de fugir rapidamente do povo do faraó, sem ter tempo sequer de fazer o pão fermentar; bebiam várias taças de vinho.

Nessa refeição, segundo Marcos, Jesus pegou as comidas simbólicas e deu a elas ainda mais significado. Ele pegou o pão e o partiu, dizendo: "Isto é o meu corpo." Depois pegou a taça de vinho e disse: "Isto é o meu sangue, o sangue da aliança, que é derramado em favor de muitos" (Mc 14:22-24). Em outras palavras, o corpo de Jesus, como o pão, tinha de ser partido; e seu sangue tinha de ser derramado. Isso não era um sofrimento que ele merecia como punição por seu próprio pecado. Era pelos outros.

## Outros exemplos da visão clássica no Novo Testamento

Portanto, a doutrina cristã da expiação é baseada em uma espécie de transformação da visão clássica de por que há sofrimento no mundo. Segundo os profetas, o sofrimento aqui e agora, nesta vida, se abate sobre aqueles que desobedecem a Deus. Alguns judeus posteriores e cristãos bem posteriores passaram a pensar que o sofrimento pelo pecado não se daria nesta vida, mas na próxima. Estudaremos os motivos para essa transformação no capítulo 8. Por hora, é suficiente observar que os cristãos consideravam que a expiação produzida pela morte de Cristo eliminava a necessidade de sofrer tormento eterno na outra vida como punição pelo pecado. Cristo tinha tomado a punição para si.

Há outros reflexos da visão profética do sofrimento no Novo Testamento, mesmo em passagens que não se referem à expiação. Porém, também essas são principalmente sobre o que acontece com uma pessoa após a morte. Em nenhum momento o ensinamento sobre a punição futura é mais marcante que no relato de Jesus do julgamento das ovelhas e dos bodes em Mateus 25. Alguns estudiosos consideram essa passagem, que só pode ser encontrada em Mateus, como uma das parábolas de Jesus; outros acreditam que de fato é uma previsão do que acontecerá no final dos tempos. Em qualquer dos casos, Jesus está falando sobre o que acontecerá quando o grande juiz cósmico da Terra, que ele chama de Filho do Homem, "vier em sua glória com seus anjos" (Mt 25:31). Todas as nações da Terra serão reunidas em sua presença, e ele as dividirá em dois grupos, com as "ovelhas" à sua mão direita e os "bodes" à esquerda. Às ovelhas o rei poderoso (Filho do Homem) dirá: "Vinde, benditos de meu pai, recebei por herança o reino preparado para vós desde a fundação do mundo." E por que esses povos irão para o reino abençoado de Deus? O senhor diz a eles: "Pois tive fome e me destes de comer. Tive sede e me destes de beber. Era forasteiro e me acolhestes. Estive nu e me vestistes, doente e me visitastes, preso e viestes ver-me" (Mt 25:34-35). Mas os abençoados estão confusos, porque não se lembram de ter feito tais coisas para o grande rei. Ele diz: "Em verdade vos digo: cada vez que o fizestes a cada um desses meus irmãos mais pequeninos, a mim o fizestes." Em outras palavras, atos justos de gentileza feitos para outros que estão sofrendo merecerão recompensa eterna.

E não agir justamente para com os outros produzirá punição eterna. O rei então fala com os "bodes" e diz a eles: "Apartai-vos de mim, malditos, para o fogo eterno preparado para o diabo e para os seus anjos. Porque tive fome e não me destes de comer. Tive sede e não me destes de beber. Fui forasteiro e não me recolhestes. Estive nu e não me vestistes; doente e preso, e não me visitastes" (Mt 25:41-43). Essas pessoas ficam igualmente perplexas: também elas não se lembram de ter visto o Senhor necessitado. Mas ele diz: "Em verdade vos digo: toda vez que o deixastes de fazer a um desses mais pequeninos, foi a mim que o deixastes de fazer." E assim, indica Jesus, aqueles que deixaram de se comportar justamente para com outros em necessidade "irão para o castigo eterno" (Mt 25:26).

Punição eterna. Isto é sofrimento *in extremis*. Queimar em um fogo que nunca se apaga, para todo o sempre. Por que as pessoas passam por tormentos eternos? Porque elas pecaram. Eis a visão profética recriada como uma doutrina do pós-morte. Deus causa sofrimento porque as pessoas desobedeceram a ele.

## Uma tentativa de análise

E assim, como vimos, a visão clássica do sofrimento permeia grande parte da Bíblia. É encontrada nos profetas, no livro dos Provérbios, nos livros históricos da Bíblia hebraica e em trechos do Novo Testamento. Na maior parte da Bíblia hebraica, considera-se que essa visão se aplicaria à vida presente, aqui e agora. Aqueles indivíduos, grupos ou nações que obedecem a Deus e fazem a sua vontade florescem; aqueles que não, sofrem. Sofrem porque Deus os está punindo por seus pecados. Os autores do Novo Testamento freqüentemente apresentam essa punição como sendo eterna, sem chance de remissão. Para a maioria dos autores da Bíblia hebraica, especialmente os profetas, o sofrimento tem como objetivo incentivar o arrependimento. Se as pessoas retornarem a Deus e fizerem o certo, ele suspenderá a punição, aliviará a dor e o sofrimento e devolverá às pessoas a saúde e a prosperidade. Os bons tempos virão.

Mas há aquelas infelizes realidades históricas. Essas previsões de sucesso e felicidade futuros nunca se realizam. Muitas pessoas no antigo Israel retornaram a Deus, abandonaram sua veneração de ídolos, lutaram para seguir as leis de Deus, fizeram sua parte na aliança. Mas o sofrimento nunca terminou, e o reino utópico nunca chegou.

A palavra *utopia* é interessante. Vem de duas palavras gregas que significam "bom lugar". Mas se for utilizada uma etimologia distinta, também pode significar "não-lugar". Os criadores do termo original em inglês tinham em mente essa ironia: utopia é aquele lugar perfeito que, na realidade, não existe. O reino utópico em que não há mais dor, infelicidade e sofrimento não pode ser encontrado. Isso certamente foi verdade para o antigo Israel. Apesar do retorno a Deus, apesar de governantes divinos, apesar de tentativas de ser o povo de Deus, Israel continuou a experimentar fome, seca, pestes, guerra e destruição. Ficando apenas na frente militar, após o país ter sido tomado pelos assírios, vieram os babilônios. Depois deles foi a vez dos persas. E então os gregos. Depois os egípcios. E os sírios. E os romanos. Um após o outro, os grandes impérios do mundo esmagaram e absorveram o pequeno Israel, levando a seguidas desventuras políticas, derrotas militares e pesadelos sociais, um após outro.

Em grande medida, é por isso que a resposta profética clássica ao problema do sofrimento passou a parecer vazia e insatisfatória para tantos autores posteriores do antigo Israel, que assumiram pontos de vista implícita ou explicitamente opostos (Jó, Eclesiastes, Daniel e assim por diante, como veremos). Em outro sentido, a questão levantada pelos antigos profetas é a levantada por milhões de religiosos ao longo dos tempos. A questão era baseada em uma forte crença em que Deus tinha assumido Israel e interferido a seu favor, resgatando-o de seu terrível sofrimento sob a escravidão no Egito. Mas se Deus tinha interferido antes para nos ajudar, por que não nos ajuda agora? Será possível que seja ele mesmo a razão pela qual estamos sofrendo? Será que o ofendemos? Como podemos voltar às suas graças, para que nossa infelicidade acabe? Os profetas e outros autores bíblicos, claro, não estavam afirmando um princípio religioso geral a ser considerado verdadeiro em todas as épocas e lugares. Eles estavam falando para um tempo e um local específicos. Mas ao longo dos anos os leitores algumas vezes extraíram um princípio universal desses escritos e insistiram na idéia de que o sofrimento surge porque Deus está nos punindo por nossos pecados.

As pessoas que defendem esse ponto de vista, como eu destaquei, muitas vezes sofrem desnecessariamente de culpa auto-imposta. O sofrimento realmente é culpa nossa? Não seria o caso de que a própria explicação — por mais hegemônica que tenha sido na Antiguidade e seja hoje — simplesmente não funcione considerando-se as realidades do nosso mundo? Nós realmente queremos dizer que o sofrimento sempre (ou como padrão) vem de Deus como punição? Que crianças que morrem em tsunamis estão sendo punidas? Que Deus obriga milhões de pessoas inocentes a morrer de fome? A morrer de câncer ou Aids? A serem vítimas de genocídio? É verdade que rapazes de vintes anos de idade metidos em trincheiras geladas sob fogo inimigo estão sendo punidos por seus pecados, ou que seus companheiros mortos por minas terrestres são pecadores ainda piores? É verdade que aqueles de nós que estão bem estão satisfazendo Deus e aqueles de nós que sofrem estão sendo punidos? Quem tem tanta arrogância, ou tanta aversão a si mesmo para fazer tal afirmação?

Tem de haver outras respostas. De fato, a Bíblia nos dá algumas — mesmo nos escritos dos profetas —, como veremos nos próximos capítulos.

# As conseqüências do pecado

Com tantas pessoas sofrendo de tantas formas, como contabilizar a infelicidade? Um vizinho de trinta anos de idade recebe o diagnóstico de um tumor cerebral irreversível. Uma mãe solteira de três crianças perde o emprego e, com ele, o seguro-saúde e qualquer possibilidade de manter a casa ou alimentar os filhos. Um acidente de carro mata cinco adolescentes da escola secundária da vizinhança. Um incêndio na cidade destrói um asilo, matando três dos moradores idosos.

Boa parte do tempo nós simplesmente estendemos as mãos e admitimos a derrota. Não conseguimos entender, e nunca conseguiremos. Mas há momentos em que sentimos que deveríamos poder fazer algo. Especialmente quando o sofrimento é produzido pelos outros, quando a criminalidade aumenta, quando lemos sobre assaltos, roubos de carros, estupro e assassinato.

As formas mais horrendas — e, pensam alguns, mais evitáveis — de agressão humana acontecem no plano nacional. Nós tendemos a compreender as guerras: algumas vezes elas são travadas por causas justas (os Aliados contra a Alemanha), algumas vezes por causas questionáveis (Vietnã) e algumas vezes por causas absolutamente pérfidas (a invasão do Kuwait pelo Iraque). Mas para a maioria de nós, outras formas de força em grande escala desafiam a imaginação.

Eu citei o Holocausto, o mais famoso exemplo da história moderna, no capítulo 2. Muitas pessoas que visitam o Museu do Holocausto de Washington, seu equivalente em Berlim ou um campo de verdade como Auschwitz saem dizendo "Nunca mais". É um pensamento nobre, e ele nos torna mais determinados ou fortes. Mas será que nós realmente pensamos isso? Nós realmente queremos dizer que faremos tudo que for necessário para impedir um extermínio em massa de pessoas inocentes com base em raça ou nacionalidade? Se realmente estamos tão determinados, como explicar nossa recente reação aos acontecimentos na Ruanda e na Bósnia? Como explicar nossa atual reação a Darfur? Nós realmente queremos dizer *nunca* mais?

Essas situações não são fáceis. Os quadros políticos são reconhecidamente complexos e intrincados, e raramente é possível lidar com abusos nacionais simplesmente mandando bombardeiros e depois tropas de terra para devolver decência humana a uma região controlada por forças determinadas a impor sua vontade às massas, mesmo quando essa vontade implica matar milhões de inocentes. Veja o Iraque.

Dos genocídios desde o Holocausto, nenhum foi mais notório que a matança patrocinada pelo Khmer Vermelho no Camboja. Eu tenho uma ligação distante com os acontecimentos por ter conhecido um dos felizes sobreviventes, que viveu um inferno na terra antes de aparecer em Trenton, Nova Jersey, onde nos encontramos.

A história do Camboja no final dos anos 1960 e início dos anos 1970 não foi nem um pouco bonita. Próximo ao final da guerra do Vietnã, tropas dos Estados Unidos penetraram no Camboja como parte da estratégia de eliminar o Vietcongue. Houve uma grande dose do que hoje chamamos eufemisticamente de danos colaterais aos inocentes que por acaso tinham feito do Camboja seu lar. Os bombardeiros B-52, o napalm e as bombas de fragmentação usadas pelos americanos para destruir supostas linhas de abastecimento para os norte-vietnamitas também mataram cerca de 750 mil cambojanos.

Depois da guerra, em 1975, eclodiu uma revolta popular. No final, o governo de Lon Nol, apoiado pelos Estados Unidos, foi derrubado pelos comunistas, o Khmer Vermelho, liderado pelo conhecido Pol Pot. Durante o conflito, outros 150 mil cambojanos foram mortos. Depois começou o verdadeiro expurgo. Colocando em prática sua ideologia comunista, o Khmer Vermelho esvaziou as áreas urbanas, incluindo a capital, Phnom Penh, levando a população para áreas rurais e instalando-a em campos especialmente construídos, onde as pessoas eram obrigadas a trabalhar para o partido. Todos os opositores foram mortos. Todos os manifestantes foram mortos. Qualquer um que fosse considerado um problema em potencial foi morto. Todos reconhecidamente bem educados — médicos, advogados, professores — foram mortos. Qualquer um que usasse óculos (e, portanto, fosse considerado bem educado e um problema em potencial) foi morto. Muitos outros morreram de fome e doenças. Quando o regime de Pol Pot chegou ao fim, ele tinha chacinado cerca de 2 milhões de pessoas.

Quando a parcela de Pol Pot é acrescentada ao total daqueles mortos durante os bombardeios americanos e a posterior guerra civil, vemos que quase metade da população do Camboja foi morta; a maioria, de formas horrendas.

O sobrevivente que eu conheci chamava-se Marcei Noun, e eu o encontrei quase que por acaso. Quando eu acabara de atuar como pastor da igreja batista de Princeton, em Nova Jersey (eles tinham finalmente conseguido um pastor permanente), saí e passei a freqüentar uma igreja próxima, que por acaso era luterana. Eu conhecia algumas pessoas e apreciava a bela ênfase litúrgica da igreja, que apresentava um grande contraste com a liturgia bastante pobre da igreja batista. Mas, tendo passado muitos anos participando ativamente de igrejas — como pastor de jovens, diretor de educação cristã e depois pastor —, eu sentia falta de algo, e tinha um forte desejo de *fazer* algo que pudesse ter importância, em vez de simplesmente ir à igreja uma vez por semana.

Eu estava em um momento da vida em que começara a ter sérias dúvidas sobre minha fé, tanto por causa de minha pesquisa histórica sobre as origens do cristianismo quanto, talvez ainda mais, por causa de minha sensação da desigualdade e da injustiça no mundo — o problema do sofrimento. Seja como for, essas várias motivações me levaram a tentar fazer algo mais no sentido de trabalho social, não como uma carreira (eu já dava aulas em tempo integral no departamento de Religião da Universidade Rutgers), mas como algo a fazer paralelamente. Por intermédio de minha nova igreja eu tomei conhecimento da existência do Serviço Social Luterano, que, entre outras coisas, tinha um programa de ensino de inglês como segundo idioma para imigrantes recém-chegados aos Estados Unidos. Era exatamente o que eu estava procurando: uma atividade na qual eu podia fazer diferença no mundo, mesmo que muito pequena, e sem um grande envolvimento religioso. Eu então me voluntariei.

Recebi o nome de Marcei Noun e o seu endereço, em uma região depreciada de Trenton, a trinta minutos da minha casa. Telefonei para ele e, apesar de seu inglês muito capenga, consegui marcar uma hora para vê-lo. Nós nos encontramos, ele me apresentou a sua esposa, Sufi, também cambojana, e seus dois filhos adolescentes. Marcei estava ansioso para melhorar seu inglês, então começamos no mesmo dia.

A partir de então eu ia à casa de Marcei uma vez por semana, ficando várias horas lá. Na verdade, não era o suficiente para produzir sobre seu inglês falado o impacto que ambos queríamos, mas nenhum dos dois tinha mais tempo para dedicar àquilo — eu lecionava em tempo integral, e ele também tinha um emprego, trabalhando no Duke Gardens, na vizinha Somerville, Nova Jersey. Com o tempo fizemos algum progresso, e também comecei a trabalhar com Sufi.

Essa foi uma das experiências mais gratificantes que eu tive em muito tempo, e nosso relacionamento melhorou e o trabalho evoluiu. Inicialmente Marcei demonstrava enorme deferência para comigo — um professor universitário dos poderosos Estados Unidos da América. Mas à medida que passamos a nos conhecer, começou a me ver mais como apenas outro ser humano, e fiquei cada vez mais interessado em saber como ele tinha conseguido chegar a Trenton como imigrante do Camboja.

Ele acabou me contando sua história, e soava como algo saído de *Gritos do silêncio* (um filme lançado exatamente quando estávamos trabalhando juntos). Em meados da década de 1970, Marcei e sua família (Sufi e duas crianças pequenas) viviam em Phnom Penh. Ele era razoavelmente educado, poeta nas horas livres (com alguns trabalhos publicados) e jardineiro em tempo integral. Quando o Khmer Vermelho começou a transferir a população, ele destruiu seus óculos e escondeu todos os sinais de ter conhecimento, sabiamente fingindo ser analfabeto. A família foi despejada de casa e levada para o interior, com milhões de outras pessoas. O pior de tudo foi a separação, com Marcei sendo levado para trabalhar como escravo em uma fazenda e Sufi (com as crianças) em um viveiro de plantas. A experiência de Sufi provavelmente foi a pior: ela era obrigada a trabalhar ao ar livre o dia inteiro, não importando as condições do clima, e também forçada a dormir ao relento, freqüentemente em água estagnada.

Os detalhes do que aconteceu a seguir são ao mesmo tempo vagos e complexos, mas, em resumo, Marcei conseguiu fugir de seu campo de trabalhos forçados no meio da noite. Ele de algum modo tinha uma noção de onde estavam Sufi e as crianças, e partiu em busca delas. Conseguiram fugir juntos, e consideraram que sua única chance de sobreviver era uma perigosa travessia das montanhas até a Tailândia, onde tinham ouvido falar que havia campos de refugiados. Famintos e completamente exaustos, eles conseguiram chegar ao campo, onde passaram cerca de dois anos sob cuidados internacionais. Acabaram escolhidos para emigrar para os Estados Unidos com a ajuda do Serviço Social Luterano, que os instalou em Trenton, conseguiu um apartamento (infestado de baratas e imundo, mas que para eles era como o paraíso na terra), ajudou Marcei a arrumar um emprego, colocou as crianças na escola e os acompanhava regularmente para verificar se estavam se adaptando à nova vida.

Eles estavam se adaptando extremamente bem. Quando os conheci, um ou dois anos depois, eles tinham conhecido outros cambojanos em Trenton e estabelecido sólidas relações sociais. Marcei ganhava dinheiro suficiente trabalhando em jardins (ele fazia o maior número possível de horas extras) para que eles vivessem de forma simples mas, para eles, razoavelmente bem. Sufi tinha um trabalho de meio expediente. Os garotos estavam aprendendo inglês rapidamente (eram quase fluentes quando os conheci no início da adolescência; certamente tinham incorporado as gírias americanas). Eles tinham até conseguido poupar dinheiro para enviar a seus parentes no Camboja.

Depois, quando me mudei de Nova Jersey em 1988, eles prepararam para mim um jantar cambojano de despedida e se desmancharam em agradecimentos pela minha ajuda. Mas eu não tinha feito quase nada — simplesmente aparecia à porta deles uma vez por semana para ajudá-los com o inglês e ajudá-los a compreender o sistema americano e a operar nele. O que eles tinham me dado era inestimável. Ainda assim, ao final do nosso relacionamento, eu ainda estava impressionado com aquilo pelo que tinham passado, e como tinham conseguido. O sofrimento podia ser visto nos rostos deles; ainda tinham pesadelos com a experiência; ainda relutavam a falar muito sobre isso e, aparentemente, nunca falavam sobre isso entre eles.

Como seres humanos — neste caso, os impiedosos membros do Khmer Vermelho (muitos deles apenas crianças, mas crianças com fuzis) — podem tratar outros seres humanos dessa forma? Para mim seria absurdo pensar que Marcei e sua família pudessem ter passado por isso como punição pelos seus pecados. Enquanto eles estavam dando duro em campos de trabalho escravos e dormindo em água parada, eu estava sendo educado, dirigindo um carro, vivendo em um belo apartamento, tomando cerveja e assistindo a jogos de beisebol no fim da semana. Marcei não era mais pecador que eu. A visão clássica do sofrimento simplesmente não me servia como explicação para o que realmente acontece no mundo.

Há, claro, outras explicações para por que as pessoas sofrem, e a própria Bíblia oferece algumas. De forma um tanto irônica, uma das outras respostas para a questão de por que as pessoas sofrem é encontrada nos escritos dos próprios profetas que pensam que o sofrimento (algumas vezes? Freqüentemente?) é uma punição divina para a desobediência. Esses autores também indicam que o sofrimento é fruto da desobediência em outro sentido. Freqüentemente o "pecado" leva ao sofrimento não porque Deus esteja punindo o pecador, mas porque outros pecadores estão produzindo infelicidade. O sofrimento é reiterada e simplesmente apresentado na Bíblia como uma conseqüência do pecado.

## As conseqüências do pecado segundo os profetas

Mesmo em nossa discussão anterior sobre a compreensão profética do sofrimento, vocês devem ter percebido que os profetas muitas vezes descrevem o sofrimento que *não* vem de Deus como uma manifestação da ira de Deus, mas também como dor infligida por alguns seres humanos a outros. O motivo para a ira de Deus é, em primeiro lugar, que as pessoas violaram a lei de Deus. Algumas vezes isso envolve o que poderíamos considerar transgressões puramente religiosas — como, por exemplo, quando o povo de Israel cometeu idolatria cultuando deuses como o Baal do panteão cananeu. Em outros momentos, porém, o pecado envolve transgressões sociais, nas quais as pessoas agridem, oprimem ou ferem outras pessoas, fazendo com que *elas* (as vítimas) sofram. A compreensão clássica do sofrimento é que Deus faz as pessoas sofrerem (como punição) quando elas fazem com que outros sofram (por intermédio de opressão).

Essa é a analogia bíblica com o que acontece hoje quando um adulto bate em uma criança (sendo violento com ela) por agredir outra criança (sendo violento com ela). A criança punida sofre, claro, com os golpes do pai. Mas a criança inocente que foi agredida primeiramente também sofre, não por intermédio do pai, como punição, mas da criança que decidiu bater nela para começar. Da mesma forma nas tradições bíblicas: pessoas que pecam causam danos a suas vítimas inocentes.

Já vimos exemplos disso nos escritos proféticos que examinamos. O profeta do século VIII Amós, em especial, ficava furioso com as injustiças sociais que observava em seu mundo. Vale lembrar que o mundo dele tinha relativas paz e tranqüilidade. Amós escreveu em meados do século VIII a.C., antes da devastação produzida pelos exércitos assírios (a queda de Samaria se deu em 722 a.C.). Havia prosperidade em Israel, o reino do norte, nesse período de paz. Mas como costuma acontecer em situações de prosperidade, também havia muita miséria — em grande parte porque os ricos estavam aumentando sua riqueza à custa dos pobres. O problema de distribuição desigual da riqueza não se limita às sociedades capitalistas do Ocidente moderno. Para nós que vivemos aqui e agora, elas podem ser mais óbvias, e parecer mais perversas (quando se compara o que ganha o CEO de uma grande empresa com o que recebem os funcionários de menor remuneração). Mas em quase todos os sistemas econômicos conhecidos da Terra, os problemas podem ser vistos — e sentidos, se você estiver do lado mais fraco.

Seja como for, Amós censurou aqueles que estavam acumulando riqueza e a usando de modo contrário à vontade de Deus, que era seu guia no modo de vida. Ele condenou aqueles que "vendem o justo por dinheiro e o indigente por um par de sandálias, (...) esmagam sobre o pó da terra a cabeça dos fracos e tornam torto o caminho dos pobres" (2:6-7). Ele atacou aqueles que "oprimem o fraco e tomam dele um imposto de trigo, (...) hostilizam o justo, aceitam suborno e repelem os indigentes à porta" (5:11-12). Ele denunciou especialmente um grupo de mulheres bem-postas que vivia na capital, Samaria, comparando-as a um rebanho de gado superalimentado e ganancioso (Basã era conhecido por seu grande rebanho):

> Ouvi esta palavra, vacas de Basã,
> que estais sobre o monte de Samaria,
> que oprimi os fracos, esmagais os indigentes
> e dizei aos vossos maridos:
> "Trazei-nos o que beber!" (Amós 4:1)

Sempre que leio esta passagem imagino uma herdeira de milhões sentada em uma espreguiçadeira junto à piscina pedindo a seu "querido marido" outro daiquiri.

Por que essas "vacas de Basã" deveriam dar atenção às criticas de Amós? Porque seu fim não será agradável:

O Senhor teu Deus jurou por sua santidade:
sim, eis que virão dias sobre vós
em que vos carregarão com ganchos,
e, o que sobrar de vós, com arpões.
E sairei pelas brechas que cada uma tem diante de si. (Amós 4:2-3)

Amós acha que aqueles que oprimem os pobres serão punidos por Deus quando o inimigo atacar a cidade, destruir as muralhas e levar embora seus ricos habitantes, através das aberturas na muralha, em fila indiana, não unidos por correntes nos punhos, mas por enormes ganchos em suas bocas. É uma imagem terrível, que retrata de forma poderosa a visão profética da punição de Deus. Mas e quanto às *razões* para a punição? Não é Deus que oprime os pobres e necessitados. São os ricos. O sofrimento vem não apenas de Deus, mas também de outros.

Os outros profetas que estudamos concordam. Para Isaías, os que governam o povo são especialmente culpados: "Teus príncipes são rebeldes, companheiros de ladrões; todos são ávidos por subornos e correm atrás de presentes. Não fazem justiça ao órfão, a causa da viúva não os atinge" (Is 1:23). Ou então:

O Senhor entra em julgamento
contra os anciãos e os príncipes de seu povo:
"Fostes vós que pusestes fogo à vinha;
o despojo tirado ao pobre está nas vossas casas.
Que direito tendes de esmagar o meu povo
e moer a face dos pobres?"
Oráculo, Senhor dos Exércitos. (Is 3:14-15)

Da mesma forma o profeta Jeremias:

Sim, encontram-se ímpios em meu povo,
eles estão à espreita, como passarinheiros que se agacham,
eles montam armadilhas e caçam homens.
Como gaiola cheia de pássaros,
assim suas casas estão cheias de rapina.
Por isso tornaram-se grandes e ricos,

gordos e reluzentes.
Ultrapassaram, até os limites do mal;
não respeitam o direito,
o direito dos órfãos e, todavia, têm êxito!
E não fazem justiça aos indigentes.
Acaso não castigarei por causa destas coisas
— oráculo do Senhor —
ou não me vingarei de nação como esta? (Jr 5:26-29)

Deus pode ter a última palavra, punindo os pecadores. Mas nesse ínterim os famintos sentem fome, os necessitados se tornam mais necessitados, os pobres empobrecem mais, os indefesos não têm ninguém que os defenda. Isso é sofrimento causado não por Deus, mas pelo povo.

## As conseqüências do pecado nos livros históricos

Quando as pessoas hoje dizem que a Bíblia é um "livro muito humano", costumam querer dizer algo acerca de sua autoria e autoridade final — que em vez de vir das mãos de Deus, vem de autores humanos, autores com diferentes visões, pontos de vista, tendências, idéias, gostos, desgostos e contextos. Outros, claro, pensam que a Bíblia é um livro "completamente divino", significando, na maioria dos casos, que em última instância é Deus que está por trás da autoria dos vários livros de profecia, história, poesia, e assim por diante. Sempre que as pessoas apresentam essa questão teológica, há um sentido em que acho que todos podem concordar em que a Bíblia é um livro muito humano. Suas seções históricas contêm muitos relatos de pessoas que agem de modo muito humano, algumas vezes levando uma vida justa, mas também algumas vezes pecando com *gusto*, não apenas se esforçando para satisfazer Deus, mas também tentando ferir, oprimir, mutilar, torturar e matar outros. Os autores bíblicos não se envergonham de apresentar a existência humana como ela é, e em boa parte do tempo o quadro pintado não é atraente.

Afora *faux pas* religiosos como idolatria ou não respeitar o sábado, a maioria dos "pecados" nas Escrituras envolve pessoas ferindo outras pessoas. A maioria dos Dez Mandamentos envolve relações pessoais: os israelitas não devem matar uns aos outros (aparentemente é certo matar cananeus), roubar uns dos outros ou querer muito roubar (cobiçar) o burro ou a mulher de alguém (essas leis têm cunho patriarcal, e as mulheres freqüentemente são vistas como "propriedade" dos homens). As narrativas históricas lidam com violações dessas leis e muitas outras como estas.

O primeiro ato de desobediência cometido por seres humanos, claro, não feriu ninguém diretamente. Adão e Eva comeram o fruto proibido no Jardim do Éden. O resultado dessa desobediência foi grave: eles foram expulsos do jardim, as descendentes das mulheres iriam ter dores de parto excruciantes e os descendentes do homem estavam condenados a labutar e produzir com o suor do rosto para conseguir comida. Mas esse resultado foi uma *punição* pelo pecado; o pecado em si não teve efeito em ninguém mais. Claro que não havia mais ninguém para ser afetado, mas essa é uma outra questão.

Também é uma questão diferente o que aconteceu a seguir. O casal original teve dois filhos, Caim e Abel. Caim se tornou fazendeiro, e Abel um pastor, e ambos fazem oferendas a Deus com o fruto do seu trabalho (Gn 4). Deus prefere o sacrifício animal de Abel ao sacrifício de grãos de Caim (por algum motivo não explicado); Caim fica com raiva (o que é compreensível) e decide tomar uma providência. Em vez de fazer uma segunda tentativa com um sacrifício animal, ele decide sacrificar seu irmão, em certo sentido, e, furioso, o mata (Gn 4). No contexto da narrativa histórica do Pentateuco, isso pode ser visto como uma espécie de resultado natural do primeiro ato de desobediência no jardim. Pecado leva a pecado, e o mais hediondo segue nos calcanhares do menos. Por que o fratricídio de Caim é mais hediondo que o de seus pais comendo da fruta? Por que Adão e Eva pecaram contra Deus, mas Caim pecou contra Deus e seu irmão. Está criado o cenário para o drama humano. A partir de então, o pecado será uma questão que afeta não apenas o relacionamento dos seres humanos com Deus, mas também seu relacionamento com os outros, alvo de seus atos intencionais e violentos.

Tais histórias, claro, repetem-se até o final do Gênesis e ao longo das outras narrativas históricas das Escrituras. No início do livro seguinte, Êxodo, quando os 12 filhos de Jacó se tornaram uma grande nação na terra do Egito, eles são escravizados e colocados em campos de trabalhos forçados. São açoitados, obrigados a erguer cidades de tijolos, acabando por ter de conseguir seu próprio material de construção e sendo severamente punidos por não manter alta a produtividade. Parteiras judias são obrigadas a assassinar todo recém-nascido do sexo masculino, para impedir a proliferação da raça (Ex 1). Tudo isso acontece não como punição pelos pecados de Israel, mas como conseqüência direta de haver "um faraó que não conhecia José" (Ex 1:8), um que era impiedoso em seus desígnios.

Mas não são apenas os estrangeiros sem Deus que causam sofrimento. Assim que os israelitas são libertados da escravidão no Egito, recebem a terra prometida — um presente difícil de aceitar, claro, já que a terra era habitada. Para ser "dada" ela precisava ser tomada pela força. Assim, o ataque israelita começa pela cidade fortificada de Jericó, cujas muralhas são derrubadas e que tem toda a sua população massacrada — cada homem, mulher e criança na cidade (Js 6). Seria possível pensar que isto é a punição de Deus lançada contra a cidade e seus habitantes, mas nada no texto indica isto. O que importa na narrativa é que Deus queria que os filhos de Israel habitassem a terra, e para fazer isso eles precisavam se livrar dos habitantes anteriores. Mas e quanto aos inocentes em Jericó, as garotas de dois anos de idade crescendo em seus pátios e seus irmãos de seis meses de vida? Assassinados ali. Para o Deus de Israel, evidentemente, isso não foi um pecado.

Mas o mesmo não pode ser dito do assassinato de outros bebês — por exemplo, no famoso caso do Novo Testamento, quando a chegada do Senhor bebê ao mundo leva ao chamado massacre dos inocentes. A história só é contada em Mateus (recapitulando: eu aqui estou lidando apenas com a compreensão bíblica do sofrimento — *não* com o que "realmente" aconteceu; na verdade não há provas de que esse acontecimento seja um fato histórico). Após o nascimento de Jesus, os sábios foram procurar por ele, guiados por uma estrela (que evidentemente dava a eles apenas uma pista, já que tiveram de fazer perguntas). Quando o rei Herodes descobre que um novo rei nasceu, ele fica compreensivelmente perturbado; afinal, é seu o trono disputado. Em uma tentativa de contornar a vontade divina, ele convoca as tropas e as orienta a assassinar todos os meninos com dois anos ou menos em Belém. Eles fazem o que o rei determina, e há muito choro e gemidos:

> Ouviu-se uma voz em Ramá,
> choro e grande lamentação:

Raquel chora seus filhos;
e não quer consolação,
porque eles já não existem. (Mt 2:18, citando Jr 31:15)

Originalmente isso se referia à época em que o reino do norte de Israel estava destruído e seus habitantes, exilados pelos assírios — uma época de muito choro pela perda de vidas humanas. Mateus, porém, vê o texto como se "realizando" nos acontecimentos que cercam o nascimento de Jesus. Nesse sentido, seria possível ver os atos assassinos de Herodes como uma espécie de realização da profecia — ou seja, de acordo com a vontade divina. Mas nada sugere que aqueles pobres bebês de Belém tenham sido vítimas disso. É brutalidade humana da mais alta medida.

Uma que se equivale a ela pelo puro horror vem das narrativas históricas da Bíblia hebraica, o lamentável capítulo 19 de Juízes. Há um homem da tribo de Levi que vivia na região norte da terra, em Efraim. Ele tinha uma concubina — uma espécie de "esposa" de nível legal inferior — que fica com raiva, aparentemente pelo modo como era tratada, e retorna à sua casa em Belém, Judá. Após quatro meses o homem vai buscá-la, a localiza e fica alguns dias na casa do pai dela antes de voltar para a sua com a mulher. No caminho de volta, eles precisam de um lugar para passar a noite e decidem tentar a cidade de Gabaá, norte de Jerusalém, no território de Benjamim. São recebidos por um estranho, um velho que os tinha visto e oferecido hospitalidade.

Então começa o horror. Depois de escurecer, "surgiram alguns vagabundos da cidade, fazendo tumulto ao redor da casa e batendo na porta com golpes seguidos" (Jz 19:22). Eles exigem que o velho mande seu visitante para fora, de modo que possam violentá-lo. Isso seria não apenas um crime sexual, mas também social: pelos antigos códigos de hospitalidade, ao colocar o levita sob seu teto o velho era responsável por ele e não podia permitir que sofresse. Quanto à concubina e à filha virgem do velho, a história era outra. Elas, afinal, eram apenas mulheres. O velho grita para os moradores da cidade através da porta: "Não, irmãos meus, rogo-vos, não pratiqueis um crime. Uma vez que este homem entrou em minha casa, não pratiqueis uma infâmia. Aqui está minha filha, que é virgem. Abusai dela e fazei o que vos aprouver, mas não pratiqueis para com este homem uma tal infâmia" (Jz 19:23-24). Os homens do lado de fora, porém, queriam o visitante. Para salvar a própria pele, o levita agarra sua concubina e a coloca porta afora. Então acontece o indizível. Os homens da cidade "conheceram e abusaram dela toda a noite até de manhã, e, ao raiar a aurora, deixaram-na". Pela manhã, ela se arrasta até a porta e ali, evidentemente, morre da agressão (ou pelo menos perde a consciência).

O levita se levanta da cama — não é dito, mas ele evidentemente teve uma bela noite de sono — e se prepara para seguir caminho. Ele sai, vê sua concubina ali e diz a ela: "Levante-se, estamos partindo." Quando vê que está morta, coloca-a em seu jumento e volta para casa. Então acontece o momento realmente bizarro da narrativa. O levita pega uma faca, corta a concubina em 12 pedaços e manda os pedaços por mensageiro aos líderes de cada uma das 12 tribos de Israel, de modo a mostrar o que tinha acontecido. Isso, evidentemente, é uma declaração de guerra. As tribos se unem para atacar a tribo de Benjamim, onde o crime ocorreu, e, na batalha que se segue, quase destroem toda a tribo (Jz 20-21).

O historiador deuteronomista que conta esta história o faz, em parte, para mostrar a repulsiva imoralidade e o mal indizível que assolava a terra "quando não havia rei em Israel" (Jz 19:1). Nos capítulos seguintes ele continua, mostrando como Deus interveio para dar um rei a seu povo, em parte de modo a controlar suas tendências pecadoras.

Mas nem mesmo os reis puderam colocar o pecado sob controle. A degradação associada à agressão humana aos outros continua sob os reis — na verdade, é provocada até mesmo pelos próprios reis. E assim há a história de Davi e Bate-Seba (1 Samuel 11). Do teto de seu palácio em Jerusalém Davi vê uma bela mulher, Bate-Seba, banhando-se ao lado. Ele quer tê-la, e, como é o rei, ninguém pode detê-lo. Ela é levada ao palácio, eles fazem sexo e, quis o destino, ela engravida. O problema, claro, é que ela já é casada, e não apenas isso, o outro, um homem chamado Urias, está na guerra, travando batalhas como soldado leal do bom rei Davi, que tinha secretamente seduzido sua esposa. O que Davi deve fazer? Se a notícia se espalhar, haverá um escândalo, já que Urias obviamente não é responsável pela gravidez da esposa (é uma guerra longa).

Davi concebe um plano para trazer Urias da linha de frente para uma rápida licença, longa o bastante para que ele faça sexo com Bate-Seba. Mas, soldado fiel, Urias se recusa a desfrutar dos prazeres da carne enquanto seus companheiros estão envolvidos em combate corpo-a-corpo. Um Davi frustrado decide que Urias tem de morrer, e combina com o general encarregado das tropas para que Urias seja colocado na linha de frente, e que todos os outros recuem durante um ataque de modo que Urias seja apanhado pelo inimigo sem ninguém para ajudá-lo. Isso acontece. Urias morre. Davi desposa Bate-Seba. E a vida segue em frente. Mas não para Urias, um inocente morto por um rei que não conseguia controlar seus instintos.

O filho de Davi, Salomão, é outro exemplo. Salomão é conhecido por ter sido "o homem mais sábio que já viveu" e por seus impressionantes projetos construtivos — incluindo, entre outros, o Templo em Jerusalém, seu próprio palácio e outras grandes realizações por todo o reino (1 Reis 6-9). Mas como, exatamente, um rei construiu tantas belas estruturas? Ele conseguiu um empreiteiro para preencher as vagas pelo menor valor possível? Não, não no antigo Israel. Esses projetos demandavam muita mão-de-obra (sem equipamento de terraplenagem, guindastes ou ferramentas elétricas), e para grandes obras eram necessários muitos corpos. Então Salomão forneceu muitos corpos — escravizando um grande número de pessoas de seu próprio povo para realizar o trabalho. Para o Templo, ele "convocou para trabalhos forçados" até 30 mil homens, juntamente com 70 mil outros trabalhadores nas montanhas e 80 mil pedreiros (1 Reis 5:13-18). Depois nos é dito que eles na verdade não eram israelitas, mas de outros povos — amorreus, heteus, ferezeus, heveus e jebuseus — que não tinham sido expulsos da terra quando ela foi conquistada (1 Reis 9:15-22). Acho que isso é para que nos sintamos melhor com Salomão: ele não escravizou nenhum descendente das tribos de Israel, apenas pessoas de outras ascendências.

## As conseqüências do pecado no Novo Testamento

O Novo Testamento cristão, claro, não ignora os efeitos nos outros do comportamento pecador humano. A mensagem central do Novo Testamento é que Jesus restaurou o relacionamento com Deus, e quase todos os seus autores entendem que foi exatamente a crucificação de Jesus que produziu essa salvação. Autores como Paulo se concentram no significado da crucificação de Jesus (1 Cor 2:2; Gl 3:1), mas para surpresa de muitos leitores modernos eles não falam quase nada sobre o acontecimento em si. Nem mesmo os Evangelhos, que contam histórias da vida e morte de Jesus, indicam o que aconteceu na crucificação além de "e eles o crucificaram" (ver Marcos 15:24). Isso soa estranho para pessoas que viram filmes sobre Jesus — especialmente *A Paixão de Cristo*, de Mel Gibson — que, dizem, oferecem um "relato preciso" do que os Evangelhos dizem sobre a morte de Jesus. Mas em preciso *contraste* com os Evangelhos, esses filmes se concentram em sangue, tortura e tormento, dor e agonia — exatamente os aspectos da morte de Jesus com o qual os autores dos Evangelhos nunca lidam, e muito menos explicam em longas narrativas detalhadas com um relato de cada golpe.

Um motivo pelo qual os autores bíblicos não explicam o que aconteceu na crucificação pode ser porque os leitores sabiam muito bem o que significava crucificação, e como ela era feita, portanto isso não precisava ser dito. É marcante que os autores dos Evangelhos não estejam sozinhos nisso. Nós *não* temos descrições detalhadas do mundo antigo de o que significava para alguém ser crucificado. Assim, a idéia e os retratos modernos da crucificação são baseados em referências dispersas e declarações alusivas encontradas aqui e ali em fontes antigas.

O que sabemos é que a morte pela crucificação não era uma coisa bonita de se ver. Os romanos reservavam esse tipo de execução para os piores criminosos e insurgentes, indivíduos que eles queriam humilhar e torturar publicamente até a morte como uma espécie de desestímulo ao crime e à sedição. A visão que os romanos tinham da justiça era muito diferente da nossa. Nós estamos preocupados com o devido processo, julgamento por júri, possibilidade de recurso e sentenças cumpridas de forma reservada, fora das vistas do público. Os romanos acreditavam em dissuasão pública. Se eles tivessem um problema de roubo de carros (o que, claro, eles não tinham), simplesmente prenderiam alguns criminosos e os pregariam em cruzes à vista de todos, onde eles ficariam pendurados por dois dias, finalmente morrendo em uma excruciante agonia. Assim, imaginem quantas pessoas estavam tencionadas a roubar um carro.

A crucificação evidentemente era uma morte por asfixia, não por perda de sangue. O criminoso era preso ou a um poste de madeira ou a uma trave de cruz que seria presa a um poste, e amarrado ou pregado pelos punhos (não pelas mãos, pois nesse caso elas poderiam deslizar pelos pregos) e algumas vezes pelos pés. Isso naturalmente deixava a vítima impotente aos elementos, aves de rapina e animais, o suplício da sede, e assim por diante. A morte se dava à medida que o peso do corpo forçava a distensão do torso, tornando impossível respirar. O crucificado podia aliviar a pressão nos pulmões se erguendo nos pregos ou com os tornozelos. Algumas vezes era colocada uma tábua para que ele se sentasse. Por isso podia levar dias para que a crucificação funcionasse — e era isso o que os romanos queriam (eles, aliás, não inventaram esse método de execução, embora o tenham usado muito). A idéia era que a morte fosse o mais dolorosa, humilhante e pública possível. Assim, a morte de Jesus teria sido como a morte de muitos outros em sua época; dois outros foram crucificados naquela mesma manhã com ele em Jerusalém; não temos idéia de quantos podem ter morrido daquela mesma forma em todo o império. Ou no dia seguinte, ou no outro. No conjunto, muitos milhares tiveram o mesmo destino.

No Novo Testamento, claro, a morte de Jesus não é vista simplesmente como uma maldade de um Estado romano injusto. É vista também como a vontade de Deus. Ainda assim, os autores do Novo Testamento insistiram muito em que mesmo tendo Deus produzido algo bom com a morte de Jesus — algo *muito* bom: a salvação do mundo —, as pessoas que perpetraram o crime ainda eram responsáveis. O pecado tem suas tristes conseqüências no sofrimento dos outros.

O mesmo pode ser dito de outros casos de tratamentos violentos e mortes horríveis no Novo Testamento. Em Atos, por exemplo, o primeiro mártir cristão é um homem chamado Estêvão, que ofende as autoridades judaicas em Jerusalém, portanto é apedrejado até a morte (Atos 7). O apedrejamento não era — e não é (sendo ainda praticado em alguns lugares) — uma morte agradável. Pedras são arremessadas, a maioria delas não acertando nenhum órgão vital, mas todas provocando enorme dor. Elas quebram ossos e danificam órgãos, até que alguma finalmente acerta a cabeça com força e precisão suficiente para produzir desfalecimento e depois morte.

Nós temos um autor que diz ter sido submetido a apedrejamento e sobrevivido para contar a história: o apóstolo Paulo. Nos Atos dos Apóstolos há um relato de Paulo sendo apedrejado, mas historiadores críticos tendem a duvidar da precisão histórica das narrativas dos Atos, já que parecem ter sido feitas cerca de trinta anos depois dos acontecimentos que descrevem, por alguém que não os testemunhou. No relato dos Atos, Paulo está pregando o Evangelho de Cristo na cidade de Listra, na Ásia Menor (atual Turquia), quando provoca a raiva de seus adversários entre os judeus não-cristãos. Eles o apedrejam, arrastam-no para fora da cidade e o abandonam para que morra. Após terem partido, ele se ergue e vai para a cidade seguinte, como se nada tivesse acontecido (Atos 14:19-20). Esse relato se ajusta perfeitamente ao objetivo teológico dos Atos — nesse livro, nada pode deter Paulo, porque Deus está por trás dele e de sua missão. Você não pode derrubar um homem bom.

O próprio Paulo se refere ao acontecimento (ou a um semelhante), mas novamente sem entrar em detalhes. Em um dos trechos mais interessantes de suas epístolas, Paulo está tentando convencer seus convertidos na cidade de Corinto de que é um verdadeiro apóstolo não por ter poderes sobrenaturais, mas porque sofre. Muito. Para Paulo, quanto mais um apóstolo sofre, mais demonstra ser um verdadeiro apóstolo. Afinal, o próprio Jesus não levou uma vida encantada, com muito luxo e aclamação popular. Ele foi rejeitado, desprezado e finalmente crucificado como um criminoso qualquer. Para Paulo, ser um apóstolo de Cristo significa partilhar seu destino. Ele está escrevendo aos coríntios porque alguns estão convencidos de que o poder de Deus está em ação em meio a eles, fazendo com que estejam acima das pequenas preocupações e problemas deste mundo. Para Paulo, se está sendo fácil, eles não são verdadeiros apóstolos. Assim, Paulo enfatiza seu sofrimento:

> São [seus adversários cristãos, os contra-apóstolos] ministros de Cristo? Como insensato, digo: muito mais eu. Muito mais, pelas fadigas; muito mais, pelas prisões; infinitamente mais, pelos açoites. Muitas vezes, vi-me em perigo de morte. Dos judeus recebi cinco vezes os cinqüenta golpes menos um. Três vezes fui flagelado. Uma vez, apedrejado. Três vezes naufraguei. Passei um dia em uma noite em alto-mar. Fiz numerosas viagens. Sofri perigos nos rios, perigos de ladrões, perigos por parte de meus irmãos de estirpe, perigos dos gentios, (...) perigos dos falsos irmãos! (2 Cor 11:23-26)

E ele continua. Sua tese é que o sofrimento mostra que ele está fortemente ligado a Cristo. Para nossos objetivos, essa "lista de sofrimento" mostra que para Paulo havia muita maldade no mundo, e que as pessoas não podiam esperar ser afastadas do comportamento malévolo e sem Deus dos outros.

Outros relatos de dor e sofrimento humano são insinuados no Novo Testamento. Como os relatos da crucificação, eles não são longos, em parte porque os leitores da época talvez soubessem o bastante para que a simples menção a um incidente produzisse uma imagem mental de sofrimento *in extremis*. Veja, por exemplo, a "previsão" de Jesus no Evangelho de Lucas de que Jerusalém seria um dia sitiada e conquistada pelos romanos:

> Quando virdes Jerusalém cercada de exércitos, sabei que está próxima a sua devastação. Então, os que estiverem na Judéia fujam para os montes, os que estiverem dentro da cidade saiam e os que estiverem nos campos não entrem nela, porque serão dias de punição, nos quais deverá cumprir-se tudo o que foi escrito. Ai daquelas que estiverem grávidas e estiverem amamentando naqueles dias! Com efeito, haverá uma grande angústia na terra e cólera contra esse povo. E cairão ao fio da espada, levados cativos para todas as nações, e Jerusalém será pisada por nações até que se cumpram os tempos das nações. (Lucas 21:20-24)

Historiadores críticos há muito acreditam que esta descrição foi escrita após o fato, que Lucas, escrevendo após a queda de Jerusalém em 70 d.C., sabia muito bem o que tinha acontecido, e como. Ele, porém, não dá um relato completo do sofrimento infligido aos habitantes judeus de Jerusalém quando o general romano Tito sitiou a cidade em uma tentativa de esmagar um violento levante contra Roma. Mas temos um relato de como foi o cerco, de uma fonte não-bíblica, o historiador judeu Josefo, que presenciou o acontecimento e também conhecia judeus que sobreviveram a ele.

Segundo Josefo, as coisas estavam muito ruins do lado de dentro das muralhas da cidade: havia golpes sangrentos periódicos, assassinatos diários e fome em massa. A falta de comida se tornou tão grave que parentes roubavam comida uns dos outros, tirando-a da boca dos mais fracos. No relato mais horripilante, Josefo indica que uma mulher, desesperada de fome, assassinou seu bebê e o preparou no forno. Comeu metade do corpo imediatamente. Quando alguns homens que passavam pela casa sentiram cheiro de carne assada, entraram para roubar a carne. Ela mostrou a eles o corpo semiconsumido e disse para comerem o que havia. Horrorizados, eles a deixaram com o cadáver semiconsumido do filho e partiram tremendo para encontrar comida em outro lugar.[1]

O cerco de Jerusalém foi cruel. O ato hediondo dessa mulher foi cruel. Ela sofreu; seu filho sofreu. E esta é apenas uma de milhões de histórias de sofrimentos incomensuráveis, produzidos por seres humanos contra seres humanos.

## Reações ao sofrimento

Como os autores das Escrituras reagiam quando eles, ou outros que conheciam, experimentavam um sofrimento horrível nas mãos de outros? Como se pode imaginar, havia uma enorme gama de reações, assim como entre as pessoas de hoje: ultraje, dor, frustração, desamparo. Alguns autores acreditavam que o sofrimento os fortalecia, alguns queriam que Deus vingasse sua dor impondo dor a outros, outros consideravam sua infidelidade como um teste de fé, e havia aqueles que a viam como um sinal de que o final dos tempos estava próximo.

Algumas das reações mais impressionantes aparecem nos escritos de Jeremias, um profeta que já estudamos rapidamente. Jeremias costuma ser chamado de "o profeta sofredor",[2] por causa da oposição e da perseguição que teve de enfrentar. Jeremias escreveu suas profecias em parte durante a época em que o reino sul de Judá estava sob ataque babilônico. Muitos dos habitantes de Jerusalém acreditavam que a cidade era inviolável: como o próprio Deus vivia no Templo de Jerusalém, o Templo construído por Salomão cerca de quatrocentos anos antes, Deus iria protegê-lo, e o povo que nele venerava, de todo o mal. Jeremias tinha ponto de vista diametralmente oposto, argumentando que o Templo não daria segurança (ver especialmente Jeremias 7) e insistindo em que se o povo quisesse sobreviver à chacina dos babilônios, deveria se render ao inimigo.

Não era uma pregação popular, e conseqüentemente Jeremias sofreu agressões verbais e perseguição física. Suas reações ao sofrimento são encontradas em vários "lamentos" poéticos espalhados pelos capítulos 11 a 20. Como outros que sofreram horrivelmente, Jeremias algumas vezes gostaria de nunca ter nascido (ver Jó 3):

> Maldito o dia em que nasci!
> O dia em que minha mãe me gerou não seja abençoado!
> Maldito o homem que deu a meu pai a boa nova:
> "Nasceu-te um filho homem!"
> e lhe causou grande alegria.
> Que este homem seja como as cidades
> que o Senhor destruiu sem compaixão;
> que ouça o clamor pela manhã

e o grito de guerra ao meio-dia,
porque não me matou desde o seio materno,
para que minha mãe fosse para mim
o meu sepulcro
e suas entranhas estivessem grávidas para sempre.
Por que saí do seio materno
para ver trabalhos e penas
e terminar os meus dias na vergonha? (Jr 20:14-18)

Em outros momentos, Jeremias reza para que a ira divina se abata sobre seus inimigos, que tramaram o mal contra ele sem que soubesse.

Mas como cordeiro manso que é levado ao matadouro,
não sabia que eles tramavam planos contra mim:
"Destruamos a árvore em seu vigor, arranquemo-la da terra dos vivos,
e seu nome não será mais lembrado!"
Senhor dos Exércitos, que julgas com justiça,
que perscrutas os rins e o coração,
verei a tua vingança contra eles,
porque a ti expus a minha causa. (Jr 11:19-20)

Tais reações soarão familiares a leitores ávidos do livro dos Salmos, que contém uma série de "lamentos", ou seja, salmos que se queixam a Deus do sofrimento do autor e imploram a ele que faça algo a respeito, ou exprimem uma noção de segurança de que ele o fará. Muitos desses salmos são tomados de *páthos*, o que faz deles as passagens bíblicas prediletas daqueles que enfrentam adversidade pessoal.

Senhor, não me castigues com tua ira,
não me corrijas com teu furor!
Tem piedade de mim, Senhor, pois desfaleço!
Cura-me, Senhor, pois meus ossos tremem;
todo o meu ser estremece
e tu, Senhor, até quando?

Volta-te, Senhor! Liberta-me!
Salva-me, por teu amor! (...)
Estou esgotado de tanto gemer,
de noite eu choro na cama,
banhando meu leito de lágrimas.
Meus olhos derretem-se de dor
pela insolência dos meus adversários.
Afastai-vos de mim malfeitores todos:
O Senhor escutou a voz do meu pranto!
O Senhor ouviu meu pedido,
O Senhor acolheu minha prece.
Envergonhem-se e tremam meus inimigos todos,
retirem-se depressa, cheios de vergonha! (Sl 6:2-5, 7-11)

Alguns desses salmos são orações ainda mais explícitas para que Deus inflija castigos terríveis aos inimigos do autor. Elas não foram escritas por aqueles que acreditam em dar a outra face; eles estão ansiosos para que a vingança seja executada:

Ó Deus, não fique calado,
não fique mudo e inerte, ó Deus!
Eis que teus inimigos se agitam,
os que te odeiam levantam a cabeça.
Eles tramam um plano contra teu povo,
conspiram contra teus protegidos, e dizem:
"Vinde, vamos removê-los do meio das nações,
e o nome de Israel nunca mais será lembrado!" (...)
Deus meu, trata-os como o acanto que rola,
como a palha frente ao vento.
Como o fogo devorando uma floresta,
e a chama abrasando as montanhas;
persegue-os com a tua tempestade,
aterra-os com o teu furacão.
Cobre-lhes a face de vergonha,

para que busquem teu nome, Senhor!
Fiquem envergonhados e perturbados para sempre,
sejam confundidos e arruinados:
saberão assim que só tu tens o nome de Jeová,
o Altíssimo sobre a terra inteira! (Sl 83:1-4, 14-19)

Em nenhum momento o *páthos* é mais absorvente e o apelo mais mordaz que no salmo 137, escrito na época do exílio babilônico por alguém que queria desesperadamente retornar à sua terra e que pedia a Deus para vingá-lo de seus inimigos — até mesmo dos filhos de seus inimigos.

À beira dos canais de Babilônia
nos sentamos, e choramos
com saudades de Sião;
nos salgueiros que ali estavam
penduramos nossas harpas.
Lá, os que nos exilaram
pediam canções,
nossos raptores queriam alegria:
"Cantai-nos um canto de Sião!"
Como poderíamos cantar
um canto do Senhor
numa terra estrangeira?
Se eu me esquecer de ti, Jerusalém,
que me seque a mão direita!
Que me cole a língua ao paladar
caso eu não me lembre de ti,
caso eu não eleve Jerusalém
ao topo da minha alegria!
Senhor, relembra
o dia de Jerusalém
aos filhos de Edom,
quando diziam: "Arrasa-a!
Arrasai-a até os alicerces!"

Ó devastadora filha de Babel,
feliz quem devolver a ti
o mal que nos fizeste!
Feliz quem agarrar e esmagar teus
nenês contra a rocha. (Sl 137:1-9)

Porém, a maioria dos lamentos não está relacionada à catástrofe nacional do exílio, mas a angústias pessoais (quase nunca especificadas) provocadas por outros. Um desses salmos se tornou particularmente bem conhecido em círculos cristãos por ser visto como uma profecia messiânica do que iria acontecer a Jesus em sua crucifixão. Porém, assim como no caso de Isaías 53, é importante não apenas ver como leitores posteriores poderiam ter interpretado o salmo, mas também pensar o que o texto poderia ter significado em seu próprio contexto — neste caso, o contexto de um indivíduo em Israel que se sentia abandonado por Deus e perseguido pelos outros.

Meu Deus, meu Deus, por que me abandonaste,
descuidado de me salvar,
apesar das palavras de meu rugir?
Meu Deus, eu grito de dia, e não me respondes,
de noite e nunca tenho descanso (...)
(...) sou verme, não homem,
riso dos homens e desprezo do povo;
todos os que me vêem caçoam de mim,
abrem a boca e meneiam a cabeça:
"Que ele recorra ao Senhor, que ele o liberte,
que o salve, se é que o ama!" (...)
cercam-me touros numerosos,
touros fortes de Basã me rodeiam;
escancaram sua boca contra mim,
como leão que dilacera e ruge.
Eu me derramo como água
e meus ossos todos se desconjuntam;
meu coração está como a cera,

> derretendo-se dentro de mim;
> seco está meu paladar, como caco,
> e minha língua colada ao maxilar;
> tu me colocas na poeira da morte.
> Cercam-me cães numerosos,
> um bando de malfeitores me envolve,
> como para retalhar minhas mãos e meus pés.
> Posso contar meus ossos todos,
> as pessoas me olham e me vêem;
> repartem entre si as minhas vestes,
> e sobre a minha túnica tiram sorte.
> Tu, porém, Senhor, não fiques longe!
> Força minha, vem socorrer-me depressa!
> Salva minha vida da espada,
> minha pessoa da pata do cão!
> Salva-me da goela do leão,
> dos chifres do búfalo minha pobre vida! (Sl 22:1-22)

Essa idéia de que os ódios, rivalidades e perseguições dos outros afetam o fiel — de modo que o sofrimento é fruto não apenas de Deus, como punição, mas também de seres humanos que desobedecem à sua vontade — e a sensação concomitante de que Deus é aquele que pode salvar as pessoas de seu sofrimento são encontradas não apenas nas páginas da Bíblia hebraica, claro, mas também no Novo Testamento. Como exemplo de encerramento, eu retorno aos escritos de Paulo, o apóstolo que sofreu de modo a ser como seu Senhor, mas que confiava em que Deus o livraria de sua aflição. Como ele diz a seus irmãos cristãos na cidade de Corinto:

> Não queremos, irmãos, que o ignoreis: a tribulação que padecemos na Ásia acabrunhou-nos ao extremo, além das nossas forças, a ponto de perdermos a esperança de sobreviver. Sim; recebêramos em nós mesmos a nossa sentença de morte, para que a nossa confiança já não se pudesse fundar em nós mesmos, mas em Deus, que ressuscita os mortos. Foi ele que nos libertou de tal morte, e dela nos libertará; nele depositamos a esperança de que ainda nos libertará da morte. (2 Cor 1:8-10)

## As conseqüências do pecado: uma avaliação

Enquanto escrevia este capítulo, pensei o tempo todo que ele é muito óbvio, e imaginei meus amigos o lendo e me dizendo que todas as horas que gastei nele (afinal, há apenas tantas horas reservadas a nós nesta vida) foram uma completa perda de tempo. *Claro* que as pessoas sofrem porque outras pessoas se comportam mal com elas. Qual é a novidade *disso*?

Ao mesmo tempo, sei que há no mundo muitas pessoas religiosas que pensam que tudo o que ocorre — o bom e o ruim — vem diretamente (ou algumas vezes indiretamente) de Deus. E com isso alguns dos autores bíblicos concordariam.

E é fato, essa visão levanta uma questão paradoxal, bem conhecida das pessoas que lidaram com charadas teológicas ao longo dos anos: se as pessoas fazem coisas ruins porque Deus lhes ordena, por que elas são consideradas responsáveis? Se Adão e Eva estavam predestinados a comer da fruta, por que foram punidos por isso? Se Judas traiu Jesus e Pilatos o crucificou porque essa era a vontade de Deus, como podem ser responsabilizados? Se os inimigos de Davi ou os de Paulo fizeram o que fizeram por causa da supervisão divina, quem na verdade deve ser culpado?

De fato, nenhum dos autores bíblicos lida diretamente com esse tipo de paradoxo. Deus é sempre retratado como o Soberano todo-poderoso deste mundo que sabe todas as coisas, mas os seres humanos são retratados como sendo responsáveis por seus atos. Embora a vinda do Anticristo seja um acontecimento predeterminado, o Lago de Fogo está sendo formado para esperá-lo chegar.

O fato de que as pessoas são consideradas responsáveis por seus atos — de Adão e Eva, passando por Caim e Abel, Davi e Salomão, Judas e Pilatos até o Anticristo e seus asseclas — mostra que os autores bíblicos tinham *alguma* noção de livre-arbítrio. Ou seja, essa compreensão do sofrimento como resultado do comportamento humano pecador é o mais perto que a Bíblia chega daquilo que é conhecido nos círculos filosóficos que lidam com o problema da teodicéia como "a defesa do 'livre-arbítrio'". Em sua forma mais simples, o argumento filosófico é mais ou menos este: Se Deus não nos tivesse dado o livre-arbítrio, este seria um mundo menos que perfeito, mas Deus queria criar um mundo perfeito, portanto temos o livre-arbítrio — tanto para obedecer quanto para desobedecer a ele, para eliminar o sofrimento ou para produzi-lo. Por isso há sofrimento em um mundo que em última instância é controlado por um Deus ao mesmo tempo todo-poderoso e todo amoroso.

No debate sobre a teodicéia, essa defesa do livre-arbítrio remonta até o início do debate sobre a teodicéia. De fato, é esse o ponto de vista do polímata do século XVII Leibniz, o primeiro a cunhar o termo *teodicéia*. No discurso moderno, a questão da teodicéia é: "Como podemos acreditar que existe um Deus todo-poderoso e todo amoroso considerando-se o estado do mundo?" No discurso arcaico, incluindo as variedades de discurso encontradas na Bíblia hebraica e no Novo Testamento, essa nunca foi uma questão. Os antigos judeus e cristãos nunca questionaram *se* Deus existia. Eles sabiam que existia. O que eles queriam saber era como *entender* Deus e como *se relacionar* com ele, considerando-se o estado do mundo. A questão de se o sofrimento impede a crença na existência de Deus é inteiramente moderna, um produto do Iluminismo.

A teodicéia iluminista (e pós-iluminista) deriva de um moderno conjunto de suposições sobre o mundo: por exemplo, que o mundo é um nexo fechado de causa e efeito e funciona mais ou menos mecanicamente segundo um conjunto de "leis" naturais — que, se não são exatamente leis (como ficou evidente nos modernos estudos de física e disciplinas similares), são pelo menos elementos confiáveis de previsão da atividade natural no mundo. Essa visão moderna do mundo provavelmente explica por que a discussão da teodicéia entre os filósofos modernos é tão diferente do debate sobre o sofrimento encontrado nos escritos bíblicos — ou mesmo nos escritos e nas reflexões da maioria dos seres humanos que pensam sobre o sofrimento. Não sei se vocês já leram algum dos escritos dos modernos estudiosos de teodicéia, mas eles são algo digno de contemplar: explicações precisas, filosoficamente nuançadas, profundas, repletas de terminologia esotérica e finamente elaboradas para por que o sofrimento não impede a existência de um ser divino de poder e amor. Francamente, para a maioria de nós esses escritos não são apenas obtusos, eles estão desligados da vida real, a vida vivida nas trincheiras — as trincheiras da Primeira Guerra Mundial, por exemplo, os campos de concentração da Segunda Guerra Mundial ou os campos de extermínio do Camboja. Eu tendo a concordar com estudiosos como Ken Surin — que é facilmente tão brilhante quanto qualquer um dos teodicistas que ele atacou — com a idéia de que muitas das tentativas de explicar o mal podem, no final, ser moralmente repugnantes. Posso até mesmo simpatizar com teólogos como Terrence Tilley, que argumenta que a resposta do crente à teodicéia deve ser renunciar a ela como um projeto intelectual.[3] Para Tilley, a tentativa de justificar a existência do sofrimento intelectualmente é lidar com o problema em termos errados. No final, o sofrimento não deveria levar apenas a uma explicação intelectual. Deveria levar também a uma resposta moral.

Diferentemente de Tilley, eu não sou um crente cristão. Mas eu acho que há algo errado em lidar com o problema do sofrimento como um exercício puramente intelectual. O sofrimento pede uma resposta ativa, especialmente considerando-se que grande parte dele não é causada por acontecimentos "naturais" — "atos de Deus", como são ironicamente chamados por nossas companhias de seguros — mas por outras pessoas. E não apenas pelos nazistas ou pelo Khmer Vermelho, que viveram em outra época em um lugar distante, mas por pessoas que vivem do outro lado da nossa rua ou que trabalham no fim do corredor, pessoas que vemos nas lojas, pessoas que elegemos para cargos públicos, pessoas que pagamos para que dirijam as empresas que nos fornecem bens e serviços, pessoas que exploram os trabalhadores do mundo, e assim por diante.

Para mim, no final, o problema filosófico chamado teodicéia é insolúvel. Ao mesmo tempo, embora a chamada defesa do livre-arbítrio possa algumas vezes parecer um argumento filosófico estéril, também pode ser extremamente prático. Os seres humanos ferem, oprimem, atormentam, torturam, violam, estupram, desmembram e assassinam os outros. Se no final houver um Deus envolvido em tudo isso — especialmente se esse Deus for responsável por todas as coisas horrendas que acontecem —, então eu suponho que haja pouco que possamos fazer quanto a isso. Mas não acredito nisso nem por um segundo. A dor causada aos seres humanos por seres humanos não é causada por uma entidade sobre-humana. Como os seres humanos se comportam mal e ferem os outros por seu livre-arbítrio (que existe, mesmo que Deus não), então precisamos interferir nós mesmos e fazer o que pudermos para acabar com opressão, tortura e assassinato — seja em casa ou em países em desenvolvimento, onde as atrocidades são ao mesmo tempo mais explícitas e menos limitadas —, e também fazer o que pudermos para ajudar aqueles que são submetidos a esses abusos da liberdade humana.

# O mistério do bem maior: sofrimento redentor

Pessoas que passaram por uma espécie de experiência de "desconversão" como a minha compreendem como ela pode ser emocionalmente angustiante. Pode ser fácil ver isso com bom humor agora que estou à vontade do outro lado da crise (um amigo meu diz que eu deixei de ser "renascido" para ser "remorto"), mas na época foi extremamente traumático. Eu me transformei de cristão evangélico radical e comprometido que passou a juventude em um seminário fundamentalista, uma faculdade de artes evangélica liberal e várias igrejas, em um agnóstico que via a Bíblia como um livro produzido exclusivamente por mãos humanas, que via Jesus como um judeu apocalíptico do século I que foi crucificado mas não erguido dos mortos, e que considerava as grandes questões da teologia como além da capacidade de resposta humana.

Não sei se há um Deus. Eu não me considero ateu, porque declarar seguramente que Deus não existe (a declaração dos ateus) exige muito mais conhecimento (e cara-de-pau) do que eu tenho. Como *eu* poderia saber se Deus existe? Eu sou apenas um mortal como qualquer outro. Acho que o que *posso* dizer é que se (SE!) Deus existe, ele não é o tipo de ser em que eu acreditava quando era evangélico: uma divindade pessoal que tem o poder final sobre este mundo e interfere nos assuntos humanos de modo a impor sua vontade a nós. Está além da minha compreensão o fato de que pode haver um ser como esse — em boa parte porque, francamente, eu não acredito que haja intervenções. Se Deus pode curar o câncer, então por que milhões de pessoas morrem dessa doença? Se a resposta é que isso é um mistério ("Deus escreve certo por linhas tortas"), é o mesmo que dizer que *não* sabemos o que Deus faz ou como ele é. Então, por que fingir que sabemos? Se Deus alimenta os famintos, por que há pessoas com fome? Se Deus cuida de seus filhos, por que há milhares de pessoas destruídas por catástrofes naturais todo ano? Por que a maioria da população da Terra sofre em uma pobreza abjeta?

Eu já não acredito em um Deus que se envolve ativamente com os problemas deste mundo. Mas costumava acreditar nesse tipo de Deus com toda a minha alma e todo meu coração, e estava disposto e ansioso para contar a todos ao meu redor sobre ele. Minha fé em Cristo me transformou em um evangelista amador, determinado a igualmente converter os outros à crença. Mas agora eu me desconverti. E, devo dizer, o processo de desconversão não foi fácil ou agradável. Como já disse em um capítulo anterior, eu abandonei a fé esperneando e gritando.

Mas o que mais eu poderia fazer? O que *você*, ou qualquer outro, pode fazer quando confrontado com fatos (ou, pelo menos, com o que você considera fatos) que contradizem sua fé? Imagino que você possa descartar os fatos, dizer que eles não existem ou se esforçar para ignorá-los. Mas e se estiver absolutamente comprometido a ser honesto consigo mesmo e com sua compreensão da verdade? E se você quiser refletir sobre sua fé com honestidade intelectual e agir com integridade pessoal? Penso que todos nós — mesmo aqueles de nós que são agnósticos — devemos estar dispostos a mudar nossas idéias se chegarmos à conclusão de que elas, afinal, estão erradas. Mas fazer isso pode ser muito doloroso.

No meu caso a dor se manifestou de muitas formas. Uma das coisas mais difíceis era que eu estava então em desavença com muitos daqueles que me eram próximos e queridos — membros de minha família e amigos íntimos —, pessoas com as quais eu um dia partilhara uma íntima ligação espiritual, com as quais antes podia orar e conversar sobre as grandes questões de vida e morte com toda a segurança de que tínhamos a mesma visão. Assim que perdi a fé isso já não acontecia, e amigos e parentes passaram a me tratar com suspeita, pensando no que haveria de errado comigo, por que eu tinha mudado, por que tinha "ido para o lado negro". Muitos deles, suponho, pensavam que eu tinha aprendido demais e isso não me fizera bem, ou que tinha caído na armadilha do diabo. Não é fácil ser íntimo de alguém que pensa que você está mancomunado com Satanás.

Com certeza, a coisa mais difícil de lidar pessoalmente dizia respeito ao próprio cerne daquilo em que eu acreditara como cristão evangélico. Eu tinha me tornado "renascido" porque queria "ser salvo". Salvo do quê? Entre outras coisas, do suplício eterno do inferno. Na visão que me fora dada, Cristo morreu pelos pecados do mundo, e todos que o aceitavam na fé teriam vida eterna com ele no paraíso. Todos aqueles que *não* acreditassem nele — fosse por recusa consciente ou pura ignorância — necessariamente teriam de pagar por seus próprios pecados no inferno. O inferno era um lugar superlotado: a maioria das pessoas ia para lá. E era um lugar de tormentos infinitos, que envolviam a agonia espiritual de estar afastado de Deus (portanto, de tudo o que é bom) e a agonia física do tormento real em um lago de fogo eterno. Assar no inferno não era, para mim, uma metáfora, mas uma realidade física. Não surpreende que eu fosse tão evangélico em minha fé: não queria que nenhum de meus parentes ou amigos experimentasse o fogo do inferno por toda a eternidade, portanto fiz todo o possível para me assegurar de que eles aceitassem Cristo e recebessem o presente da salvação.

Essa visão do inferno foi inculcada em mim e gravada a ferro e fogo (por assim dizer) em minha consciência (e, provavelmente, em minha inconsciência). Conseqüentemente, quando perdi minha fé — não apenas na Bíblia como palavra inspirada por Deus, mas em Cristo como a única forma de salvação, e depois na visão de que o próprio Cristo era divino e, além disso, na visão de que há um Deus todo-poderoso encarregado deste mundo —, eu ainda especulava, no fundo: será que realmente estava certo? E se eu estava certo antes e errado agora? Queimarei para sempre no inferno? O medo da morte me assombrou durante anos, e ainda há momentos em que acordo à noite suando frio.

Tudo isso tem como base uma sensação de sofrimento, claro. A teologia evangélica que eu um dia sustentei era construída a partir de visões de sofrimento: Cristo sofreu por meus pecados, de modo que eu não precisasse sofrer eternamente, porque Deus é um juiz justo que pune para todo sempre aqueles que rejeitam a ele e a salvação que ele oferece. A ironia, imagino, é que foi exatamente minha visão do sofrimento que me afastou dessa compreensão de Cristo, salvação e Deus. Eu passei a pensar que não há um Deus ativamente envolvido com este mundo de dor e infelicidade — se estiver, por que ele não *faz* algo a respeito? Concomitantemente passei a acreditar que não há um Deus que queira tostar crianças inocentes e outros no inferno porque, por acaso, eles não aceitam um determinado credo religioso.

Outro aspecto da dor que senti quando acabei me tornando agnóstico é ainda mais pertinente a essa questão do sofrimento. Envolve outra postura profundamente enraizada que tenho e da qual simplesmente não consigo me livrar, embora neste caso seja uma postura da qual eu na verdade não quero me livrar. E é algo que nunca teria visto como um problema quando ainda era crente. É o seguinte: eu tenho uma vida fantástica pela qual sou muito grato; sou extremamente afortunado. Mas não tenho ninguém a quem expressar minha gratidão. Há um vazio dentro de mim, o vazio de querer alguém a quem agradecer, e não vejo uma forma plausível de preenchê-lo.

Comecei a identificar isso como um problema mais ou menos na época em que estava pensando seriamente em me tornar agnóstico, e, mais uma vez, aconteceu de uma forma que não teria esperado. Quando eu era pequeno minha família sempre agradecia antes do jantar. Muitas vezes era apenas uma pequena oração que nós crianças nos revezávamos para fazer quando éramos pequenos: "Deus é grande, Deus é bom, e agradecemos a ele por nossa comida." Eu ainda a considero uma bela oração por sua simplicidade, dizendo apenas o que precisa ser dito. À medida que envelheci as graças se tornaram mais sofisticadas e o louvor, mais sutil. Mas chegou um momento em minha vida em que descobri que simplesmente não podia mais agradecer a Deus por minha comida. E a ironia é que foi porque me dei conta (ou, pelo menos, passei a pensar) de que se estava agradecendo a Deus por me dar meu sustento, e reconhecendo que era alimentado não por causa de meus próprios esforços mas por causa de seu ato de generosidade para comigo, isso *implicava* que eu estava dizendo algo sobre aqueles que não têm comida. Se tenho comida porque Deus a deu a mim, então outros não têm comida porque Deus escolheu *não* dar a eles? Ao agradecer, eu na verdade não estaria acusando Deus de negligência ou favoritismo? Se o que tenho é porque ele me deu, e quanto aos que estão morrendo de fome? Eu certamente não sou tão especial aos olhos do Todo-poderoso. Esses outros são menos merecedores? Ou ele os está matando de fome intencionalmente? O pai celestial é caprichoso? Ou malévolo? O que pensaríamos de um pai terreno que deixasse dois de seus filhos com fome para alimentar apenas o terceiro, embora houvesse comida para todos? E o que pensaríamos da criança alimentada expressando sua profunda gratidão a seu pai por cuidar de suas necessidades quando seus dois irmãos estavam morrendo de subnutrição bem em frente a seus olhos?

Há muita fome no mundo. Segundo relatórios das Nações Unidas (ver, por exemplo, www.wfp.org), aproximadamente uma em cada sete pessoas no mundo — são 850 *milhões* de pessoas — não tem comida suficiente. A cada cinco segundos uma criança morre de fome no mundo. Cada cinco segundos. Uma criança. Eu, por outro lado, tenho demais para comer. Como a maioria dos americanos, estou um pouco acima do peso e toda semana vasculho a geladeira e descubro alguma massa mofada (e freqüentemente irreconhecível) que esqueci por tempo demais e estragou. Em outro ponto do planeta as pessoas estão subnutridas, famintas, passando fome por falta de alimentos básicos. Todos os dias em média 25 mil pessoas morrem de fome e doenças da pobreza, enquanto eu discuto se vou tostar filés ou costeletas, se abro uma cerveja especial ou uma bela garrafa de Châteauneuf du Pape. Há algo de errado com este mundo.

Uma reação natural, claro, é que eu deveria reduzir o que como, beber apenas água (afinal, é limpa!) e dar o dinheiro que poupar para instituições de caridade que alimentam os pobres. Mas os problemas são muito mais complexos e não podem ser solucionados assim. E eu decididamente concordo que nós — todos nós — devemos dar mais, mais para instituições de caridade locais que lidam com populações de rua e a pobreza em nossas comunidades, mais para instituições nacionais que levam ajuda a todo o país, mais para instituições internacionais que se dedicam a combater a fome em escala mundial. Decididamente, deveríamos dar mais, muito mais. E conclamar nosso governo a dar mais. E votar para eleger pessoas que considerem a fome um grande problema. E assim por diante.

Mas, tendo dito isto, continuo com o meu dilema fundamental. Como eu posso agradecer a Deus por todas as coisas boas que tenho me dando conta de que outras pessoas não têm coisas boas? Como posso agradecer a Deus sem, por implicação, culpar Deus pelo estado do mundo?

Eu me recordo da cena que todos vemos uma vez ou outra nos noticiários de TV quando houve um grande acidente aéreo, uma queda de avião com centenas de pessoas mortas, e um dos sobreviventes ergue as mãos agradecendo a Deus por estar com ele e salvá-lo. Você começa a imaginar o que a pessoa está pensando — ou se ela está pensando. Deus salvou você? E quanto a essas outras pobres almas que tiveram braços e pernas arrancados, os miolos espalhados pela poltrona ao seu lado? Ao agradecer a Deus por sua sorte você não o está culpando pelo azar dos outros?

Também me lembro de outra coisa que você pode ver na televisão, não apenas às vezes, mas toda manhã de domingo: tele-evangelistas espertos que estão convencidos de que Deus quer o melhor para sua vida e que têm um incrível programa de 12 passos — todos baseados em uma leitura cuidadosa das Escrituras, claro — que permitirá que você desfrute das riquezas e da prosperidade que seu Pai celestial está guardando para você. A coisa impressionante é a facilidade com que as pessoas são convencidas: Deus quer que elas fiquem ricas! Deus mostrou a elas como! Também elas, como o Pastor X, podem receber todas as bênçãos que Deus está ansioso para dar a elas! Milhões de pessoas compram isso (ou pelo menos pagam por isso). Veja as mega-igrejas nos Estados Unidos, aonde dezenas de milhares de pessoas vão toda semana ouvir sobre os segredos de Deus para vidas de sucesso e prósperas. E Jesus chorou.

Pode ser importante lembrar que Jesus chorou. E que Paulo sofreu. Que, na verdade, Jesus criticou seus discípulos que pensavam que segui-lo seria um caminho para a glória; ele disse que ser discípulo dele significava pegar a cruz e morrer com ele uma morte dolorosa e humilhante. Imagino que essa mensagem não venda muito bem nos dias de hoje. Nem a insistência de Paulo em que o poder de Deus se manifesta na fraqueza, e exatamente por isso tinha sido açoitado, espancado, apedrejado, submetido a naufrágio e perigos constantes — que era por causa dessas coisas (não sua prosperidade material não existente) que ele sabia ser um seguidor de Cristo.

Os tele-evangelistas estão errados tanto do ponto de vista da vida real quanto do ponto de vista do Novo Testamento. Deus não enriquece as pessoas. Ser rico — ou pelo menos ter comida suficiente na geladeira (o que para boa parte do mundo corresponde a uma prosperidade incompreensível) — é em grande parte acidental; depende de onde você nasceu e quais as condições de vida oferecidas a você, bem como do que você faz com as oportunidades que se apresentam.

Alguns de nós têm sorte. A imensa maioria das pessoas que já viveram e vivem, não. A maioria sofreu com dificuldades físicas e morreu sem resolver o problema. Como explicar isso? Ou como explicar o patente sofrimento a que a raça humana sempre foi submetida?

Nós já vimos dois modos pelos quais a Bíblia explica o sofrimento: algumas vezes o sofrimento vem de Deus como punição pelo pecado; e algumas vezes vem dos seres humanos como conseqüência do pecado. Agora vamos examinar uma terceira solução. Para alguns autores bíblicos, certas vezes o sofrimento é positivo. Algumas vezes Deus faz o bem a partir do mal, um bem que não seria possível se o mal não existisse. Segundo essa lógica, o sofrimento algumas vezes pode ser redentor. Um dos primeiros exemplos desse ensinamento é encontrado no Gênesis, em uma longa passagem que envolve fome e privação.

## Sofrimento redentor na história de José

A última parte do livro do Gênesis (capítulos 37 a 50) é basicamente sobre como Deus salvou a família do patriarca Jacó (os 12 irmãos cujos descendentes iriam formar as 12 tribos de Israel) de uma fome que grassou na terra, ameaçando destruir seus habitantes, os antepassados da nação de Israel; se a fome fosse vitoriosa, teria anulado a promessa que Deus fizera ao avô de Jacó, Abraão, de fazer dele uma grande nação (o povo judeu). A história é um pouco complicada, mas maravilhosamente contada. Ela começa muito antes da fome, com um exemplo trágico de discórdia familiar na qual um dos irmãos é agredido e vendido como escravo — um sofrimento que, como veremos, era parte do plano divino.

Jacó (cujo outro nome era "Israel") teve 12 filhos com uma série de esposas, numa época em que as pessoas tinham mais com o que se preocupar do que com um relacionamento polígamo aqui e ali; seu favorito era José, a quem ele concedia favores especiais, incluindo uma "túnica longa com mangas" (tradicionalmente apresentada como uma "túnica de muitas cores"). O favoritismo de Jacó provocava certo ciúme entre os irmãos, todos os quais (com exceção de Benjamim) eram mais velhos. O problema aumentou quando José teve dois sonhos. No primeiro, ele e os irmãos estavam amarrando feixes de cereal, e todos os outros feixes se curvavam ao seu. No outro sonho, ele via o Sol, a Lua e 11 estrelas se curvando a ele. Seus irmãos entenderam a mensagem: José estava dizendo que um dia eles (juntamente com seu pai e sua mãe) seriam subservientes a ele (Gn 37:1-11).

Os irmãos não gostaram muito da idéia e, sendo camaradas muito doces, decidiram matar José (Gn 37:18-20). O irmão Rúben, porém, conclamou-os a não matar José, mas jogá-lo em um poço. No final, uma caravana passou e outro irmão, Judá, convenceu os outros a vender José aos negociantes ismaelitas como escravo. Os comerciantes partiram para o Egito, e os irmãos pegaram a túnica especial de José, mergulharam-na em sangue de bode e a levaram ao pai, que concluiu com algum sofrimento que José deveria ter sido devorado por algum animal selvagem.

Enquanto isso José fez sucesso como escravo no Egito, porque "o Senhor estava com ele"; seu dono, Putifar, era um aristocrata rico, e José se tornou supervisor-chefe de toda a sua propriedade. Porém, a esposa de Putifar se encantou pelo belo e jovem escravo. Quando ele se recusou a se deitar com ela, a mulher alegou estupro e José foi mandado para a prisão. Ele, porém, foi bem-sucedido até na prisão, porque "o Senhor estava com ele", e recebeu um cargo do carcereiro-chefe (capítulo 39). Na prisão, José se mostrou um intérprete de sonhos impressionantemente confiável, de modo que após alguns anos, quando o faraó do Egito teve dois sonhos perturbadores, seus servos disseram a ele que havia um prisioneiro que poderia interpretá-los.

O faraó tinha sonhado com sete vacas bem cevadas e de boa aparência pastando junto ao Nilo sendo devoradas por sete vacas "feias e magras". Ele também sonhara com sete espigas de grãos "cheias e belas" sendo devoradas por sete espigas de grãos "secas, mirradas e queimadas". José não teve dificuldade para interpretar os sonhos: eles indicavam que a terra teria sete anos de safras fartas, seguidas por sete anos de fome. O faraó precisava nomear um administrador que preservasse os recursos durante os sete anos de abundância como uma garantia para os sete anos magros que viriam. O faraó se deu conta de que o próprio José seria o homem ideal para o cargo, libertou-o da prisão e fez dele seu braço-direito (capítulo 41).

A fome que se abateu atingiu não apenas o Egito, mas também a terra de Israel, com a ameaça de fome em massa. Jacó mandou seus filhos ao Egito para comprar comida, já que era amplamente sabido que os egípcios tinham feito grandes estoques. Os irmãos se apresentaram frente a José, sem se darem conta de quem era, claro, após tantos anos, e, como no sonho de sua juventude, se curvaram em reverência a ele. Após uma série de episódios intrincados nos quais José testou seus brios, finalmente se revelou a eles, houve uma alegre reunião e ele prometeu ajudar as famílias famintas em sua terra. Elas, juntamente com seu pai, Jacó, foram chamadas, e acabaram vivendo juntas, em parte da terra do Egito sob a proteção do principal administrador do faraó, José. (Foi assim que, para começar, o povo de Israel foi para o Egito; esta narrativa, em outras palavras, é usada para introduzir a história do "êxodo" quatrocentos anos depois, sob Moisés.)

Jacó acabou morrendo, e os irmãos de José ficaram nervosos: iria José se voltar contra eles por causa do mal que tinham feito? Afinal, tinha sido por culpa deles que José sofrera tanto: eles tinham zombado dele, ameaçado matá-lo, o seqüestrado e o vendido como escravo; ele tinha trabalhado como escravo, equivocadamente condenado por tentativa de estupro e passado anos na prisão, e assim por diante. Não tinha sido uma vida inteiramente agradável, e tudo era culpa deles. Sabendo que sua ira poderia significar a morte, eles humildemente o procuraram e pediram seu perdão (Gn 50:15-18). Chega então o momento fundamental do texto: "mas José lhes disse: 'Não tenhais medo algum! Acaso estou no lugar de Deus? O mal que tínheis intenção de fazer-me o desígnio de Deus o mudou em bem a fim de cumprir o que se realiza hoje: salvar a vida a um povo numeroso'" (Gn 50:19-20). José então promete atender às necessidades de seus irmãos e suas famílias, o que ele faz até morrer. E assim termina o livro do Gênesis. Por intermédio do sofrimento de José, Deus salvou seu povo.

Essa idéia, de que aquilo que os seres humanos "queriam como mal" Deus pode "mudar para bem" está implícita em um grande número das narrativas bíblicas de sofrimento. Algumas vezes, graças à intervenção de Deus, o sofrimento é redentor. Algum sofrimento, sugerem os autores bíblicos, permite a Deus realizar seu propósito de salvação. A pessoa que sofre pode não se dar conta no momento; pode ignorar inteiramente o que Deus pretende. Mas Deus algumas vezes produz o bem a partir do mal, a salvação a partir do sofrimento.

## Outros exemplos de sofrimento redentor nas Escrituras

A idéia de que o sofrimento humano pode servir a propósitos divinos é apresentada já no conjunto seguinte de histórias da Bíblia hebraica, aquelas que envolvem o êxodo dos filhos de Israel fugindo da escravidão no Egito sob Moisés. Quando eu era pequeno e minha mãe lia histórias da Bíblia para mim, sempre ficava especialmente entusiasmado com o relato das dez pragas do Egito: a água transformada em sangue, os sapos, os mosquitos, as moscas, e assim por diante. Uma das razões pelas quais essas histórias me fascinavam era que sempre parecia que as pragas tinham funcionado: se Moisés diz que lançará uma praga a não ser que suas exigências sejam atendidas, e então lança uma praga, é de pensar que depois de quatro ou cinco vezes o faraó iria entender. Mas o faraó tinha o coração duro. E quanto mais seu coração endurecia, mais duro ele era com os escravos israelitas, que continuavam a sofrer as indignidades da escravidão, enquanto Moisés fazia um espetáculo para os aristocratas do Egito.

Porém, um dos aspectos intrigantes e muito discutidos da história das pragas é exatamente essa questão do coração endurecido do faraó. Em alguns momentos o texto indica que foi o próprio faraó que endureceu seu coração (por exemplo,

Ex 8:15, 32) — o que faz algum sentido. Quando uma praga termina, o faraó se recusa a acreditar que ela tivesse qualquer relação com uma intervenção divina, e fica ainda mais determinado a manter os israelitas escravizados. Mas em outras oportunidades o texto insinua que foi Deus quem endureceu o coração do faraó ou dos outros egípcios (Ex 4:21, 10:1, 14:17, e assim por diante). Mas por que Deus faria o faraó não escutar a voz da razão ou prestar atenção nos péssimos sinais mandados a ele? Quanto a isso o texto é claro: Deus não queria que o faraó deixasse o povo partir.

Depois que finalmente permite que partam, o faraó muda de idéia e sai à caça deles. Então o próprio Deus realiza um ato de poder de modo a mostrar que foi ele que salvou seu povo da escravidão. Isso é deixado explícito na narrativa. Um pouco antes, Deus diz a Moisés: "Mas eu lhe endurecerei o coração para que não deixe o povo partir" (Ex 4:21). Depois ele explica a lógica: "Pois lhe obstinei o coração e o coração dos seus servos para que eu faça estes meus sinais no meio deles e para que narres a teu filho e ao filho do teu filho como zombei dos egípcios (...) para que saibais que eu sou o Senhor" (Ex 10:1-2). Um pouco depois, quando os filhos de Israel estão preparados para cruzar o mar sobre terra seca, Deus diz: "Eu endureci o coração dos egípcios para que vos sigam [para o mar] e serei glorificado à custa do faraó, de todo o seu exército (...) E os egípcios saberão que eu sou o Senhor (...)" (Ex 14:17-18). E, claro, é o que acontece. Os filhos de Israel cruzam o mar com a água parada como um muro dos dois lados deles. Mas quando os egípcios os seguem, o mar retorna e afoga a todos.

O sofrimento dos israelitas na escravidão foi prolongado de modo que Deus pudesse mostrar sem sombra de dúvida que era ele — não um faraó de bom coração — que os libertava da escravidão. E o faraó e todos os seus exércitos sofreram a punição final — estrondosa derrota em batalha e morte por afogamento —, para que Deus pudesse revelar a todos que era o Senhor poderoso que podia libertar seu povo. O sofrimento pode mostrar o poder e a salvação de Deus.

De forma distante, essa história das pragas do Egito, em que Deus intencionalmente cria problemas e atrasos antes de ajudar seu povo, há muito me fez recordar de uma história bem conhecida do Novo Testamento, talvez o mais famoso milagre de Jesus, ressuscitar Lázaro dos mortos em João 11. Ao longo dos anos, discutindo essa passagem com grupos de alunos, descobri que as pessoas tendem a ler rapidamente a primeira parte da história para poder desfrutar do final. E, de fato, o final é o ponto alto: Jesus vai ao túmulo desse Lázaro, que estava enterrado havia quatro dias (e, portanto, provavelmente começava a apodrecer perceptivelmente), e, com uma voz muito teatral, ordena: "Lázaro, vem para fora!" — depois do que o homem se ergue dos mortos à vista da multidão. Esse clímax, claro, é o objetivo da história. Ele mostra que Jesus tem poder sobre a morte. Por isso Lázaro precisava estar morto havia quatro dias, do contrário alguém poderia dizer que ele tinha apenas desmaiado, ou que seu espírito ainda pairava acima do túmulo. Ele estava morto, realmente morto. Jesus, porém, é aquele que pode superar a morte. Jesus é "a ressurreição e a vida" (João 11:25).

Mas para mim é igualmente interessante o início da história. Ela não começa com a morte de Lázaro, mas com sua doença. Suas irmãs Maria e Marta mandam uma mensagem a Jesus — que está a vários dias de viagem — dizendo que seu irmão está doente e pedindo que Jesus vá curá-lo. Mas ele se recusa. E por quê? Porque para Jesus sua doença é "para a glória de Deus, para que, por ela, seja glorificado o Filho de Deus" (João 11:4). Vem então o intrigante versículo 5: "Ora, Jesus amava Marta e sua irmã e Lázaro. Quando soube que este se achava doente, permaneceu ainda dois dias no lugar em que se encontrava." Os alunos tinham dificuldade em acreditar que estavam lendo o texto corretamente. Jesus *amava* Lázaro e permaneceu longe dois dias? Aquilo fazia sentido? Se Jesus amava Lázaro, não deveria correr para curá-lo? Não, não para o autor do Evangelho de João. Nesse livro Jesus permanece longe exatamente porque quer que Lázaro morra. Se Lázaro não morrer, Jesus não poderá erguê-lo dos mortos. Então Jesus espera três dias para começar sua viagem, e quando chega, Lázaro está morto há quatro.

Por quê? "Para que, por ela, seja glorificado o Filho de Deus." A libertação dada por Deus é intensificada quando o sofrimento é intensificado. Jesus produz uma ressurreição, não apenas uma cura.

Assim, em algumas palavras das Escrituras o sofrimento é vivenciado *de modo* que Deus possa ser glorificado por ele. Em outras passagens, o sofrimento tem outras razões, mas Deus consegue extrair o bem dele. O sofrimento, nessas passagens, é como um raio de esperança. Como um exemplo disso, podemos voltar à história de Davi e Bate-Seba que abordei no capítulo 4. O rei seduz sua vizinha, e quando ela engravida, ele descobre um modo de fazer com que seu marido seja assassinado. Como vimos, o historiador deuteronomista que conta a história (2 Sm 12) estava firmemente comprometido com a visão clássica do sofrimento, de que o pecado gera punição. E ao longo de todo o episódio Davi certamente pecou: seduzindo a mulher de outro, enganando o marido traído e então manobrando para que ele fosse morto. Como havia um pecado, precisava haver uma punição. Neste caso, Davi foi punido com a morte do filho de Bate-Seba: "O Senhor feriu a criança que a mulher de Urias dera a Davi e ela caiu gravemente enferma" (2 Sm 12:15).

Davi rezou para que Deus poupasse a criança, jejuou e passou a noite no chão por sete dias. Então a criança morreu. Esse tipo de "punição" sofrida por Davi deveria questionar a adequação da compreensão clássica do sofrimento: sim, Davi passou dias de agonia, e o resultado não foi bom para ele. Ele sofreu. Mas não morreu. A *criança* morreu. E a criança não tinha feito nada de errado. Matar uma pessoa para ensinar uma lição a outra — realmente é assim que Deus age? Se somos pessoas de Deus, isso significa que também devemos agir assim? Matar o filho de alguém para dar uma lição no pai?

Seja como for, a passagem também incorpora outra compreensão do sofrimento, uma mais pertinente a esta discussão. Pois está escrito que, depois da morte da criança, Davi "consolou sua esposa Bate-Seba", e eles acabaram tendo outro filho. Este foi ninguém menos que Salomão. Do mal pode sair o bem. Salomão se tornou um dos maiores reis da história de Israel, e aquele por intermédio do qual Deus prometeu estabelecer um trono eterno para seu povo (ver 2 Sm 7:14), uma promessa que mais tarde seguidores da tradição consideraram referir-se ao futuro messias. Para os cristãos, a linhagem real de Jesus retrocede passando por Salomão (Mt 1:6). Em sua leitura do texto, o sofrimento de Davi levou à salvação.

## Ligações diretas entre sofrimento e salvação

A idéia de que Deus pode produzir o bem a partir do mal, de que a salvação pode surgir do sofrimento acabou sendo modificada no raciocínio de alguns dos antigos autores, voltando-se para a sugestão de que a salvação na verdade *exige* sofrimento. Essa mudança já tinha se processado no momento em que chegamos ao Segundo Isaías, o profeta do exílio babilônico que conhecemos no capítulo 3. Como se recordam, o Segundo Isaías fala do "servo do Senhor" que sofre pelo povo, e cujo sofrimento de fato produz a salvação por Deus:

E no entanto, eram nossos sofrimentos que ele levava sobre si,
nossas dores que ele carregava.
Mas nós o tínhamos como vítima do castigo,
ferido por Deus e humilhado.
Mas ele foi trespassado por causa de nossas transgressões,
esmagado por causa das nossas iniqüidades.
O castigo que havia de trazer-nos a paz caiu sobre ele,
sim, por suas feridas fomos curados. (Is 53:4-5)

Como já tentei mostrar, o próprio profeta identifica este "servo sofredor" como a nação de Israel (por exemplo, Is 49:3: "Tu és meu servo, Israel, em quem me glorificarei"). Em seu contexto original, Isaías 53 estava insistindo na idéia de que o sofrimento dos exilados na Babilônia tinha "pagado" os pecados da nação e de que, conseqüentemente, agora poderia haver a salvação. O povo seria perdoado e retornaria à sua terra, onde teria um relacionamento restaurado com Deus. O sofrimento do exílio, portanto, era sofrimento substitutivo: a dor e a infelicidade de um contavam como uma espécie de sacrifício por outro.

Assim a passagem passou a ser lida posteriormente pelos cristãos, mas com uma clara mudança. Do seu ponto de vista, o "servo sofredor" não era Judá exilada; era um indivíduo, o futuro messias, cujos sofrimento e morte seriam considerados um sacrifício pelos pecados de outros. Embora nenhum dos autores do Novo Testamento cite explicitamente Isaías 53 para mostrar que o próprio Jesus era o "servo sofredor" que "foi trespassado por causa de nossas transgressões", a *idéia* de Isaías 53 parece nitidamente estar por trás das doutrinas de expiação que estudamos no capítulo 3. Sem citar a passagem da Bíblia hebraica explicitamente, Paulo, por exemplo, fala da "redenção realizada em Cristo Jesus: Deus o expôs como instrumento de propiciação, por seu próprio sangue, mediante a fé" (Rm 3:24-25).

Uma afirmação ainda mais pungente pode ser encontrada em 1 Pedro 2:22-24, que fala assim da paixão de Cristo:

Ele não cometeu nenhum pecado;
mentira nenhuma foi achada em sua boca.

Quando injuriado, não revidava;
ao sofrer, não ameaçava,
antes, punha a sua causa nas mãos daquele
que julga com justiça.
Sobre o madeiro, levou os nossos pecados
em seu próprio corpo,
a fim de que, mortos para os nossos pecados,
vivêssemos para a justiça.
Por suas feridas fostes curados.

Aqui Isaías 53 aparece claramente e é referido, embora não explicitamente citado.

Meu objetivo ao estudar passagens como esta no capítulo 3 era destacar que sua lógica de expiação era baseada em um modelo clássico de pecado levando a punição; sem punição, não há possibilidade de reconciliação pelo pecado. Agora estamos estudando um corolário semelhante de um ponto de vista ligeiramente diferente. Não apenas o pecado determina a punição (daí Cristo ter de sofrer se iria lidar com o pecado), como o sofrimento pode ser redentor (esse sofrimento pelo pecado produz salvação).

Este é o ensinamento de Paulo em todas as suas cartas. Como ele afirma em 1 Coríntios: "Transmiti-vos, em primeiro lugar, aquilo que eu mesmo recebi: Cristo morreu por nossos pecados, segundo as Escrituras" (1 Cor 15:3). Paulo estava particularmente comprometido com essa idéia de que a salvação só era possível por intermédio do sofrimento e da morte de Jesus. Como lembrou aos coríntios, por exemplo, "Pois não quis saber outra coisa entre vós a não ser Jesus Cristo, e Jesus Cristo crucificado" (1 Cor 2:2). Em outras palavras, na proclamação do Evangelho por Paulo, apenas a morte sofrida de Jesus levava à salvação.

Para compreender a doutrina de Paulo de salvação por intermédio da morte de Jesus, precisamos mergulhar um pouco mais fundo no raciocínio de Paulo. Ele pode ser um dos autores prediletos de muitos leitores cristãos hoje, mas na verdade é muito difícil de compreender em certos momentos, mesmo para profissionais que dedicam as vidas a interpretar seus escritos. Paulo tinha um raciocínio profundo e, eventualmente, uma escrita obtusa. De qualquer forma, uma coisa fica extremamente clara em suas cartas: Paulo estava firmemente convencido de que uma pessoa podia estar correta frente a Deus não seguindo as determinações da lei judaica, mas apenas tendo fé na morte de Jesus.

Um dos problemas que Paulo enfrentou em sua vida e durante seu ministério envolveu a conversão de um grande número de não-judeus em seguidores de Jesus. O próprio Jesus, claro, era judeu, assim como seus discípulos. Jesus nasceu judeu (como o próprio Paulo admite; Gl 4:4), foi criado como judeu, venerou o Deus judeu, obedeceu a lei judaica, seguiu os costumes judaicos, tornou-se professor judeu, reuniu seguidores judeus e ensinou a eles o que ele considerava ser a interpretação adequada da lei judaica. Assim, para muitos nos primórdios da Igreja, fazia sentido que qualquer um que quisesse se tornar um seguidor de Jesus tinha primeiramente de se tornar judeu. Para os gentios isso significava que eles tinham de ser circuncidados — já que a circuncisão era exigida de todos os judeus pela própria Torá —, e para homens e mulheres gentios, significava guardar o sábado, observando as leis judaicas sobre a comida, e assim por diante.

Paulo, porém, pensava diferente. Para Paulo, se uma pessoa pudesse estar correta perante Deus se convertendo ao judaísmo e seguindo a lei judaica, então para começar não teria sido preciso que Jesus morresse (Gl 3:21). O fato de Jesus — o messias de Deus — ter morrido tinha de significar, no raciocínio de Paulo, que Deus queria que ele morresse. E por que isso? Porque é preciso haver um perfeito sacrifício pelo pecado: o pecado demanda punição, e Jesus toma a si a punição. Da dor vem a salvação; dor de Jesus, nossa salvação.

Mas para Paulo havia ainda mais. Em uma passagem das epístolas de Paulo ele indica que Jesus tinha de ser especificamente crucificado. Por que ele não poderia apenas morrer de velhice? Ou se ele precisasse ser executado, por que não por apedrejamento? É o momento em que as coisas se complicam. Paulo acreditava que, embora a Lei de Deus fosse uma coisa boa — afinal, era a lei que o próprio Deus tinha dado —, ela acabara lançando uma maldição sobre o povo. As pessoas eram controladas pelas forças do pecado e levadas a violar a lei contra sua própria vontade (e a de Deus). Assim, a Lei, em vez de trazer a salvação, produzira uma maldição. Ela exigia obediência mas não dava a força para a obediência. Conseqüentemente, todos permaneciam condenados pela maldição da Lei (ver Rm 7).

Pelo raciocínio de Paulo, Cristo tomou para si a maldição da Lei. Ele fez isso sendo amaldiçoado pela Lei. Como Paulo afirma em uma de suas passagens mais densas: "Cristo nos resgatou da maldição da Lei tornando-se maldição por nós, porque está escrito: Maldito todo aquele que é suspenso ao madeiro" (Gl 3:13). Paulo está citando uma passagem da Torá, Deuteronômio 21:23, que originalmente indicava que uma pessoa estava amaldiçoada por Deus caso seu corpo executado fosse exposto pendurado em uma árvore. Bem, em certo sentido o corpo de Jesus estava pendurado em uma árvore, exatamente porque tinha sido crucificado (em vez de, digamos, ter sido apedrejado). O fato de que estava pendurado em uma cruz de madeira (árvore) mostrava que estava amaldiçoado. Mas não podia ter sido amaldiçoado por nada que ele mesmo tivesse feito — afinal, ele era o messias de Deus. Paulo insinua, então, que Cristo tomou para si a maldição de outros, sendo amaldiçoado na árvore. Assim, sofrendo a morte pela crucificação, Jesus removeu a maldição que pesava sobre os outros por violar a Lei.

A salvação exigia sofrimento. Para Paulo, ainda mais que isso, exigia o horrendo sofrimento da crucificação.

## Um retrato vívido da salvação por intermédio do sofrimento

As epístolas de Paulo antecedem em cerca de 15 ou vinte anos o primeiro dos Evangelhos do Novo Testamento, o de Marcos. Os estudiosos há muito especulam se os autores dos Evangelhos foram influenciados pelos textos de Paulo. É difícil ter certeza. Os Evangelhos nunca citam Paulo, obviamente, e de muitas formas seus pontos de vista estão em contradição com os de Paulo. Mateus, por exemplo, parece ensinar que os seguidores de Jesus *precisam* seguir a Lei (ver Mt 5:17-20); e há uma verdadeira polêmica sobre se o Evangelho de Lucas transmite uma doutrina de expiação.

Mas o Evangelho de Marcos o faz claramente, como vimos. Em Marcos, Jesus declara que "Pois o Filho do Homem não veio para ser servido, mas para servir e dar sua vida em resgate por muitos" (Marcos 10:45, um versículo que Lucas omite).

A visão de Marcos de que o horrível sofrimento da morte é em si redentor pode ser identificada com especial clareza em seu relato da própria crucificação. Quando ensino essa passagem a meus alunos, eu sempre lembro a eles que quando estão lendo o relato de Marcos, *não* estão lendo o de Lucas ou o de João. Cada autor tem sua própria forma de retratar a paixão de Jesus, e prestaremos um desserviço a todos se fingirmos que eles estão dizendo a mesma coisa ou tendo a mesma compreensão do que a crucificação significou teologicamente.

O simples *páthos* da cena é chocante em Marcos (capítulos 14-15). Jesus permanece em silêncio durante todo o procedimento (diferentemente, por exemplo, de em Lucas). Ele foi traído por um de seus discípulos, Judas; foi renegado três vezes por seu seguidor mais próximo, Pedro. Foi rejeitado pelas massas judaicas, condenado à morte pelo governador romano, escarnecido, atormentado e torturado pelos soldados romanos. Enquanto está sendo crucificado, os dois criminosos crucificados ao seu lado debocham dele, assim como os líderes de seu povo e todos aqueles que passam para vê-lo pendurado ali. Não há nada na cena para mitigar a sensação de que o próprio Jesus não compreende o que está acontecendo com ele ou por quê: traído, renegado, escarnecido, esquecido e abandonado. Ao final, desesperado, ele grita suas únicas palavras durante todo o processo: Deus meu, Deus meu, por que me abandonaste?" (Marcos 15:34). Eu considero esta uma pergunta legítima. No final ele se sentiu abandonado por Deus, e queria saber por quê. Ele então dá um grito alto e morre.

Embora, no relato de Marcos, Jesus possa não ter compreendido o que estava acontecendo a ele, o leitor entende. Pois imediatamente após a morte de Jesus, nos conta Marcos, duas coisas acontecem. A cortina do Templo se rasga de cima a baixo, e o centurião que tinha supervisionado a crucificação grita: "Verdadeiramente este homem era filho de Deus!" (Mc 15:38-39). Os dois acontecimentos são significativos.

A cortina do Templo que se rasgou ao meio era tudo o que separava o sacrário do restante do Templo. O sacrário era o local em que se acreditava que o próprio Deus vivia na Terra, naquele espaço (sem ele, vazio) em que ninguém podia ir, a não ser uma vez por ano no Dia da Expiação (Yom Kippur), quando o Sumo Sacerdote judeu ia para trás da cortina fazer um sacrifício por seus próprios pecados e depois um sacrifício pelos pecados do povo. Essa cortina era o que separava Deus de todos os outros. E quando Jesus morreu, segundo Marcos, a cortina foi destruída. Com a morte de Jesus, Deus estava disponível a todos.

E o centurião se dá conta disso. Muitas pessoas (como iremos estudar mais tarde neste capítulo) tiveram dificuldade em acreditar que Jesus poderia ser o messias, o filho de Deus, se ele era crucificado como um reles criminoso. Deus permitiria que isso acontecesse a seu messias, entre todas as pessoas? O centurião é a primeira pessoa em todo o Evangelho de Marcos a se dar conta de que sim, Jesus é o messias, o Filho de Deus, não apesar do fato de que foi crucificado, mas exatamente *porque* foi crucificado.

Para Marcos, a morte de Jesus é um acontecimento redentor. Provavelmente é significativo que Marcos retrate Jesus um tanto incerto antes do fim. As pessoas na própria comunidade de Marcos poderiam estar sofrendo perseguições por serem cristãs, e estar especulando se haveria algum sentido, algum propósito divino por trás daquilo. Para Marcos, certamente sim. Nos bastidores, Deus está trabalhando no sofrimento. É por intermédio do sofrimento que a ação redentora de Deus opera. O sofrimento produz salvação.

## A salvação que vem da rejeição

Embora a morte de Jesus seja o exemplo mais claro no Novo Testamento do sofrimento redentor, também há outros exemplos, alguns dos quais têm a ver com a rejeição e a perseguição dos primeiros cristãos.

O livro dos Atos, a mais antiga história da Igreja cristã, foi escrito em algum momento perto do final do século I — costuma ser datado de 80-85 d.C. —, pelo mesmo autor que produziu o Evangelho de Lucas.[1] Os estudiosos continuam a chamar esse autor de Lucas, embora seu trabalho seja anônimo e haja bons motivos para pensar que, quem quer que fosse, não era o médico gentio conhecido como companheiro de viagem do apóstolo Paulo. É justo dizer, porém, que Paulo é o grande herói desse autor; quase dois terços do relato feito por Lucas da disseminação do cristianismo por todo o Mediterrâneo (o tema de Atos) são dedicados às expedições missionárias de Paulo. (Algumas das coisas que ele diz sobre os ensinamentos e as viagens de Paulo estão em contradição com o que o próprio Paulo diz em suas epístolas; essa é uma das razões para pensar que o livro não foi escrito por um dos companheiros de Paulo.[2])

A idéia de que Deus pode produzir o bem a partir do mal está por trás de boa parte do que o livro dos Atos tem a dizer sobre as atividades missionárias da antiga Igreja cristã. Mesmo antes de Paulo entrar em cena — ele é convertido depois de ser perseguidor da Igreja no capítulo 9 —, os cristãos são retratados como pregando a mensagem de que Deus reverte as ações iníquas dos outros. Um dos principais refrões dos sermões apostólicos no livro é que o povo judeu é responsável pela morte de Jesus (isso foi considerado antijudaico, compreensivelmente), mas que Deus agiu em benefício dele erguendo-o dos mortos. O povo, portanto, deveria sentir remorso pelo que tinha feito, arrepender-se e retornar a Deus. Em outras palavras, uma coisa muito ruim — a rejeição a Jesus — pode levar a uma coisa muito boa, a salvação por intermédio do arrependimento. Uma expressão clara dessa visão aparece em um dos primeiros discursos, colocado nos lábios do apóstolo Pedro:

> Homens de Israel (...) O Deus de Abraão, de Isaque, de Jacó, o Deus de nossos pais glorificou seu servo Jesus, a quem vós entregastes e negastes diante de Pilatos, quando este já estava decidido a soltá-lo. Vós acusastes o Santo e o Justo e exigistes que fosse agraciado para vós um assassino, enquanto fazíeis morrer o príncipe da vida. Mas Deus o ressuscitou dentre os mortos, e disto nós somos testemunhas. (Atos 3:12-15)

Para Lucas, Deus reverte a rejeição e dá a redenção a partir do sofrimento.

Lucas apresenta esse tema de forma mais sutil em seu relato da perseguição aos cristãos. Bem no início de Atos, Lucas narra uma cena em que Jesus, após a ressurreição e antes da ascensão, orienta seus discípulos a serem suas "testemunhas, em Jerusalém, em toda a Judéia e Samaria e até os confins da terra" (Atos 1:8). Vocês devem pensar que os discípulos abraçariam seu comando e começariam a se espalhar, contando às pessoas de todas as partes as boas-novas da ressurreição. Mas eles não fazem isso, pelo menos não de imediato. Os discípulos começam a reunir seguidores — em pencas, de fato. Milhares de judeus em Jerusalém teriam se convertido à crença em Jesus. Mas é lá que os apóstolos e seus convertidos permanecem — até serem expulsos da cidade pela perseguição.

A perseguição, claro, implicava uma boa dose de sofrimento — açoitamentos, prisões, até mesmo execuções, como indicado pelo próprio livro de Atos. Mas o autor de Atos tem uma visão teológica da evolução da missão cristã inicial, uma em que o sofrimento tem um objetivo. Em especial, Lucas pensa que toda a missão foi dada por Deus por intermédio de seu Espírito, de modo que nada que acontecesse aos cristãos poderia retardar seu avanço. De fato, tudo o que aconteceu simplesmente contribuiu para a disseminação do Evangelho. Quando os apóstolos

Pedro e João são presos e levados perante o Sinédrio judaico, acabam libertados por falta de provas de transgressões, e os discípulos se fortalecem para proclamar sua fé mais claramente (capítulo 5). Quando os apóstolos são presos e açoitados por causarem tumultos, regozijam-se "por terem sido achados dignos por sofrer afrontas pelo Nome" e pregam ainda mais a mensagem (capítulo 5). Quando o primeiro mártir, Estêvão, é apedrejado até a morte por suas palavras blasfemas sobre Jesus (capítulo 7), morre com uma oração nos lábios. Um judeu muito atento que estava próximo — Saulo de Tarso — se converte quando em uma missão de perseguir cristãos, dois capítulos depois.

Mais significativo ainda, quando a perseguição se torna severa em Jerusalém, todos os crentes se espalham pela Judéia e por Samaria (Atos 8:1). Em outras palavras, em vez de encerrar a missão cristã, a perseguição obrigou os seguidores de Jesus a fazer aquilo a que tinham sido orientados — levar a mensagem para fora de Jerusalém, até outras regiões da Judéia e ao norte, em Samaria. A missão é estimulada pelo sofrimento infligido àqueles que crêem. Essa é a forma que Lucas tem de dizer que o sofrimento pode ser redentor, que o bem resulta do mal.

O mesmo princípio orienta as narrativas das atividades missionárias de Paulo nos Atos. Para o autor do livro, a missão era disseminar não apenas geográfica, mas também etnicamente: a salvação dada por Cristo não era apenas para os judeus; era para todas as pessoas, judeus e gentios. Mas como a nova religião podia superar a divisão, como poderia deixar de ser uma seita estritamente judaica de seguidores judeus de Jesus para se tornar uma religião de judeus e gentios? Segundo Lucas, em grande parte isso aconteceu porque os missionários cristãos foram rejeitados pelas massas judaicas, então de certa forma foram obrigados a levar sua mensagem para outros lugares. Isso é dito explicitamente em vários momentos, em nenhum com mais clareza que no capítulo 13, no qual Paulo faz um longo sermão à congregação judia de uma sinagoga na cidade de Antioquia da Psídia (Ásia Menor):

> No sábado seguinte, quase toda a cidade reuniu-se para ouvir a palavra de Deus. Vendo as multidões, porém, os judeus encheram-se de inveja, e com blasfêmias contradiziam o que Paulo falava. Com toda intrepidez, porém, Paulo e Barnabé disseram: "Era preciso que a vós primeiro fosse

> dirigida a palavra de Deus. Uma vez, porém, que a rejeitais e julgais a vós mesmos indignos da vida eterna, nós nos voltamos para os gentios." (...) Assim, a palavra do Senhor difundia-se por toda a região. (Atos 13:44-49)

Quando os judeus moveram uma perseguição aos apóstolos, levaram a mensagem deles a outras terras. E assim continua. Rejeição e perseguição operam para espalhar o Evangelho. Para o autor de Atos, Deus produz o bem a partir do mal.

O que o próprio Paulo histórico pensava?

## Rejeição e salvação em Paulo

Como já foi mencionado, ao contar as coisas que Paulo disse e fez, o livro de Atos nem sempre concorda com as epístolas de Paulo. Em suas próprias descrições do seu trabalho missionário, por exemplo, Paulo nunca menciona ir às sinagogas nas várias cidades que visitou; e ele não fala sobre pregar aos gentios apenas após os judeus terem rejeitado sua mensagem. Essa parece ser a compreensão de Lucas de como foi a missão, mas pode não ser historicamente precisa. O que é preciso é que Paulo era principalmente um missionário junto aos gentios, e que era rejeitado pelos judeus, que não viam com simpatia sua declaração de que gentios que acreditavam em Jesus — não os judeus descendentes de Abraão — eram os herdeiros das promessas que Deus tinha feito aos patriarcas de Israel. Algumas vezes Paulo é bastante acalorado ao falar sobre a rejeição dos judeus à sua mensagem de que a morte de Jesus é o que torna a pessoa correta perante Deus. Como ele diz em sua última carta preservada:

> Irmãos, vós fostes imitadores das Igrejas de Deus que estão na Judéia, em Cristo Jesus; pois que da parte dos vossos conterrâneos tivestes de sofrer o mesmo que aquelas Igrejas sofreram da parte dos judeus. Eles mataram o Senhor Jesus e os profetas, e perseguiram a nós. Desagradam a Deus e são inimigos de toda gente. Querem impedir-nos de pregar aos gentios para que se salvem, e com isso enchem a medida de seus pecados, até que a ira acabe por cair sobre eles. (1 Ts 2:14-16)

Historicamente, isso cria uma situação interessante mas perfeitamente compreensível. A mensagem de Paulo era a de que Jesus crucificado era o messias enviado por Deus para salvar o mundo. A maioria dos judeus — agora estou falando historicamente — considerava essa mensagem enganosa. Muitos cristãos hoje têm dificuldade de compreender qual era o problema. A Bíblia hebraica não fala sobre o messias sofredor? Ela não descreve a crucificação em passagens como Salmos 22 e Isaías 53, antecipando a realização trazida por Jesus? O messias não *deveria* ser crucificado e se erguer dos mortos? Por que os judeus não conseguiam ver que Jesus tinha de ser o messias?

Essa é uma fonte de verdadeira confusão entre muitos cristãos, mas na verdade não precisa ser assim. O fato é que se você apenas ler Salmos 22 e Isaías 53, como eu chamei a atenção em minhas análises anteriores dessas passagens, verá que a palavra *messias* nunca aparece. Leitores judeus dessas passagens na Antiguidade não pensavam que elas se referiam ao messias. Poderiam se referir a alguém querido a Deus que sofrera horrivelmente, mas essa pessoa não era o messias. E por que não? Porque o messias não deveria ser alguém que sofresse e morresse, mas alguém que reinasse em glória.

O termo *messias* vem do hebraico *mashiach*, que significa "aquele ungido". O equivalente grego é *christos*, do qual vem o termo Cristo. Eu às vezes preciso lembrar meus alunos disso, de que Cristo não era originalmente o nome de Jesus. Ele não era "Jesus Cristo, filho de José e Maria Cristo". "Cristo" é uma tradução de *messias*, de modo que se alguém diz Jesus Cristo, está dizendo "Jesus, o messias". Mas por que o termo *aquele ungido* é usado para um futuro salvador? Provavelmente porque os reis no antigo Israel eram ungidos com óleo durante suas cerimônias de posse para mostrar especial graça divina para com eles (ver Sm 10:1, 18:12-13). Para muitos judeus o messias seria o *futuro* rei de Deus, aquele que, como o rei Davi, iria governar Israel em uma época de paz, não perturbado por nações rivais, feliz e próspero.

Outros judeus tinham outras idéias sobre como seria o messias. Alguns antecipavam que o futuro governante seria um juiz cósmico mandado pelos céus para fazer o julgamento na terra, enviado para esmagar os inimigos de Deus com uma demonstração de força sobrenatural. Outros pensavam que o futuro governante seria um grande homem de Deus, um sacerdote dotado por Deus de poderes para dar as interpretações abalizadas de sua lei segundo a qual a nação seria governada.[3]

O que quer que diferentes judeus pensassem do messias, eles concordavam que seria uma figura de grandeza e poder, alguém obviamente escolhido e privilegiado por Deus. E quem era Jesus? Um criminoso crucificado. Para a maioria dos judeus, chamar Jesus de messias simplesmente não fazia sentido. Ele nunca tinha levantado um exército, nunca atacara os romanos, nunca estabelecera seu trono em Jerusalém; ele certamente não tinha vindo dos céus em uma labareda gloriosa para derrubar os inimigos de Deus. Em vez de derrotar o inimigo, Jesus foi esmagado por ele. Jesus sofreu a morte mais humilhante e dolorosa que o inimigo podia conceber, reservada aos mais baixos entre os baixos. Jesus era exatamente o *oposto* do que as pessoas pensavam que seria o messias.

O próprio Paulo compreendia perfeitamente bem o problema — ele indica que a crucificação de Jesus era "para os judeus, escândalo" (1 Cor 1:23). Ainda assim, como já foi discutido, para Paulo Jesus realmente era o messias, não apesar do fato de ter sido crucificado, mas exatamente por ter sido crucificado. Ele tinha a maldição da lei (já que tinha sido pendurado em uma árvore), mas como era o escolhido por Deus, tinha essa maldição não por algo de errado que tinha feito, mas pelo que outros fizeram de errado. Assim, é por intermédio de sua crucificação que a pessoa pode escapar da maldição da lei e ser libertada do poder do pecado que aliena as pessoas de Deus. Para Paulo, Jesus não é um messias no sentido meramente político, mas em um sentido espiritual profundo. Ele é aquele escolhido por Deus, aquele que coloca as pessoas da forma correta perante Deus.

Mas a maioria dos judeus não aceitou isso, e essa era uma grande fonte de dor para Paulo. Como ele mesmo diz: "Tenho grande tristeza e dor incessante no meu coração. Quisera eu mesmo ser anátema, separado de Cristo, em favor de meus irmãos, de meus parentes segundo a carne" (Rm 9:2-3). Paulo preferia sofrer a cólera do próprio Deus a ver seus compatriotas, os judeus, isolados de Deus. Mas do seu ponto de vista, eles estavam isolados, porque rejeitaram Cristo. E isso provocava nele uma profunda agonia emocional.

Mas mesmo nesse caso, para Paulo a angústia podia se transformar em alegria. Pois Paulo acaba apresentando uma explicação para a razão de os judeus terem rejeitado o messias, Jesus. Essa explicação é dada de uma forma bastante complicada no capítulo 11 de sua epístola aos romanos. Ali Paulo reafirma sua crença de que o Evangelho de Cristo leva a salvação a todas as pessoas, judeus e gentios. E por que os judeus rejeitaram a mensagem? Para Paulo, porque isso permitia que a mensagem fosse então levada aos gentios. E qual seria, para Paulo, a conseqüência de a mensagem de salvação ser estendida aos gentios? Em um de seus argumentos mais estranhos, Paulo alega que quando os judeus vissem os gentios se tornarem o povo de Deus, isso os deixaria "enciumados" (Rm 11:11). Por isso "o endurecimento atingiu uma parte de Israel até que chegue a plenitude das nações, e assim todo Israel será salvo, conforme está escrito" (Rm 11:35-36). Em outras palavras, apesar de sua angústia por seus compatriotas que ainda não crêem, Paulo acreditava que Deus daria algo de bom ao final. Por inveja os judeus acabariam seguindo para os portões da salvação, e o mundo todo seria salvo. A partir de algo ruim, Deus faz algo bom.

## O sofrimento e seus benefícios

Paulo tem muito a dizer sobre sofrimento e seus benefícios. Lembrem-se, ele achava que só com o sofrimento podia-se chegar a ser um verdadeiro apóstolo de Jesus.[4] Assim, em vez de se queixar do sofrimento, Paulo exultava nele. Porque pensava que o sofrimento podia fortalecer o caráter:

> Nós nos gloriamos também nas tribulações, sabendo que a tribulação produz a perseverança; a perseverança, a virtude comprovada, a virtude comprovada, a esperança. E a esperança não decepciona, porque o amor de Deus foi derramado em nossos corações pelo Espírito Santo que nos foi dado. (Rm 5:3-5)

Assim, como ele pensava por intermédio do sofrimento, estava mais preparado para consolar os que sofriam.

> Bendito seja o Deus e pai de nosso Senhor Jesus Cristo, o pai da misericórdia e de toda consolação. Ele nos consola em todas as nossas tribulações, para que possamos consolar os que estão em qualquer tribulação mediante a consolação que nós mesmos recebemos de Deus. Na verdade, assim como os sofrimentos de Cristo são copiosos para nós, assim também por Cristo é copiosa a nossa consolação. Se somos atribulados,

> é para vossa consolação e salvação que o somos. Se somos consolados, é para vossa consolação, que vos faz suportar os mesmos sofrimentos que também nós padecemos. E a nossa esperança a vosso respeito é firme: sabemos que, compartilhando os nossos sofrimentos, compartilhareis também a nossa consolação! (Cor 1:3-7)

Paulo também sentia que Deus criava sofrimento para induzir humildade e para ajudá-lo, Paulo, a lembrar que os resultados positivos de seu ministério vinham de Deus, não de suas próprias capacidades impressionantes. Esse é o ponto da bem conhecida passagem em que Paulo fala sobre ter um "aguilhão na carne". Nessa passagem, em 2 Coríntios, Paulo tinha acabado de descrever uma visão exaltada que tivera dos reinos do céu e indica que Deus não queria que ele se sentisse exultante demais com o fato de ter tido o privilégio de uma revelação tão especial. Então Deus deu a ele um aguilhão na carne para induzir humildade:

> Para eu não me encher de soberba, foi-me dado um aguilhão na carne — um anjo de Satanás para me espancar — a fim de que não me encha de soberba. A esse respeito, três vezes pedi ao Senhor que o afastasse de mim. Respondeu-me, porém: "Basta-te a minha graça, pois é na fraqueza que a força manifesta todo o seu poder." Por conseguinte, com todo ânimo prefiro gloriar-me das minhas fraquezas, para que pouse sobre mim a força de Cristo. Por isso, me comprazo nas fraquezas, nos opróbrios, nas necessidades, nas perseguições, nas angústias por causa de Cristo. Pois quando sou fraco, então é que sou forte. (2 Cor 12:7-10)

Tem havido um grande debate sobre o que o "aguilhão na carne" de Paulo era realmente: alguns sugeriram que Paulo tinha epilepsia (supostamente por isso caíra do cavalo quando "cegado pela luz"; Atos 9), outros, visão ruim (por isso ele menciona as "letras grandes" que usa quando escreve suas epístolas; Gl 6:11) ou outro problema físico. A verdade é que nunca saberemos. O que podemos saber é que Paulo passou a ver seu sofrimento como algo bom. Não era uma punição pelo pecado; não se devia simplesmente a outras pessoas se comportarem iniquamente para com ele. Vinha de Deus (embora chegasse por um anjo de Satanás!), e era redentor, porque permitia que o próprio poder de Deus se apresentasse.

Para Paulo, o sofrimento às vezes era um raio de esperança; outras, era a vontade de Deus se manifestando para manter seu povo humilde; e outras ainda, era a própria essência da salvação.

## Sofrimento redentor: uma avaliação

A idéia de que Deus pode fazer o bem a partir do mal, que o sofrimento pode ser benéfico, que a própria salvação depende do sofrimento — todas são formas de dizer que o sofrimento é e pode ser redentor. A idéia encontra-se por toda a Bíblia, das Escrituras judaicas ao Novo Testamento, começa com o Gênesis e chega aos escritos de Paulo e aos Evangelhos. De certa forma, é a mensagem central da Bíblia: não é simplesmente apesar do sofrimento, mas precisamente por intermédio do sofrimento que Deus manifesta seu poder de salvação, seja a salvação dos filhos de Israel da escravidão no Egito no êxodo ou a salvação do mundo por intermédio da paixão de Jesus.

Hoje muitas pessoas ecoam essa idéia de que o sofrimento pode ter efeitos positivos — algumas vezes altamente positivos, até mesmo salvíficos. Suponho que todos nós tivemos experiências que foram péssimas no momento, mas levaram a um bem maior. Eu a tive, quando era bem jovem. Sempre atribuí toda a minha carreira, indiretamente, a um incidente acidental e bastante doloroso que me ocorreu quando era adolescente.

Foi no verão de 1972, antes de me formar no secundário, quando estava jogando beisebol na liga de verão da Legião Americana. Divertia-me bastante, e de repente, de volta de uma viagem por terra que tínhamos feito para jogar em Bartlesville, Oklahoma, comecei a me sentir letárgico e infeliz. Fui a um médico e descobri que de alguma forma tinha contraído hepatite A. Era o fim de um verão de diversão (e beisebol). Fui tirado de ação, e isso não foi agradável. Mas não havia nada que pudesse fazer: fui mantido dentro de casa, com pouco a fazer além de ficar sentado e cuidar de mim mesmo.

Foram precisos três dias para que ficasse absolutamente entediado. (Eu sempre fui apaixonado pelo ar livre, especialmente quando está quente e ensolarado, como costuma ser nos verões do Kansas.) Decidi que precisava fazer algo além de ver TV o dia inteiro, e pensei que talvez pudesse começar a trabalhar o máximo possível no tema de debate da escola secundária para o ano que iria começar. Estava na equipe de debates nos meus primeiros anos, e era bastante bom naquilo, mas de modo algum uma das estrelas. Minha escola tinha um dos melhores programas de debates do estado (tínhamos vencido o campeonato estadual nos dois anos anteriores, embora eu, como calouro, tivesse tido pouco a ver com essas vitórias), e eu não deveria ser um dos líderes da equipe. Cada ano tinha um diferente tema de debate, e as equipes deviam estar preparadas para debater positiva e negativamente sobre a questão em torneios que aconteciam ao longo dos meses de outono. As estrelas da equipe passavam os verões se preparando; eu pessoalmente preferia jogar beisebol (e tênis, golfe e qualquer outra coisa que fosse ao ar livre). Mas lá estava eu, sem mais nada a fazer e muito tempo disponível.

Assim, consegui com que livros fossem levados à minha casa e comecei a fazer pesquisas, e antes que percebesse, tinha mergulhado de cabeça no projeto, dedicando a ele quase todas as minhas horas acordado. De repente aquele se revelou um desafio enorme, descobrir as minúcias da proposta daquele ano (quem deveria ser o responsável pelo financiamento do ensino primário e secundário — o governo federal ou os governos locais), um desafio tão grande quanto tinha sido jogar na segunda base apenas algumas semanas antes.

Quando me curei da hepatite, ainda estava mergulhado nas pesquisas. Meu último ano foi diferente de todos os outros que havia tido na escola. Ainda estava envolvido com esportes, especialmente tênis na primavera; mas no outono estava totalmente afogado em trabalho para os debates que se aproximavam. Minha estrela começou a subir, acabei sendo escolhido como um dos líderes da equipe, meu colega (que era uma estrela havia anos) e eu ganhamos grandes torneios, fui selecionado para o time que representaria a escola nos torneios regional e estadual e finalmente ganhamos o campeonato estadual.

O motivo pelo qual isso teve importância a longo prazo foi o fato de ter me levado a me interessar por pesquisa acadêmica. Quando fui para a faculdade, mergulhei nos estudos mais do que tinha feito um dia no secundário. O resultado direto foi que me tornei um acadêmico. Ninguém — absolutamente *ninguém*! — teria previsto isso para mim antes de meu último ano no secundário. Eu me saí bem na escola, mas uma carreira acadêmica era tão improvável quanto uma carreira no balé de Moscou.

Se eu não tivesse contraído hepatite, estou convencido, isso nunca teria acontecido. Não posso descrever como eu estou feliz por ter tido hepatite. Algumas vezes, algo de bom pode sair do sofrimento.

Ao mesmo tempo, sou absolutamente contrário à idéia de que podemos universalizar essa observação dizendo que algo de bom *sempre* sai do sofrimento. A realidade é que a *maior parte* do sofrimento não é positiva, não é um raio de esperança, não é boa para o corpo ou a mente, e leva a resultados lamentáveis e infelizes, não positivos.

Eu simplesmente não acredito que seja verdade que "Aquilo que não nos mata apenas nos fortalece". Gostaria que fosse verdade, mas infelizmente não é. Muitas vezes o que não o mata, incapacita-o completamente, desfigura-o para toda a vida, arruína seu bem-estar mental ou físico — permanentemente. Nunca deveríamos, em minha opinião, ter um vislumbre do sofrimento — o nosso ou o dos outros.

Rejeito especialmente, e com a maior veemência, a idéia de que o sofrimento de outra pessoa tem o propósito de *nos* ajudar. Sei que algumas pessoas argumentam que reconhecer o sofrimento no mundo pode nos tornar seres humanos mais nobres, mas francamente considero tal ponto de vista ofensivo e repulsivo. Com certeza, *nosso* próprio sofrimento pode, em algumas oportunidades, nos tornar pessoas melhores, mais fortes ou mais preocupadas e cuidadosas, mais humanas. Mas as outras pessoas não — decididamente não — sofrem para que sejamos mais felizes ou nobres. Uma coisa é dizer que desfruto do sucesso que tenho agora porque durante muitos anos tive azar ou pouca sorte; que gosto da boa comida que posso comer agora porque durante anos vivi de sanduíches de manteiga de amendoim; que desfruto de minhas férias porque durante anos mal podia pagar a gasolina para ir até a loja. Outra completamente diferente é dizer que eu desfruto mais das boas coisas da vida porque vejo outras pessoas sem elas.

Pensar que outras pessoas sofrem de doenças terríveis para que eu possa apreciar minha boa saúde é atroz; que outras pessoas passam fome para que eu possa apreciar minha boa comida é completamente egocêntrico e cruel; que desfruto da vida muito mais agora que vejo as pessoas morrerem ao redor de mim é o delírio autocentrado de um adulto que não superou a infância. Em algumas oportunidades, meus próprios problemas podem ter produzido algo de bom. Mas eu não vou agradecer a Deus pela *minha* comida porque me dou conta de que outras pessoas não têm nenhuma.

Ademais, há no mundo muito sofrimento que não é redentor para *ninguém*. A avó de oitenta anos de idade que é selvagemente estuprada e estrangulada; o neto de oito semanas que de repente fica azul e morre; o jovem de 18 anos morto por um motorista bêbado a caminho do baile — tentar ver o bem em tal mal é privar o mal de sua característica. É ignorar o desamparo daqueles que sofrem sem razão e sem fim. Isso rouba das pessoas sua dignidade e seu direito a desfrutar da vida tanto quanto nós.

Portanto, tem de haver mais outras respostas para a razão pela qual há sofrimento no mundo. Ou talvez, no final, simplesmente não haja uma resposta. Essa acaba sendo uma das respostas dadas por alguns dos autores bíblicos, como veremos no próximo capítulo. A resposta é que não há resposta.

# Faz sentido sofrer?
# O livro de Jó e o Eclesiastes

Todos experimentaram sofrimento físico e irão experimentar ainda mais antes de morrer. De unhas quebradas a ossos fraturados, de arteriosclerose a câncer e falência de órgãos; doenças curáveis e incuráveis. Meu pai foi levado pelo câncer 18 anos atrás com a bela idade de 65 anos. Em agosto daquele ano estávamos em uma viagem de pesca, e ele parecia bem. Seis semanas depois estava em seu leito de morte no hospital, a aparência física mudada de forma inacreditável. Seis semanas depois, após uma dor excruciante — um médico disse que não queria aumentar a dose de morfina porque ele poderia ficar "viciado" (às vezes você imagina o que as pessoas estão *pensando*) —, ele estava morto.

Exatamente agora, muitos anos depois, eu estava esboçando este capítulo em um aeroporto da Pensilvânia, voltando de uma palestra que tinha feito na Universidade da Pensilvânia em homenagem a um amigo e colega, Bill Petersen, um brilhante lingüista e historiador dos primórdios do cristianismo, morto de câncer no auge da carreira, aos 59 anos de idade. Ele pode atingir qualquer um de nós a qualquer momento. Mesmo a doença mais prosaica que nos deixa de cama e nos faz pensar que o mundo certamente vai se acabar logo — a gripe, por exemplo, tão ruim que o faz querer morrer, ou pensar que vai.

De fato, muitas pessoas morrem de gripe. A pior epidemia da história americana foi a epidemia de gripe de 1918, colocada nas sombras da história pela Primeira Guerra Mundial mas muito mais mortal para os soldados americanos, para não falar dos civis. De fato, ela matou mais americanos que todas as guerras do século XX juntas. Ela surgiu em um quartel do exército em Fort Riley, Kansas, em março de 1918; os médicos pensaram que era um novo tipo de pneumonia. Então, pareceu desaparecer. Mas voltou com fúria, tanto entre civis quanto entre militares — que a levaram para a Europa quando transferidos para a linha de frente, de modo que soldados de outros países a contraíram e levaram para casa. Virou uma epidemia mundial de proporções apocalípticas.

Os sintomas eram diferentes de tudo que se conhecia. Parecia afetar mais os jovens e saudáveis — aqueles entre 21 e 29 anos de idade eram o principal grupo de risco — que os muito jovens, muito velhos ou muito fracos. Os sintomas apareciam sem aviso, e pioravam rapidamente. Os pulmões se enchiam de fluido, dificultando a respiração; a temperatura do corpo aumentava tanto que o cabelo começava a cair. As pessoas ficavam azuis e depois pretas; acabavam morrendo afogadas no líquido acumulado nos pulmões. Tudo isso podia acontecer em 12 horas. Alguém que você tinha visto bem no café-da-manhã poderia estar morto na hora do jantar. E o número de pessoas infectadas foi impressionante.

Em setembro de 1918, 12 mil pessoas morreram nos Estados Unidos — e depois piorou. Certas unidades do exército na guerra perderam 80% de seus soldados; Woodrow Wilson teve de decidir se enviava reforços, sabendo que o vírus poderia matar a maioria daqueles nos navios antes que eles chegassem ao teatro de operações, com a impossibilidade de uma quarentena e sem nenhuma vacina. No plano doméstico, lugares como a cidade de Nova York e a Filadélfia estavam em crise: em outubro de 1918, Nova York registrava mais de oitocentas mortes por dia; na Filadélfia, 11 mil morreram em um mês. Eles ficaram sem caixões, e sem conseguir enterrar os caixões que eram usados.

Apesar de esforços intensos, os cientistas não conseguiram produzir uma vacina (parte do problema: eles supunham que a doença era causada por uma bactéria, quando na verdade era um vírus). Mas a doença acabou seguindo seu curso normal e parou de matar, misteriosamente, por conta própria. Mas não antes que a maioria da espécie humana tivesse sido infectada. Nos dez meses de epidemia, a gripe matou 550 mil americanos, e assustadores 30 milhões de pessoas em todo o mundo.

Como explicar um surto como esse? Devemos buscar uma resposta bíblica? Muitas pessoas o fizeram. Será que Deus estava punindo o mundo? Algumas pessoas acharam que sim, e rezaram pedindo trégua. Seria uma tragédia humana infligida aos humanos? Havia o boato de que os alemães tinham iniciado a epidemia utilizando uma arma química altamente secreta. Havia algo de redentor no sofrimento? Algumas pessoas o viram como um apelo ao arrependimento antes do Armagedom, que estava se aproximando com o conflito europeu.

Ou talvez não fosse nada demais. Talvez o que aconteceu não tivesse nada a ver com um ser divino que intervém em prol de seu povo ou contra seus inimigos. Afinal, havia muitos precedentes na história humana. A chamada Peste de Justiniano no século VI foi ainda pior que a epidemia de gripe de 1918, destruindo algo como 40% dos habitantes de Constantinopla, capital do império bizantino, e até um quarto da população de todo o Mediterrâneo oriental. E houve a famosa Peste Negra, a peste bubônica de meados do século XIV que pode ter matado até um terço da população da Europa.

Nós mesmos não estamos livres, como bem sabemos. Apesar de alguma evolução no tratamento, a crise da Aids continua a ser um pesadelo infernal para milhões. Os números da Alert, uma instituição internacional de caridade dedicada ao HIV e à Aids com sede no Reino Unido, são chocantes. Desde 1981, mais de 25 milhões de pessoas em todo o mundo morreram de Aids. Em 2005, cerca de 40 milhões de pessoas viviam com HIV/Aids (aproximadamente metade delas, mulheres). Três milhões de pessoas morreram apenas naquele ano. Mais de 4 milhões foram infectados. Ainda hoje, com toda a conscientização em todo o mundo, cerca de 6 mil jovens (com menos de 25 anos de idade) são infectados com o HIV todos os dias. Atualmente, a África tem 12 milhões de órfãos da Aids. Apenas na África do Sul, mais de mil pessoas morrem de Aids *todos os dias*, um após o outro.

É não apenas homofóbico e odioso, mas também impreciso e inútil atribuir essa epidemia a preferências sexuais e promiscuidade. Práticas inseguras podem disseminar a doença — mas, para começar, por que a doença existe? Aqueles que sofrem a indizível agonia emocional e física da Aids são mais pecadores e merecedores de punição que o resto de nós? Deus escolheu punir todos aqueles órfãos da Aids? Francamente, não vejo como as respostas bíblicas ao sofrimento que estudamos até agora podem ser úteis para compreender seus apuros — ou as mortes daqueles ceifados pela gripe de 1918 ou pela peste bubônica em 1330. Não é Deus que está criando dor excruciante e infelicidade; certamente não é algo que seres humanos fizeram contra outros seres humanos; e não vejo nada de redentor nas crianças inocentes que contraem Aids, sem terem absolutamente culpa alguma, e que nada podem esperar a não ser os tormentos assombrosos produzidos pela doença. Há outras explicações para o sofrimento no mundo?

Há, e algumas delas estão na Bíblia. A mais conhecida abordagem do problema do sofrimento está no livro de Jó.

## O livro de Jó: uma panorâmica

A maioria das pessoas que lê Jó não se dá conta de que na forma que chegou a nós o livro é obra de pelo menos dois autores diferentes, e que esses autores tinham compreensões diferentes, e contraditórias, de por que as pessoas sofrem. Mais importante ainda, o modo como a história começa e termina — com a prosa narrativa do sofrimento justo de Jó, cuja resistência paciente à provação é recompensada por Deus — está em contradição com os diálogos poéticos que compõem a maior parte do livro, no qual Jó não é paciente, mas desafiador, e nos quais Deus não recompensa aquele que fez sofrer, mas se impõe a ele e o obriga a se submeter. São duas visões diferentes do sofrimento, e para compreender o livro temos de compreender suas duas mensagens distintas.[1]

Na forma que tem, com a prosa narrativa e os diálogos poéticos somados em um longo relato, o livro pode ser resumido assim: começa com uma descrição em prosa de Jó, um homem rico e devoto, o homem mais rico do Oriente. A ação então é transferida para o céu, onde Deus fala com Satanás — a palavra hebraica para "o adversário" — e faz elogios a Jó. Satanás diz que Jó só é devoto a Deus por causa das recompensas que tem por sua devoção. Deus permite que Satanás tire tudo aquilo que Jó tem: seus bens, seus servos e seus filhos — e depois, em uma segunda rodada de ataques, sua saúde. Jó se recusa a amaldiçoar Deus pelo que aconteceu a ele. Três amigos vão visitá-lo e confortá-lo. Mas é pouco o consolo. Em seus discursos, dizem a Jó que ele está sendo punido por seus pecados (ou seja, eles assumem a visão "clássica" do sofrimento, a de que os pecadores recebem o que merecem). Jó continua a insistir em sua inocência, e pede a Deus que permita que ele apresente sua defesa. Ao final dos diálogos com os amigos (que tomam a maior parte do livro), Deus se manifesta e esmaga Jó com sua grandeza, atacando-o violentamente por pensar que ele, Deus, tem algo a explicar a um mero mortal. Jó se arrepende de seu desejo de defender seu caso perante Deus. No epílogo, que retoma a narrativa em prosa, Deus elogia Jó por seu comportamento justo e condena os amigos pelo que disseram. Ele devolve a Jó toda a sua antiga riqueza, e ainda dá a ele mais um punhado de outros filhos; e Jó leva uma vida próspera, morrendo com idade avançada.

Algumas das discrepâncias básicas entre a narrativa em prosa com a qual o livro começa e termina (em apenas três capítulos) e os diálogos poéticos (quase

40 capítulos) podem ser percebidas já nesse rápido resumo. As duas fontes que foram aglutinadas para criar o produto final são escritas em diferentes gêneros: uma narrativa popular em prosa e um conjunto de diálogos poéticos. Os estilos de escrita são diferentes entre esses dois gêneros. Uma análise mais detalhada mostra que os nomes do ser divino são diferentes na prosa (quando é usado o nome Senhor) e na poesia (em que a divindade é chamada de El, Elói e Shaddai). Ainda mais marcante, o perfil de Jó é distinto nas duas partes do livro: na prosa, é um sofredor paciente; na poesia, completamente desafiador e impaciente. Coerentemente, na prosa ele é elogiado; e na poesia, atacado. A narrativa popular em prosa indica que Deus lida com seu povo de acordo com seu mérito; na poesia ele não faz isso — e não está disposto a fazê-lo. Finalmente, e o mais importante: a visão de por que o inocente sofre difere nas duas partes do livro: na narrativa em prosa, o sofrimento é um teste para a fé; na poesia, o sofrimento permanece um mistério que não pode ser compreendido ou explicado.

Portanto, para lidar adequadamente com o livro de Jó, precisamos estudar as duas partes do livro separadamente e investigar as duas explicações para o sofrimento do inocente.

## A narrativa popular: o sofrimento de Jó como um teste para a fé

A ação da narrativa popular em prosa alterna cenas na terra e no céu. A história começa com o narrador indicando que Jó vivia na terra de Uz; normalmente localizada em Edom, a sudeste de Israel. Jó, em outras palavras, não é israelita. Sendo um livro "sapiencial", este relato não está preocupado com tradições especificamente israelitas, mas em compreender o mundo de modos que fizessem sentido para todos seus habitantes. Seja como for, Jó é descrito como "íntegro e reto, que temia Deus e se afastava do mal" (Jó 1:1). Já vimos que em outros livros sapienciais, como Provérbios, a riqueza e a prosperidade são dadas aos justos perante Deus. Aqui o ditado é confirmado. Jó é definido como estupendamente rico, com 7 mil ovelhas, 3 mil camelos, quinhentas juntas de bois, quinhentos jumentos e muitos servos. Sua religiosidade se manifesta na devoção diária a Deus; toda manhã cedo ele faz uma oferenda a Deus por todos os seus filhos, sete filhos e três filhas, para o caso de eles terem cometido algum pecado.

O narrador então se transfere para um cenário celestial em que os "seres celestiais" (literalmente: os filhos de Deus) se apresentam perante o Senhor, Satanás entre eles. É importante perceber que aqui Satanás não é o anjo caído que foi expulso do paraíso, o inimigo cósmico de Deus. Aqui ele é retratado como um dos membros do conselho divino de Deus, um grupo de divindades que regularmente se reportam a Deus e, evidentemente, percorrem o mundo fazendo a sua vontade. Apenas em um estágio posterior da religião israelita (como veremos no capítulo 7) Satanás se torna "o Diabo", inimigo mortal de Deus. O termo *Satanás* em Jó não parece ser tanto um nome quanto uma descrição de sua função: literalmente, significa "o Adversário" (ou o Acusador). Mas ele não é adversário de Deus: é um dos seres celestiais que se reportam a Deus. É um adversário no sentido de que faz o papel de "advogado do diabo", questionando a sabedoria convencional para tentar provar uma tese.

Naquele momento exato, seu desafio tem a ver com Jó. O Senhor gaba-se com Satanás da vida impecável de Jó, e Satanás desafia Deus: Jó é probo apenas porque em troca é altamente abençoado. Se Deus tirasse o que Jó tem, insiste Satanás, Jó "te lançará maldições em rosto" (Jó 1:11). Deus não concorda, e o autoriza a tirar tudo de Jó. Em outras palavras, este é um teste para a justeza de Jó: teria ele uma devoção desinteressada ou sua devoção a Deus depende inteiramente do que consegue ganhar com o acordo?

Satanás ataca a casa de Jó. Em um dia os bois são roubados, as ovelhas são queimadas pelo fogo dos céus, os camelos são atacados e levados, todos os servos são mortos e até mesmo os filhos e filhas são desapiedadamente destruídos por uma tempestade que arrasa sua casa. A reação de Jó? Como Deus previra, ele não pragueja por seu azar; fica de luto:

> Então Jó se levantou, rasgou seu manto, raspou sua cabeça, caiu por terra, inclinou-se no chão e disse: "Nu saí do ventre de minha mãe e nu voltarei para lá. O Senhor o deu, o Senhor o tomou, bendito seja o nome do Senhor." (Jó 1:20)

O narrador nos assegura de que nem mesmo com tudo isso, "Jó não cometeu pecado nem imputou nada de indigno contra Deus" (Jó 1:22). É o caso de pensar qual "indignidade" Deus poderia cometer, se roubo, destruição de propriedade e assassinato não são errados. Mas nesta história, pelo menos, o fato de Jó preservar sua justeza significa continuar a confiar em Deus, seja lá o que Deus faça a ele.

A narrativa então se transfere para uma cena celestial de Deus e seu conselho divino. Satanás aparece perante o Senhor, que mais uma vez se gaba de seu servo Jó. Satanás retruca que é claro que Jó não amaldiçoou Deus — ele mesmo não sofreu dor física. Mas, diz Satanás a Deus, "estende a mão, fere-o na carne e nos ossos; eu garanto que te lançarás maldições em rosto" (Jó 2:5). Deus permite que Satanás faça isso, prevenindo que não tire a vida de Jó (em parte, pode-se supor, porque seria difícil avaliar a reação de Jó se ele não estivesse vivo para ter uma). Satanás então feriu Jó com "chagas malignas desde a planta do pé até o cume da cabeça" (Jó 2:7). Jó se senta em um monte de cinzas e esfrega suas feridas com um caco de cerâmica. Sua esposa o estimula a seguir o caminho natural: "Persistes ainda em tua integridade? Amaldiçoa a Deus e morre duma vez!" Mas Jó se recusa: "Se recebemos de Deus os bens, não deveríamos receber também os males?" (Jó 2:10). Apesar de tudo, Jó não peca contra Deus.

Três amigos de Jó vão até ele — Elifaz de Tema, Baldad de Suás e Sofar de Naamat. E fazem a única coisa que amigos de verdade podem fazer nesse tipo de situação: choram com ele, compartilham sua dor e se sentam com ele, sem dizer uma palavra. Sofredores não precisam de conselhos, mas de presença humana reconfortante.

É nesse ponto que começa o diálogo poético, no qual os amigos não se comportam como amigos, muito menos reconfortam, insistindo em que Jó simplesmente teve o que merecia. Falarei sobre esses diálogos depois, já que são de um autor diferente. A narrativa popular só é retomada na conclusão do livro, ao final do capítulo 42. É óbvio que um pouco da narrativa popular se perdeu no processo de somá-la aos diálogos poéticos, pois quando ela reinicia Deus dá sinais de que está com raiva dos três amigos pelo que eles disseram, em oposição ao que Jó tinha dito. Isso não pode ser uma referência ao que os amigos e Jó disseram nos diálogos poéticos, porque neles são os amigos que defendem Deus, e Jó que o acusa. Assim, uma parte da narrativa popular deve ter sido eliminada quando os diálogos poéticos foram adicionados. Não há como saber o que os amigos disseram que ofendeu Deus.

O que fica claro, porém, é que Deus recompensa Jó por passar no teste: ele não o amaldiçoou. Jó recebe a ordem de fazer um sacrifício e orar por seus amigos, e obedece. Deus então devolve a Jó tudo o que tinha sido perdido, e ainda mais: 14 mil ovelhas, 6 mil camelos, mil juntas de bois, mil jumentos. E dá a ele mais sete filhos e três filhas. Jó vive seus dias em paz e prosperidade cercado dos filhos e netos.

A visão do sofrimento nessa narrativa popular é bem nítida: algumas vezes o sofrimento se abate sobre o inocente de modo a revelar se sua devoção a Deus é genuína e desinteressada. As pessoas são fiéis apenas quando as coisas vão bem ou são fiéis independentemente das circunstâncias? Para o autor é óbvio: não importa como as coisas estejam ruins, Deus ainda merece devoção e louvor.

Mas é possível apresentar sérias objeções quanto a essa perspectiva, questões levantadas pela própria narrativa popular. Para começar, muitos leitores ao longo dos anos sentiram que Deus não está envolvido no sofrimento de Jó; afinal, é Satanás que o causa. Mas uma leitura mais atenta do texto mostra que não é assim tão simples. É exatamente Deus que autoriza Satanás a fazer o que faz; ele não poderia fazer nada sem a ordem de Deus. Além disso,, em dois pontos o texto indica que Deus é, em última instância, o responsável. Após a primeira rodada de sofrimento para Jó, Deus diz a Satanás que Jó "persevera em sua integridade, e foi por nada que me instigaste contra ele para aniquilá-lo" (Jó 2:3). Nesse ponto, Deus é o responsável pelo sofrimento do inocente Jó, instigado por Satanás. Deus também destaca que não havia "nada" pelo que Jó tivesse de sofrer. Isso coincide com o que acontece no final da história, quando a família de Jó o consola depois que a provação termina, mostrando simpatia por ele "pela desgraça que o Senhor lhe tinha enviado" (Jó 43:11).

O próprio Deus tinha provocado a infelicidade, a dor, a agonia e a perda que Jó experimentara. Não é possível culpar apenas o Adversário. E é importante lembrar o que essa perda implica: não apenas perda de propriedade, o que já seria bastante ruim, mas uma devastação do corpo e o selvagem assassinato dos dez filhos de Jó. E para quê? "Por nada" — a não ser provar a Satanás que Jó não iria amaldiçoar Deus mesmo que tivesse todo o direito de fazê-lo. Ele tinha o direito de fazê-lo? Lembrem-se, Jó não fizera nada para merecer tal tratamento. De fato era inocente, como o próprio Deus reconhece. Deus fez isso a ele para vencer uma aposta com Satanás. Esse obviamente é um Deus acima, além e em nada submetido aos padrões humanos. Qualquer outro que destruísse todos os seus bens, o ferisse fisicamente e assassinasse seus filhos — simplesmente por capricho ou uma aposta — estaria sujeito à punição mais severa que a justiça pudesse impor. Mas Deus obviamente está acima da justiça e pode fazer o que quiser para provar uma tese.

## Outros testes na Bíblia

A idéia de que o sofrimento é um teste de Deus apenas para descobrir se seus seguidores irão obedecer também pode ser encontrada em outros pontos da Bíblia. Poucas histórias exemplificam essa visão mais nítida e horrivelmente que o "sacrifício de Isaque", contado em Gênesis 22. O contexto da história é a seguinte: o pai dos judeus, Abraão, havia muito recebera de Deus a promessa de um filho, que depois se tornaria o ancestral de um grande e poderoso povo. Mas apenas quando ele e sua esposa estavam em idade muito avançada a promessa foi cumprida. Abraão era um homem maduro e obviamente fértil de cem anos de idade quando Isaque nasceu (Gn 21:1-7). Mas quando Isaque, a promessa cumprida de Deus, ainda era um jovem, ou possivelmente até mesmo um menino, Deus dá uma ordem horrível a Abraão: ele deve levar seu "filho único Isaque" e oferecê-lo em "holocausto" a Deus. O Deus que prometera a ele um filho queria então que ele destruísse aquele filho; o Deus que ordena que seu povo não mate ordenava então que o pai dos judeus sacrificasse seu próprio filho.

Abraão pega o filho Isaque e parte para o deserto com dois servos e um jumento carregado de lenha para o holocausto (ou seja, a pira no qual ele deve sacrificar o corpo de seu filho). Enquanto seguem para o local determinado, Isaque pensa no que estava acontecendo: ele vê a madeira e o fogo, mas onde está o animal a ser sacrificado? Abraão diz a ele que Deus proverá, não deixando o filho saber o que estava para acontecer. Mas então pega o filho, amarra-o, coloca-o sobre a madeira e se prepara para matá-lo com uma faca. No último instante, Deus intervém mandando um anjo deter a faca antes do golpe. O anjo diz a Abraão: "Não estendas a mão contra o menino! Não lhe faças nenhum mal! Agora sei que temes a Deus: tu não me recusaste teu filho, teu único filho" (Gn 22:12). Abraão ergue os olhos e vê um cordeiro preso em um arbusto; ele captura o cordeiro e o oferece em holocausto no lugar de Isaque (Gn 22:13-14).

Tudo tinha sido um teste, um horrível teste para descobrir se Abraão faria o que Deus pedia, mesmo que fosse matar o próprio filho, o filho que o próprio

Deus tinha prometido para ser o pai de uma grande nação. A lição da história, como a lição da história de Jó, é que ser fiel a Deus é a coisa mais importante da vida: mais importante que a própria vida. O que quer que Deus ordene deve ser feito, não importa quão contrário à sua natureza (ele é ou não um Deus de amor?), não importa quão contrário à sua própria lei (ele se opõe ao assassinato — ou ao sacrifício humano — ou não?), não importa quão contrário a qualquer noção de decência humana. Muitas pessoas desde a época de Abraão assassinaram inocentes alegando que Deus assim tinha ordenado. O que fazemos com pessoas desse tipo? Nós as trancamos na cadeia ou as executamos. E o que fazemos com Abraão? Nós o chamamos de servo bom e fiel. Eu freqüentemente penso sobre essa visão do sofrimento.

Algumas pessoas na Bíblia ouvem que devem ser fiéis a Deus mesmo que isso provoque sua própria morte. O modelo do Novo Testamento, claro, é o próprio Jesus, retratado nos relatos da paixão como rezando a Deus: "Afasta de mim este cálice" (Marcos 14:36). Em outras palavras, Jesus não queria ter de morrer. Mas era a vontade de Deus, e assim ele passa por sua horrível paixão (foi rejeitado, escarnecido, açoitado e espancado) e morte pela crucificação — tudo porque tinha sido o que Deus mandara que fizesse. Mas o resultado final — como no caso de Jó e Abraão — foi bom; essas histórias têm finais felizes. Para Jesus, levou à sua ressurreição e elevação aos céus. Como uma de nossas fontes anteriores ao Evangelho nos diz:

> Tornando-se semelhante aos homens
> e reconhecido em seu aspecto como um homem.
> abaixou-se,
> tornando-se obediente até a morte,
> a morte sobre uma cruz.
> Por isso Deus soberanamente o elevou
> e lhe conferiu o nome que está acima de todo nome. (Fl 2:7-9)

Os seguidores de Jesus logo se seguiriam, dispostos a sofrer para provar sua absoluta devoção a Deus. Como é dito aos cristãos em 1 Pedro:

> Amados, não vos alarmeis com o incêndio que lavra entre vós, para vossa provação, como se algo de estranho vos acontecesse; antes, à medida que

> participais dos sofrimentos de Cristo, alegrai-vos, para que também na revelação de sua glória possais ter alegria transbordante. (...) Assim, aqueles que sofrem segundo a vontade de Deus confiam suas almas ao fiel Criador, dedicando-se à prática do bem. (1 Pd 4:12-13, 19)

O sofrimento que os cristãos suportam é um "teste" para ver se conseguem permanecer fiéis a Deus até o fim, mesmo até a morte. E assim, em vez de se queixarem de sua infelicidade, devem se regozijar, felizes por poderem sofrer como Cristo. E por qual razão? Porque é o que Deus quer. Mas por que ele quer isso? Isso, temo, é algo de que evidentemente nunca poderemos ter certeza. Parece ser um teste, uma espécie de prova final.

Então, o que devemos fazer com essa visão de sofrimento na qual ele algumas vezes é um teste de fé? Suponho que as pessoas que têm uma confiança cega em Deus podem ver esse sofrimento como uma maneira de demonstrar sua devoção a ele, e isso realmente pode ser algo salutar. No mínimo pode dar força interior e uma sensação de que, a despeito de tudo que acontece, no final Deus está encarregado deste mundo e de tudo o que acontece nele. Mas essa é de fato uma resposta satisfatória à pergunta de por que as pessoas são compelidas a suportar dor e infelicidade? Devemos imaginar um ser divino que quer atormentar suas criaturas para ver se consegue obrigá-las a abandonar sua confiança nele? No que exatamente elas confiam que ele fará? Certamente não no que é melhor para elas: é difícil acreditar que Deus lança sobre as pessoas câncer, gripe ou Aids a fim de ter certeza de que elas o louvem até o final. Louvá-lo pelo quê? Mutilação e tortura? Por seu grande poder de infligir dor e infelicidade a pessoas inocentes?

É importante lembrar que o próprio Deus reconheceu que Jó era inocente — ou seja, que Jó não tinha feito nada para merecer seu tormento. E Deus não o atormentou simplesmente tirando dele seus bens conquistados com esforço e sua saúde física. Ele matou os filhos de Jó. E por quê? Para provar sua tese; vencer a sua aposta. Que tipo de Deus é esse? Muitos se consolam com a idéia de que assim que Jó passou no teste, Deus o recompensou — assim como Deus recompensou Abraão antes dele e Jesus depois dele, assim como Deus recompensa seus seguidores agora que sofrem de infelicidade para que Deus possa provar sua tese. Mas, e quanto aos filhos de Jó? Por que eles foram assassinados sem razão? Para que

Deus pudesse provar uma tese? Isso significa que Deus está disposto — até mesmo ansioso — a levar *meus* filhos a fim de ver como irei reagir? Eu sou tão importante assim para Deus estar disposto a destruir vidas inocentes apenas para ver se serei fiel a ele quando ele não foi fiel a mim? A parte mais ofensiva do livro de Jó é possivelmente o final, quando Deus devolve tudo o que Jó tinha perdido — incluindo filhos adicionais. Jó perdeu sete filhos e três filhas, e como recompensa por sua fidelidade, Deus dá a ele mais sete filhos e três filhas. O que esse autor estava pensando? Que a dor da morte de um filho pode ser eliminada com o nascimento de outro? Que filhos são descartáveis e substituíveis como um computador ou um DVD player quebrados? Que tipo de Deus é esse? Achamos que tudo ficará bem se os 6 milhões de judeus mortos no holocausto fossem "substituídos" por 6 milhões de judeus adicionais nascidos na geração seguinte?

Por mais satisfatório que o livro de Jó tenha sido para as pessoas ao longo dos tempos, tenho de dizer que o considero inteiramente insatisfatório. Se Deus tortura, fere e mata pessoas apenas para ver como irão reagir — para ver se não irão culpá-lo, quando ele de fato deve ser culpado —, então esse não me parece ser um Deus que mereça adoração. Merecedor de temor, sim. De louvor, não.

## Os diálogos poéticos de Jó: não há resposta

Como eu destaquei no início dessa discussão, a visão do sofrimento nos diálogos poéticos de Jó difere radicalmente daquela encontrada na prosa delimitadora do prólogo e do epílogo. Porém, a questão abordada nos diálogos é a mesma: se Deus é em última instância o encarregado de toda a vida, por que os inocentes sofrem? Na narrativa popular, é porque Deus testa as pessoas para ver se elas podem manter sua devoção a despeito de dor e infelicidade não-merecidas. Nos diálogos poéticos há diferentes respostas para os diferentes personagens envolvidos: para os amigos de Jó, o sofrimento é uma punição pelo pecado (essa visão parece ser rejeitada pelo narrador). O próprio Jó, nos discursos poéticos, não consegue descobrir uma razão para o sofrimento dos inocentes. E Deus, que surge no final das discussões poéticas, recusa-se a dar um motivo. Aparentemente, para este autor a resposta ao sofrimento do inocente é que não há resposta.

## A estrutura geral dos diálogos poéticos

Os diálogos poéticos são construídos como uma seqüência de afirmações e réplicas entre Jó e três "amigos". Jó faz uma afirmação e um dos amigos responde; Jó reage e o segundo retruca; Jó responde novamente e então o terceiro amigo replica. Essa seqüência acontece três vezes, de modo que há três ciclos de discursos. O terceiro ciclo, porém, ficou confuso, possivelmente em função das cópias do livro feitas ao longo das épocas: os comentários de um dos amigos (Baldad) são atipicamente curtos na terceira seqüência (apenas cinco versos); os comentários de outro amigo (Sofar) desaparecem; e a resposta de Jó em dado momento parece assumir a posição que seus amigos defendiam e a que ele se opôs no restante do livro (capítulo 27). Os estudiosos costumam achar que algo saiu errado na transmissão dos diálogos nesse ponto.[2]

Mas no restante a estrutura é nítida. Após os amigos terem falado, surge um quarto personagem; é um jovem chamado Eliú, que estaria insatisfeito com a força da tese apresentada pelos outros três. Eliú tenta apresentar a tese de forma mais eficaz: Jó está sofrendo por causa de seus pecados. Essa reafirmação não parece ser mais convincente que nada que os outros tenham dito, mas antes que Jó possa retrucar, o próprio Deus aparece, submete Jó com sua presença poderosa e o informa que ele, Jó, não tem o direito de questionar as ações daquele que criou o universo e tudo que há nele. Jó se arrepende de seu desejo de compreender e se prostra na terra perante o desafio assombroso do Todo-poderoso. E assim terminam os diálogos poéticos.

## Jó e seus amigos

A seção poética começa com Jó, infeliz, amaldiçoando o dia em que nasceu e querendo ter nascido morto:

> Enfim, Jó abriu a boca e amaldiçoou o dia do seu nascimento.
> Jó tomou a palavra e disse:
> Pereça o dia que me viu nascer,
> a noite que disse: "Um menino foi concebido!" (...)

> Por que não morri ao deixar o ventre materno,
> ou pereci ao sair das entranhas?
> Por que me recebeu um regaço
> e seios me deram de mamar? (...)
> Que eu fosse como um aborto escondido,
> que não existisse agora,
> como crianças que não viram a luz. (Jó 3:1-2, 11-12, 16)

Elifaz é o primeiro amigo a responder, e sua resposta dá o tom para o que todos os amigos dirão. Em sua opinião, Jó só recebeu o que estava reservado a ele. Deus, alegam eles (equivocadamente, como sabem os leitores do prólogo), não pune o inocente, apenas o culpado.

> Elifaz de Tema tomou a palavra e disse:
> Se alguém se dirigisse a ti, perderias a paciência.
> Porém, quem pode refrear-me as palavras? (...)
> Recordas-te de um inocente que tenha perecido?
> Onde já se viu que justos fossem exterminados?
> Eu vi bem: aqueles que cultivam a desgraça
> e semeiam sofrimento são também os que os colhem.
> Ao sopro de Deus perecem,
> são consumidos pelo fogo da sua ira. (Jó 4:1-2, 7-9)

Todos os três amigos têm coisas semelhantes a dizer ao longo dos muitos capítulos de seus discursos. Jó é culpado, deve se arrepender, e se o fizer, Deus se aplacará e voltará a abençoá-lo. Caso se recuse, estará simplesmente demonstrando sua recalcitrância e obstinação perante o Deus que pune aqueles que merecem. (Esses amigos parecem bem versados nas visões dos profetas israelitas que analisamos nos capítulos 2 e 3). Assim, Baldad, por exemplo, insiste em que Deus é justo e busca o arrependimento de Jó.

> Baldad de Suás tomou a palavra e disse:
> Até quando falarás dessa maneira?
> As palavras de tua boca são um vento impetuoso.

Acaso Deus torce o direito,
ou Shaddai perverte a justiça?
Se teus filhos pecaram contra ele,
entregou-os ao poder de sua falta.
Quanto a ti, se buscas Deus,
se imploras a Shaddai,
se és irrepreensível e reto,
desde agora ele velará sobre ti
e restaurará teu lugar e teu direito.
Teu passado parecerá pouca coisa
diante da exímia grandeza de teu futuro. (Jó 8:1-7)

Também Sofar pensa que os protestos de inocência de Jó são completamente equivocados e uma afronta a Deus. Se Jó está sofrendo, é por ser culpado e está recebendo o que merece; de fato, ele merece pior (é de pensar o que poderia ser pior caso a história popular seja referência).

Sofar de Naamat tomou a palavra e disse:
O falador ficará sem resposta?
Dar-se-á razão ao eloqüente?
A tua vã linguagem calará os homens?
Zombarás sem que ninguém te repreenda?
Disseste: minha conduta é pura,
sou inocente a teus olhos.
Se apenas Deus falasse,
abrisse os lábios por tua causa,
revelar-te-ia os segredos da Sabedoria,
que desconcertariam toda sensatez!
Então saberias que Deus te pede contas da tua falta. (Jó 11:1-6)

E isso é o que os *amigos* de Jó estão dizendo. Algumas vezes eles não se contêm ao acusar Jó, equivocadamente, de grande pecado aos olhos de Deus, como quando Elifaz declara, mais tarde:

É por tua piedade que te corrige
e entra contigo em julgamento?
Não é antes por tua grande malícia
e por tuas inumeráveis culpas?
(...) despojava de suas roupas os nus;
não davas água ao sedento
e recusavas pão ao faminto. (...)
despedias as viúvas com as mãos vazias,
quebravas os braços dos órfãos.
Por isso te encontras presos nos laços,
amedronta-te um terror improviso. (Jó 22:4-7, 9-10)

A expressão *por isso* no dístico final é particularmente importante. É *por causa* da vida iníqua de Jó e do tratamento injusto dispensado aos outros que ele está sofrendo, não por qualquer outro motivo.

Para Jó, a acusação é injusta. Ele não tinha feito nada para merecer seu destino, e para manter sua integridade pessoal tem de insistir em sua própria inocência. Fazer diferente seria mentir para si mesmo, o mundo e Deus. Ele não pode se arrepender de pecados que nunca cometeu e fingir que seu sofrimento é merecido quando na verdade nada fez de errado. Como diz repetidamente a seus amigos, ele sabe perfeitamente bem como é um pecado — ou melhor, qual seu gosto — e saberia se tivesse feito algo para se afastar da trilha do divino:

Instruí-me e guardarei silêncio,
fazei-me ver em que me equivoquei.
Como são agradáveis as palavras justas!
Porém, como podeis censurar-me e repreender-me? (...)
Agora, voltai-vos para mim:
mentiria diante de vós? (...)
Há falsidade em meus lábios?
Meu paladar não poderá distinguir o mal? (Jó 6:24-25, 28, 30)

Em imagens nítidas e poderosas, Jó insiste em que, a despeito de sua inocência, Deus se lançou contra ele, atacou-o e se abateu sobre seu corpo como um guerreiro selvagem em ataque:

Vivia eu tranqüilo quando me esmagou,
agarrou-me pela nunca e me triturou.
Fez de mim seu alvo.
Suas flechas zuniam em torno de mim,
atravessou-me os rins sem piedade,
e por terra derramou meu fel.
Abriu-me com mil brechas
E assaltou-me como um guerreiro. (...)
Meu rosto está vermelho de tanto chorar
e a sombra pesa sobre minhas pálpebras,
embora não haja violência em minhas mãos
e seja sincera minha oração. (Jó 16:12-14, 16-17)

Ele me agarra com violência pela roupa,
segura-me pela orla da túnica.
Joga-me para dentro do lodo
e confundo-me com o pó e a cinza.
Clamo por Ti e não me respondes;
insisto, sem que te importes comigo.
Tu te tornaste meu verdugo
e me atacas com teu braço musculoso. (Jó 30:18-21)

Jó sente constantemente a presença aterradora de Deus, da qual não consegue escapar sequer durante o sono à noite. Ele apela a Deus para aliviar seu tormento, deixá-lo em paz apenas tempo suficiente para permitir que engula:

Se eu disser: meu leito consolar-me-á
e minha cama aliviar-me-á o sofrimento,
então me assustas com sonhos
e me aterrorizas com visões.
Preferiria morrer estrangulado,
antes a morte que meus tormentos.
Eu zombo de mim, não viverei para sempre;
deixa-me pois os meus dias são um sopro! (...)

Por que não afastas de mim o olhar
e não me deixas até que tiver engolido a saliva? (Jó 7:13-16, 19)

Em contraste, os ímpios prosperam, sem nada a temer de Deus.

Por que os ímpios continuam a viver,
e ao envelhecer se tornam ainda mais ricos?
Vêem assegurada a sua própria descendência
e seus rebentos a seus olhos subsistem.
Suas casas, em paz e sem temor,
a vara de Deus não atinge. (...)
Cantam ao som dos tamborins e da cítara
e divertem-se ao som da flauta.
Sua vida termina na felicidade,
descem em paz ao Xeol. (Jó 21:7-9, 12-13)

Esse tipo de injustiça poderia ser considerado menos injusto se houvesse alguma espécie de vida após a morte na qual os inocentes fossem finalmente recompensados e os ímpios punidos, mas para Jó (assim como para a maioria dos autores da Bíblia hebraica) também não há justiça após a morte:

As águas do mar podem sumir.
Baixar os rios e secar:
jaz, porém, o homem e não pode levantar-se,
os céus se gastariam antes de ele despertar
ou ser acordado de seu sono. (Jó 14:11-12)

Jó percebe que se tentasse apresentar sua defesa ao Todo-poderoso, não teria uma oportunidade: Deus simplesmente é poderoso demais. Mas isso não muda a situação. Jó de fato é inocente, e sabe disso:

Deus não precisa reprimir sua ira. (...)
Quanto menos poderei eu replicar-lhe

> ou escolher argumentos contra ele?
> Ainda que tivesse razão, ficaria sem resposta,
> teria que implorar misericórdia do meu juiz.
> Ainda que o citasse e ele me respondesse,
> não creio que daria atenção a meu apelo.
> Ele me esmaga por um cabelo,
> e sem razão multiplica minhas feridas. (...)
> Recorrer à força? Ele é mais forte!
> Ao tribunal? Quem o citará?
> Mesmo que eu fosse justo, sua boca condenar-me-ia:
> Se fosse íntegro, declarar-me-ia culpado. (Jó 9:13-20)

Aqui, Jó é presciente. Pois ao final dos diálogos poéticos Deus aparece perante ele — que é inocente e sem culpa — e o sujeita à submissão por sua presença atemorizante como o Criador Todo-poderoso de tudo. Ainda assim, Jó persevera em apresentar sua defesa a Deus, insistindo em sua própria justeza e em seu direito a declarar sua inocência: "enquanto dentro de mim houver um sopro de vida (...) meus lábios não dirão falsidades nem minha língua pronunciará mentiras!" (Jó 27:3-4). Ele está certo de que Deus tem de concordar, se ele apenas conseguir se encontrar com ele para apresentar sua defesa:

> Oxalá soubesse como encontrá-lo,
> como chegar à sua morada.
> Exporia diante dele a minha causa,
> com minha boca cheia de argumentos.
> Gostaria de saber com que palavras ele iria responder-me
> e ouvir o que teria para me dizer.
> Usaria ele de violência ao pleitear comigo?
> Não, bastaria que me desse atenção.
> Eu reconheceria em meu adversário um homem reto,
> e eu triunfaria sobre meu juiz. (Jó 23:3-7)

Poderia ser assim. Infelizmente, as alegações anteriores de Jó se revelam as verdadeiras. Deus não ouve os apelos do inocente; ele os esmaga com sua presença grandiosa. Ainda assim, ao final dos diálogos Jó faz o desafio e exige uma audiência divina:

> Oxalá houvesse quem me ouvisse!
> Esta é minha última palavra: que me responda Shaddai!
> O libelo redigido por meu adversário
> levá-lo-ia sobre os meus ombros
> atá-lo-ia como um diadema.
> Dar-lhe-ia conta de meus passos
> e aproximar-me-ia dele, como príncipe. (Jó 31:35-37)

Essa última exigência merece uma resposta divina. Mas não antes que outro "amigo" apareça para defender com ainda mais força o caso "profético" contra Jó, de que ele está sendo punido por seus pecados; Eliú, filho de Baraquel, surge do nada e entra na discussão, fazendo um discurso que separa a exigência de Jó de uma audiência divina da entrada em cena do próprio Deus. Em seu discurso, Eliú censura Jó em termos duros e exalta a bondade de Deus em punir os ímpios e recompensar os justos.

Jó não tem tempo — nem necessidade — de replicar a essa reafirmação dos pontos de vista de seus amigos. Antes que possa responder, o próprio Deus aparece, poderoso, para esmagar Jó com sua presença e subjugá-lo na terra. Deus não aparece com uma voz serena e baixa vinda do céu, nem em disfarce humano ou em um sonho reconfortante. Ele manda um redemoinho violento e aterrorizante e fala a Jó a partir dele, rugindo sua reprimenda.

> Quem é esse que obscurece meus desígnios
> com palavras sem sentido?
> Cinge-te os rins, como herói,
> interrogar-te-ei e tu me responderás.
> Onde estavas quando lancei os fundamentos da terra?
> dizê-mo, se é que sabes tanto.
> Quem lhe fixou as dimensões? — se o sabes —,
> ou quem estendeu sobre ela a régua?
> Onde se encaixam suas bases,

ou quem assentou sua pedra angular,
entre as aclamações dos astros da manhã
e o aplauso de todos os filhos de Deus? (Jó 39:2-7)

Em sua raiva, Deus reprova Jó por pensar que ele, um mero mortal, pode disputar com aquele que criou o mundo e tudo que há nele. Deus é o Todo-poderoso, incontestável para aqueles que levam sua pequena existência aqui na Terra. Ele faz a Jó uma série de perguntas impossíveis, concebidas para submeter Jó à sua divina onipotência:

Alguma vez deste ordens à manhã
ou indicaste à aurora um lugar? (...)
Entraste pelas fontes do mar,
ou passaste pelo fundo do abismo?
Foram-te indicadas as portas da Morte,
ou viste as portas da sombra da morte?
Examinaste a extensão da terra?
Conta-me se sabes tudo isso. (...)
Entraste nos depósitos da neve?
Visitaste os reservatórios do granizo? (...)
Conheces as leis dos céus,
determinas o seu mapa na terra?
Conseguesgues elevar a voz até as nuvens,
e a massa das águas te obedece?
Despachas os raios e eles vêm
e te dizem: "Aqui estamos"? (...)
É por tua sabedoria que o falcão levanta vôo
e estende suas asas para o Sul?
Acaso é sob tua ordem que a águia remonta o vôo
e constrói seu ninho nas alturas? (Jó 38:12, 16-18, 22, 33-35; 39:26-27)

Esta demonstração de puro poder divino — é Deus, não Jó, o criador e regente deste mundo — leva à conclusão natural. Se Deus é todo-poderoso e Jó é um mortal pateticamente fraco, quem é *ele* para discutir com Deus? (40:1-2) Jó se submete humildemente (40:3-4). Mas Deus não terminou com ele. Ele fala uma segunda vez desde o redemoinho.

> O Senhor respondeu a Jó do meio da tempestade e disse:
> Cinge teus rins como um herói:
> interrogar-te-ei e tu me responderás.
> Atreves-te a anular meu julgamento,
> ou a condenar-me para ficares justificado?
> Tens, então, um braço como o de Deus
> e podes trovejar com voz semelhante à sua? (Jó 40:6-9)

Não, obviamente não. Jó previra que se Deus aparecesse a ele, seria completamente esmagado por sua majestade divina e levado a se submeter perante ele, fosse inocente ou não. E é exatamente o que acontece. Quando a voz retumbante de Deus finalmente se cala, Jó se arrepende e confessa:

> Reconheço que tudo podes
> e que nenhum dos teus desígnios fica frustrado. (...)
> Eu te conhecia só de ouvir,
> mas agora meus olhos te vêem;
> por isso, retrato-me
> e faço penitência no pó e na cinza. (Jó 42:2, 5-6)

Os leitores compreenderam este clímax dos diálogos poéticos de diversas formas.[3] Alguns pensam que Jó conseguiu tudo o que queria — uma audiência divina — e ficou satisfeito com isso. Outros pensam que Jó se deu conta de sua culpa inerente perante o Todo-poderoso. Há os que acham que assim que Jó reconheceu a enormidade da criação de Deus, conseguiu ver seu sofrimento individual em uma perspectiva cósmica. E alguns acham que a questão é que Deus tem muito em suas mãos — o controle de todo o universo, afinal — para se preocupar com os sofismas de Jó acerca de sofrimento dos inocentes.

Não acho que nenhuma dessas respostas esteja certa. Jó queria uma audiência divina, mas para que pudesse declarar sua inocência a Deus — e ele nunca teve a oportunidade de dizer uma palavra. Nem há nenhum sentido em que Jó se dê conta de que, de fato, ele era culpado perante Deus: quando ele se "arrepende", não o faz de nenhuma transgressão (afinal, ele era inteiramente inocente!); arrepende-se de ter pensado que poderia apresentar sua defesa ao Todo-poderoso. Nem parece justo relativizar o sofrimento de uma pessoa porque o mundo, afinal, é um lugar muito grande e impressionante. E não pode ser verdade que o Senhor Deus tem mais com que se preocupar do que com a vidinha infeliz de Jó: toda a questão dos discursos de Jó não é Deus estar *ausente* de sua vida, mas estar *presente* demais, punindo Jó de formas que não fazem sentido por não ter ele feito nada de errado.

Não se pode negligenciar o fato de que na reação divina do redemoinho ao apelo apaixonado e desesperado de Jó para compreender por que ele, um homem inocente, está sofrendo de forma tão horrenda, não é dada uma resposta. Deus não explica por que Jó sofre. Ele simplesmente afirma que é o Todo-poderoso e, como tal, não pode ser questionado. Ele não explica que Jó cometeu pecados dos quais simplesmente era ignorante. Ele não diz que o sofrimento não vem dele mas de outros humanos (ou seres demoníacos) que estão se comportando mal em relação a Jó. Ele não indica que tudo foi um teste para ver se Jó permaneceria fiel. A única resposta é que ele é o Todo-poderoso que não pode ser questionado por meros mortais, e que a própria busca de uma resposta, a própria busca da verdade, o próprio impulso de compreender é uma afronta a seu Ser Poderoso. Deus não pode ser questionado e razões não devem ser buscadas. Qualquer um que ouse desafiar Deus será tornado seco imediatamente, esmagado na terra por sua presença superpoderosa. A resposta ao sofrimento é que não há resposta, e não devemos procurar uma. O problema com Jó é que ele espera que Deus lide de forma racional, dê a ele uma explicação razoável para o estado das coisas; mas Deus se recusa a fazê-lo. Ele, afinal, é Deus. Por que teria de responder a alguém? Quem somos nós, meros mortais, para questionar DEUS?

A resposta dada desde o redemoinho parece livrar Deus no caso do sofrimento dos inocentes — ele pode fazer o que quiser, já que é o Todo-poderoso e não tem de dar satisfações a ninguém. Por outro lado, ela realmente o isenta? Essa visão não significa que Deus pode machucar, atormentar e matar quando quiser e não ser responsabilizado? Como seres humanos, não podemos nos safar disso. Deus pode? O fato de ele ser todo-poderoso lhe dá o direito de atormentar almas inocentes e assassinar crianças? O poder determina o certo?

Ademais, se a questão é que não podemos julgar os atos cruéis de Deus por parâmetros humanos (lembrem-se: Jó era *inocente*!), aonde isso nos leva? Na Bíblia, os humanos não são feitos à semelhança de Deus? Os parâmetros humanos não são dados por Deus? Ele não estabelece o que é certo e justo? Não devemos ser como ele no modo segundo o qual tratamos os outros? Se não entendemos Deus segundo parâmetros humanos (que ele mesmo deu), como podemos compreendê-lo, já que somos humanos? No final das contas, essa explicação da justiça de Deus não é simplesmente uma desculpa, uma recusa a pensar seriamente sobre os desastres e males no mundo como não tendo qualquer sentido?

Talvez o problema de Jó seja que ele leu a literatura sapiencial (Provérbios) e os Profetas, e ache que deve haver uma ligação entre pecado e punição — já que do contrário para ele não faz sentido estar sofrendo. Ele talvez devesse ler o Eclesiastes.[4] Pois lá encontramos a visão de que o sofrimento não se deve a causas ou razões conhecidas. O sofrimento apenas existe, e precisamos lidar com ele da melhor forma possível.

## O Eclesiastes e nossa existência efêmera

O Eclesiastes é um dos meus livros preferidos da Bíblia. Ele normalmente é incluído entre os livros sapienciais das Escrituras hebraicas, porque suas visões da vida não são fruto de nenhum tipo de revelação divina (em contraste, por exemplo, com Profetas), mas de uma profunda compreensão do mundo e de como ele funciona. Porém, diferentemente de outros livros sapienciais, como Provérbios, a sabedoria transmitida pelo Eclesiastes não se baseia no conhecimento acumulado por gerações de sábios; é baseada nas observações de um homem enquanto pensa na vida em todos os seus aspectos e na certeza da morte. Mais ainda, como os diálogos poéticos de Jó, o Eclesiastes é uma espécie de livro "anti-sapiencial", no sentido em que suas visões são contrárias às visões tradicionais de um livro como Provérbios, que insiste em que a vida basicamente faz sentido e é boa, que o mal é punido e o comportamento correto, recompensado. Nem tanto para o autor do Eclesiastes, que chama a si mesmo de Professor (*Qoheleth* em hebraico). Ao contrário, a vida freqüentemente não faz sentido, e no final todos nós — sábios ou tolos, justos ou ímpios, ricos e pobres — morreremos. E esse é o fim da história.[5]

Não há melhor maneira de identificar a ampla mensagem do livro que simplesmente analisar suas poderosas linhas iniciais. Nelas o autor se identifica como filho de Davi e rei de Jerusalém (Ecl 1:1). O autor, em outras palavras, diz ser ninguém menos que Salomão — conhecido em outras tradições como o "homem mais sábio da Terra". Os estudiosos, porém, têm uma razoável certeza de que quem quer que tenha escrito o livro, não poderia ser Salomão. Para ficar apenas no nível lingüístico, o hebraico do livro foi influenciado por formas posteriores da linguagem aramaica, e contém duas palavras emprestadas ao persa, o que só é plausível depois que os pensadores de Israel tinham sido influenciados pelos pensadores da Pérsia (isto é, depois do exílio babilônico). Normalmente o livro é datado de por volta do século III a.C. (cerca de setecentos anos depois de Salomão). Seja como for, sua declaração de abertura praticamente diz tudo:

> Palavras de Coélet, filho de Davi, rei em Jerusalém.
> Vaidade das vaidades — diz Coélet —
> vaidade das vaidades, tudo é vaidade.
> Que proveito tira o homem de todo o trabalho
> com que se afadiga debaixo do sol?
> Uma geração vai, uma geração vem,
> e a terra sempre permanece.
> O sol se levanta, o sol se deita,
> apressando-se a voltar a seu lugar
> e é lá que ele se levanta.
> O vento sopra em direção ao sul,
> gira para o norte, e girando e girando
> vai o vento em suas voltas. (...)
> Todas as palavras estão gastas
> e ninguém pode mais falar.
> O olho não se sacia de ver,
> nem o ouvido se farta de ouvir.
> O que foi será,
> o que se fez, se tornará a fazer:
> nada há de novo debaixo do sol!
> Mesmo que alguém afirmasse de algo:

"Olha, isto é novo!", eis que já sucedeu
em outros tempos muito antes de nós.
Ninguém se lembra dos antepassados,
e também aqueles que lhes sucedem
não serão lembrados por seus pósteros. (Ecl 1:1-6, 8-11)

A palavra-chave aqui é vaidade. Toda a vida é vaidade. Ela passa rapidamente, e se acaba. A palavra hebraica é *hevel*, que também pode ser traduzida como "vazio", "absurdo", "inutilidade". *Hevel* literalmente se refere a um vapor que se desfaz, assim a idéia básica é algo como "fugaz", "efêmero". A palavra aparece cerca de trinta vezes nesse livro relativamente curto. Para seu autor, tudo no mundo é efêmero e destinado a logo acabar — até mesmo nós. Dar valor e importância em demasia às coisas deste mundo é inútil, vão: todas as coisas são fugazes, efêmeras.

Disfarçado de Salomão, este autor diz que tentou de tudo para dar sentido à vida. Buscou uma grande sabedoria, entregou-se ao prazer, envolveu-se em grandes projetos construtivos, acumulou uma enormidade de bens (Ecl 1:16-2:23), mas depois refletiu sobre o significado de tudo: "Então examinei todas as obras de minhas mãos e o trabalho que me custou para realizá-las, e eis que tudo era vaidade e aflição de espírito, e nada havia de proveitoso debaixo do sol" (Ecl 2:11). Apesar de ser rico, sábio e famoso, ele "detesta a vida" (Ecl 2:17) e seu coração "ficou desenganado" (Ecl 2:20). No final, ele chega à sua conclusão: "Eis que a felicidade do homem é comer e beber, desfrutando do produto do seu trabalho" (Ecl 2:24). Não que o professor (Coélet) tenha desistido de Deus ou da vida; ao contrário, ele achava que desfrutar das coisas simples da vida (sua comida e sua bebida, seu trabalho, seu cônjuge) vem "da mão de Deus" (Ecl 2:24). Mas mesmo essas coisas são fugazes e efêmeras: "vaidade e aflição de espírito" (Ecl 2:26).

Eis um autor bíblico com o qual eu posso me relacionar. Olhe ao redor e pense em tudo por qual trabalhou tanto, tudo que você espera realizar na vida. Suponhamos que você busca a riqueza e se torne fabulosamente rico. No final, você morre, e outra pessoa herda sua riqueza (Ecl 6:1-2). Suponhamos que você queira deixar sua riqueza para seus filhos. Bem, tudo certo. Mas também eles irão morrer, assim como os filhos deles, e os filhos seguintes. Qual o sentido de dedicar sua vida a algo que você não pode manter? Ou suponhamos que você decide dedicar a vida a objetivos intelectuais. Você acabará morrendo, seu cérebro vai parar de funcionar e então onde estará sua sabedoria? Ou suponhamos que só o que você quer da vida é um enorme prazer. Também isso é completamente fugaz — você nunca consegue ter o suficiente. E então seu corpo envelhece, devastado pela dor, e acaba deixando de existir. Então, qual é realmente o sentido?

Para este autor, a sabedoria "tradicional" é inerentemente falha — outro motivo pelo qual eu gosto tanto dele. Simplesmente não é verdade que os justos são recompensados na vida e os ímpios perecem: "Já vi de tudo em minha vida de vaidade: o justo perecer na sua justiça e o ímpio sobreviver em sua impiedade" (Ecl 7:16); "há justos que são tratados conforme a conduta dos ímpios e há ímpios que são tratados conforme a conduta dos justos. Digo que também isso é vaidade" (Ecl 8:14). A razão pela qual tudo é *hevel* é que todos morrem, e esse é o final da história: "Tudo é o mesmo para todos: uma sorte única, para o justo e para o ímpio, para o bom e o mau, o puro e o impuro, para quem se sacrifica como ao que não se sacrifica, para o bom e o pecador; (...) o mesmo destino cabe a todos" (Ecl 9:2-3). Mesmo nesta vida, antes da morte, recompensas e punições não são dadas segundo o mérito; tudo depende do acaso.

> Observei outra coisa debaixo do sol: a corrida não depende dos mais ligeiros, nem a batalha dos heróis, o pão não depende dos sábios, nem a riqueza dos inteligentes, nem o favor das pessoas cultas, pois oportunidade e ocasião dão a eles todos. Com efeito, o homem não conhece o seu tempo. Como peixes presos na rede traiçoeira, como pássaros presos na armadilha, assim também os filhos dos homens se enredam no tempo da desgraça, quando ela cai de surpresa sobre eles. (Ecl 9:11-12)

Para este autor, não há uma boa vida após a morte para aqueles que foram bons, sábios, fiéis e justos, ou punição para aqueles que morrem em seus pecados. Não há recompensas ou punições depois da morte — a vida é só o que há, e portanto deve ser acalentada enquanto a temos. Na frase memorável do professor, "um cão vivo vale mais do que um leão morto" (Ecl 9:4). E ele explica por quê: "Os vivos sabem ao menos que morrerão; os mortos, porém, não sabem nada. Não há para eles retribuição, uma vez que sua lembrança é esquecida. Seu amor, ódio e ciúme já pereceram, e eles nunca mais participarão de tudo o que se faz debaixo do sol" (Ecl 9:5-6).

Você pode pensar que toda essa reflexão sobre o caráter transitório da vida levaria à total depressão e ao suicídio. Mas não para esse autor. É verdade que ele é pessimista e diz que se "desespera" para tentar encontrar um significado mais profundo, derradeiro, mas o suicídio não pode ser a resposta, pois isso dá um fim à única coisa boa que temos: a própria vida. Ademais, seu refrão repetido por todo o livro é que, dada a impossibilidade final de compreender este mundo e ter uma noção do que acontece, a melhor coisa que podemos fazer é desfrutar a vida enquanto a temos. Em sete oportunidades no livro ele diz aos leitores que eles devem "comer, beber e ser felizes". Então diz:

> Eis o que observo: o que melhor convém ao homem é comer e beber, encontrando a felicidade em todo trabalho que faz debaixo do sol, durante os dias da vida que Deus lhe concede. Pois esta é a sua porção. (Ecl 5:17)

> E eu exalto a alegria, pois não existe felicidade para o homem debaixo do sol, a não ser o comer, o beber e o alegrar-se; é isso que o acompanha no seu trabalho nos dias da vida que Deus lhe dá debaixo do sol. (Ecl 8:15)

Isso me impressiona como sendo o melhor conselho encontrado em qualquer texto antigo. Embora haja pessoas (muitas pessoas!) que alegam saber o que acontece a nós quando morremos, a verdade é que nenhum de nós sabe e nunca "saberá" até ser tarde demais para nosso conhecimento ter alguma utilidade para nós. Minha suspeita é a de que o professor estava certo, que não há vida após a morte, que esta vida é só o que há. Isso, porém, não nos deve desesperar. Deve nos levar a desfrutar da vida ao máximo, pelo maior tempo que pudermos e de todas as formas possíveis, apreciando especialmente os momentos preciosos da vida que podem nos dar prazer inocente: relacionamentos íntimos, famílias amorosas, boas amizades, boa comida e boa bebida, mergulharmos no trabalho e na diversão, fazendo o que gostamos.

Mas com esta visão de mundo — e quanto ao sofrimento? Para o professor, a dor, assim como o prazer, também é efêmera. Ele não lida com os tipos de dor e infelicidade intensos encontrados, digamos, no livro de Jó. Sua preocupação é mais com a dor da própria existência, as crises existenciais que todos enfrentamos simplesmente por sermos humanos. Porém, não é difícil reconhecer como ele lidaria com o sofrimento *in extremis* caso se deparasse com ele. Ele também é *hevel.* Na verdade, devemos nos esforçar para superar o sofrimento — em nós mesmos e nos outros. A libertação da dor é um objetivo principal para aqueles de nós que vivem essas nossas vidas efêmeras. Mas a vida é mais que apenas evitar o sofrimento. É também desfrutar o que chega a nós em nossa curta estadia na terra.

Em certos sentidos, o professor parece ter tido uma visão do sofrimento semelhante à encontrada nos diálogos poéticos de Jó — mas decididamente *não* como a visão da história popular na abertura e no encerramento do livro. O autor do Eclesiastes é explicito em dizer que Deus não recompensa o justo com riqueza e prosperidade. Então, por que há sofrimento? Ele não sabe. E ele era o "homem mais sábio" que já viveu! Deveríamos aprender algo com isso. Apesar de todas as nossas tentativas, o sofrimento às vezes desafia a explicação.

É como os diálogos poéticos de Jó, em que Deus se recusa a explicar a Jó por que foi submetido a tanta dor. É diferente de Jó no sentido em que para o Eclesiastes, Deus, para começar, não é o responsável pela dor. Para Jó, Deus inflige dor e sofrimento, mas se recusa a dizer por quê. Como eu destaquei, considero absolutamente insatisfatória e quase repugnante a visão de que Deus pode bater, ferir, machucar, torturar e assassinar pessoas e então, em vez de se explicar, esmagar os inocentes sofredores com sua presença todo-poderosa e fazê-los calar. Considero a visão do professor muito mais interessante. No final, também aqui não há resposta divina para por que sofremos. Mas o sofrimento não vem do Todo-poderoso. É simplesmente algo que acontece na terra, provocado por circunstâncias que não podemos controlar e por razões que não podemos compreender. E então, o que fazemos quanto a isso? Evitamos o sofrimento, tentamos aliviar nos outros sempre que possível, e seguimos com a vida, desfrutando de nosso tempo na Terra o máximo que pudermos, até chegar o momento de nosso fim.

# Deus tem a última palavra: o apocaliptismo judaico-cristão

Quando digo às pessoas que estou escrevendo um livro sobre o sofrimento, costumo encontrar uma de duas reações. Algumas pessoas imediatamente se sentem compelidas a me dar "a" explicação para a existência de dor e infelicidade no mundo: quase sempre a explicação é que precisamos ter livre-arbítrio; do contrário seríamos como robôs ocupando o perfeito planeta Terra; e como há livre-arbítrio, há sofrimento. Quando eu respondo sugerindo que o livre-arbítrio não pode resolver todos os problemas de sofrimento — furacões em Nova Orleans, tsunamis na Indonésia, terremotos no Paquistão, e assim por diante —, meu interlocutor ganha um olhar confuso e fica em silêncio ou decide mudar de assunto.

Porém, a outra reação é mais comum. Algumas pessoas, quando ouvem que estou escrevendo sobre o sofrimento, querem falar sobre outra coisa.

Eu costumava achar que tinha o método perfeito para interromper conversas em coquetéis. Era só mencionar o que fazia para ganhar a vida. Alguém se aproxima de mim, *chardonnay* na mão, trocamos amenidades e ele me pergunta o que faço. Eu digo que leciono na universidade. "Ah, o que você leciona?" "Novo Testamento e primórdios do cristianismo." Longa pausa, e então: "Ah, deve ser interessante." E ele então parte, sem ter a menor idéia de como continuar a conversa. Agora que estou escrevendo este livro, tenho um enigma ainda melhor. "No que você está trabalhando atualmente?" "Estou escrevendo um livro sobre o sofrimento." Pausa. "Ah." Pausa maior. "E o que fará depois?" E assim vai.

A verdade é que a maioria das pessoas não quer falar sobre sofrimento — a não ser para dar a você uma resposta que explica toda a dor, o sofrimento e a angústia no mundo em 15 segundos ou menos. Isso, claro, é absolutamente humano e natural. Não queremos nos ocupar da dor, mas de sua ausência — ou, ainda melhor, do seu oposto, o prazer! E é muito fácil para nós, em confortáveis circunstâncias americanas, permanecer bem afastados da dor do mundo. Não temos de lidar muito com a morte: a funerária faz todos os preparativos. Não temos sequer de enfrentar a morte dos animais que comemos — os céus proíbem que tenhamos de ver o açougueiro cortar a carne, quanto mais assistir à pobre besta ser morta, como nossos avós faziam.

Somos adeptos particularmente de manter à distância o sofrimento do mundo — especialmente o sofrimento que não chega às manchetes. Mas em algumas regiões do mundo ele está lá, todos os dias, no centro do palco, impossível de ignorar. A maioria de nós não tinha pensado muito em malária até outubro de 2005, quando a Fundação Bill e Melinda Gates anunciou que estava concedendo três bolsas, com valor total superior a 250 milhões de dólares, para ajudar a descobrir e desenvolver uma vacina eficaz e para conceber formas de controlar a disseminação da doença, transmitida quase que exclusivamente por picadas de mosquitos. Então alguns de nós perceberam.

A malária é uma doença horrível, com efeitos devastadores e disseminados, e teoricamente pode ser prevenida. O grau de infelicidade que ela produz é de tirar o fôlego. O Instituto Nacional de Alergia e Doenças Infecciosas dos Estados Unidos estima que entre 400 e 900 milhões de crianças, quase todas elas na África subsaariana, contraem um caso agudo de malária todos os anos. Em média, 2,7 milhões de pessoas morrem da doença todos os anos. São mais de 7 mil por dia, trezentas pessoas por hora, cinco a cada minuto. De malária! Algo a que a maioria de nós nunca deu um segundo de atenção. Quase todos os mortos são crianças. De algum modo — aparentemente — não nos parece significativo que todas essas crianças africanas estejam morrendo. Mas como seria se cinco crianças morressem de uma epidemia em nossa própria cidade a cada minuto, todos os dias, ano após ano? Então eu imagino que estaríamos mais motivados a fazer algo a respeito.

Talvez o problema acabe sendo resolvido com o financiamento generoso de grupos como a Fundação Gates. (Quantos de *nós* podem entrar com 250 milhões de dólares para lidar com um problema? Por outro lado, se 1 milhão de nós entrar com 250 dólares cada, o efeito seria o mesmo.) Mas a infelicidade e o sofrimento do mundo às vezes parecem como a hidra de muitas cabeças com a qual Hércules teve de lidar: sempre que ele cortava uma cabeça, duas outras nasciam no seu lugar. Sempre que um problema é resolvido, descobrimos que há mais dois, igualmente graves. Resolva a malária, e então você terá o problema da Aids. Resolva a Aids, e então terá o problema da água potável. E assim por diante.

Água potável, aliás, é um enorme problema. Mais uma vez, a maioria de nós não pensa muito nela. Nossas escolhas são da torneira ou engarrafada. Alguns de nós superaram em muito a idéia de beber algo da bica, muito obrigado, e recebemos nossa água engarrafada todas as semanas. Uma boa parte do mundo daria um braço direito só pela água da bica limpa que rejeitamos; na verdade, milhões de pessoas estão dando suas vidas por não terem isso.

Segundo uma organização conhecida como Global Water, fundada em 1982 pelo ex-embaixador dos Estados Unidos John McDonald e pelo dr. Peter Bourne, ex-secretário assistente das Nações Unidas, há no mundo mais de 1 bilhão de homens, mulheres e crianças (algo como um em cada cinco seres humanos vivos) que não têm água potável para beber. A situação que essas pessoas enfrentam é terrível. Para começar, muitas delas são subnutridas, e a água contaminada que bebem é infestada de parasitas que continuam a se multiplicar nos seus corpos enfraquecidos, tirando delas os nutrientes e a energia de que necessitam para manter a saúde. A Global Water diz que 80% das doenças infantis fatais em todo o mundo são causadas não por falta de alimentos e remédios, mas pelo consumo de água contaminada. Algo como 40 mil homens, mulheres e crianças morrem *todos os dias* de doenças diretamente relacionadas à falta de água potável. Vamos dividir novamente: mais de 25 por minuto. Todos os minutos.

Certamente há um modo de resolver esses problemas. Se eu posso beber água mineral entregue na minha porta toda semana, um belo vinho francês, cerveja especial e Coca diet, certamente outra pessoa vivendo em outro lugar deveria poder beber água sem parasitas. Admito que eu mesmo não gosto muito de pensar nisso. Quando ligo a TV à noite no campeonato de basquete e tomo uma ou duas Pale Ale, provavelmente não fico refletindo no fato de que durante o tempo de jogo 3 mil pessoas em todo o mundo irão morrer porque só têm água contaminada para beber. Mas talvez devesse pensar nisso. E talvez devesse tentar fazer alguma coisa a respeito.

O objetivo deste livro realmente não é explicar o que deveríamos estar fazendo. Há outros autores muito mais qualificados que eu para falar sobre como chegar a uma solução. Este livro é concebido para nos ajudar a pensar não em uma solução, mas no problema. E o problema que estou abordando é a questão do porquê. Por que — no nível profundo e reflexivo — há tanta dor e sofrimento no mundo? Não estou fazendo a pergunta científica de por que mosquitos e parasitas atacam o corpo humano e o deixam doente, mas a questão teológica e religiosa de como podemos explicar o sofrimento no mundo se a Bíblia está certa e um Deus bom e amoroso está no comando.

Como vimos, diferentes autores bíblicos têm diferentes explicações para toda dor e todo sofrimento: alguns acham que a dor e o sofrimento algumas vezes vêm de Deus como punição pelo pecado (os profetas); outros pensam que a infelicidade é criada pelos seres humanos para agredir e oprimir outros (novamente os profetas); uns crêem que Deus produz sofrimento para atingir seu objetivo redentor (a história de José, a história de Jesus); outros vêem a dor e a infelicidade como um teste de Deus para verificar se seu povo permanecerá fiel a ele mesmo quando não vale a pena (a história popular sobre Jó); e há os que dizem que simplesmente não temos como saber por que há tanto sofrimento no mundo — seja porque Deus Todo-poderoso escolhe não revelar esse tipo de informação a peões como nós (a poesia de Jó) ou porque é uma informação fora do alcance de meros mortais (Eclesiastes). Quando penso em malária, em parasitas ingeridos na água contaminada ou em outras formas de infelicidade, dor e morte, pessoalmente me sinto muito mais próximo do Eclesiastes que de qualquer das outras opções que estudamos até agora. Pensar que Deus está punindo a população subsaariana por seus pecados me choca como sendo algo grotesco e maldoso. Eles certamente não estão sofrendo de malária porque outros seres humanos os estão oprimindo (diretamente), e eu não vejo nada redentor em suas mortes, ou qualquer indício de que Deus esteja apenas os testando para ver se eles o louvarão no suspiro final, tomados de dor. Talvez esteja simplesmente além de nossa capacidade de compreensão.

Mas os autores bíblicos ainda apresentaram outras soluções, e também devemos pensar nelas. Provavelmente aquela que tem maior significado histórico para o desenvolvimento da religião cristã — e em dado momento também para o judaísmo — é a visão encontrada no último dos livros da Bíblia hebraica a ser escrito, assim como em muitos dos livros do Novo Testamento. É uma visão que hoje os estudiosos chamam de *apocaliptismo*. Mais adiante irei explicar seu nome e sua visão geral básica. Preciso, primeiramente, porém, mostrar de onde vem a perspectiva apocalíptica. Ela surgiu entre pensadores judeus que tinham ficado insatisfeitos com a resposta tradicional para por que há sofrimento no mundo, a resposta dos profetas de que o sofrimento se abate sobre o povo de Deus porque ele pecou. Os apocaliptistas se deram conta de que o sofrimento se abate de forma ainda mais evidente sobre o povo de Deus que tentou fazer a vontade de Deus. E eles tinham de encontrar uma explicação para isso.

## A base do pensamento apocalíptico

Como vimos, a teologia dos profetas hebraicos estava em última instância alicerçada na crença de que no passado distante Deus tinha interferido em assuntos terrenos em prol de seu povo Israel. As tradições das intervenções de Deus estão no cerne do Pentateuco e da história deuteronômica. Deus criou este mundo, fez os seres humanos, deu a eles as primeiras ordens e os puniu quando desobedeceram. Deus destruiu o mundo em um dilúvio quando a humanidade se tornou iníqua demais. Deus acabou convocando um homem, Abraão, para se tornar o pai de uma grande nação que iria ser seu povo e ele, seu Deus. Deus interagiu com os patriarcas judeus — Abraão, Isaque, Jacó, os 12 filhos de Jacó — para garantir que suas promessas seriam cumpridas. Ele os guiou ao Egito em uma época de fome e quatrocentos anos depois os resgatou do Egito, onde tinham se tornado escravos. Foi especialmente por intermédio de Moisés que Deus foi visto em ação fazendo grandiosas maravilhas para seu povo, mandando pragas sobre os opressores egípcios, o que por sua vez levou ao êxodo, à travessia do mar Vermelho (ou mar de juncos), à destruição dos exércitos egípcios, à entrega da Lei a Moisés e ao presente da terra prometida aos filhos de Israel.

As freqüentes e benéficas intervenções de Deus em prol de seu povo no passado criaram um problema teológico para os pensadores israelitas nos anos seguintes. Por um lado, a tradição de intervenções deu a base para a reflexão teológica sobre a natureza de Deus e seu relacionamento com seu povo: ele iria protegê-lo e defendê-lo quando estivesse em perigo. Por outro lado, a realidade histórica parecia contradizer essas conclusões teológicas. Porque a nação sofria enormemente de tempos em tempos. Ela experimentou seca, fome e pestes; as colheitas às vezes fracassavam; havia levantes políticos e, o que era mais visível, houve enormes reveses militares, especialmente quando o reino do norte foi destruído pelos assírios em 722 a.C. e o reino do sul, pelos babilônios, em 586 a.C.

Os profetas, evidentemente, tinham uma resposta pronta à mão: o povo estava sofrendo *não* porque Deus era impotente para fazer algo pelos seus escolhidos, mas exatamente porque Deus era todo-poderoso. Era o próprio Deus que estava lançando aquele sofrimento sobre seu povo, porque tinha desobedecido a ele. Caso se emendassem, também voltariam a estar nas suas graças; o sofrimento então acabaria e o povo voltaria a desfrutar de paz e prosperidade. Assim ensinaram os profetas, fossem Amós, Oséias e Isaías no século VIII, Jeremias e Ezequiel no século VI, ou qualquer profeta em qualquer tempo. Essa era a visão profética.

Mas o que acontece quando a visão profética passa a ser desmentida pelos acontecimentos da história? O que acontece quando o povo de Israel faz exatamente o que os profetas o conclamam a fazer — voltar para Deus, parar de venerar ídolos e seguir outros deuses, comprometer-se a seguir as leis de Deus dadas a Moisés, arrepender-se por suas iniqüidades e voltar a fazer o que é certo? A lógica da solução profética para o problema do sofrimento sugeriria que então as coisas teriam uma reviravolta e a vida voltaria a ser boa.

O problema histórico foi que houve épocas em que o povo retornou a Deus e isso não fez diferença alguma em sua vida de sofrimento. Na verdade, houve épocas em que foi *porque* eles voltaram a percorrer a trilha de Deus que sofreram, quando potências estrangeiras os oprimiram exatamente porque insistiam em seguir as leis que Deus tinha dado a Moisés para seu povo. Como, então, explicar o sofrimento? As pessoas não podiam estar sofrendo por seus pecados — elas tinham passado a sofrer por serem justas. A resposta profética não conseguia lidar com o problema. A resposta apocalíptica surgiu para lidar com ela.

A esta altura eu devo abordar uma objeção potencial ao meu resumo do que aconteceu quando Israel se arrependeu de seus pecados e retornou a Deus. Muitos leitores — especialmente aqueles com um histórico cristão protestante — sem dúvida farão objeções à minha afirmação de que os judeus começaram a sofrer exatamente porque começaram a levar vidas justas. Do ponto de vista de alguns cristãos, os judeus nunca poderiam levar vidas justas porque na verdade nunca poderiam fazer tudo que Deus tinha ordenado a eles na Lei. E como nunca poderiam obedecer à Lei de Deus, estavam condenados a sofrer. Algumas vezes, quando cristãos apresentam esse ponto de vista, é puro anti-semitismo: dizer que especificamente os judeus são "pessoas teimosas e pecadoras". Mas com maior freqüência esse ponto de vista é baseado na idéia cristã de que nenhum povo, não importa o quanto tente, pode fazer tudo o que Deus espera dele. Segundo essa visão, dizer que o justo sofre é um tanto absurdo: ninguém é justo, então como pode o justo sofrer?

Quero deixar claro que esta é uma visão cristã que não era partilhada pelos autores mais antigos — especialmente a enorme maioria dos antigos autores judeus. O livro de Jó, por exemplo, é bastante explícito ao retratar Jó como justo perante Deus e que sofreu *embora* fosse inocente. Todo o objetivo do livro seria frustrado se Jó tivesse merecido o que recebeu, e o livro tenta (de pelo menos duas formas diferentes) explicar por que, então, ele sofreu.

O mesmo vale também para os antigos apocaliptistas judeus. Eles também reconheceram a realidade histórica de que o povo judeu algumas vezes se comportava corretamente, mas ainda assim sofria. Esses pensadores, porém, não assumiam o ponto de vista de Jó, de que tudo não passava de um teste, ou de que não era algo que pudesse ser explicado a reles mortais pelo Deus Todo-poderoso. Esses pensadores acreditavam que Deus de fato tinha explicado a questão a eles. E por isso os estudiosos hoje os chamam de apocaliptistas. A palavra tem origem em um termo grego, *apocalypsis*, que significa "revelar" ou "desvelar". Os apocaliptistas judeus acreditavam que Deus tinha revelado ou desvelado a eles os segredos celestiais que podiam dar sentido às realidades terrenas. Acreditavam principalmente que Deus tinha mostrado a eles por que seu povo justo estava sofrendo na terra. Não era porque Deus o estivesse punindo. Exatamente o contrário, era porque os inimigos de Deus o estavam punindo. Eram inimigos cósmicos. Eles obviamente não estavam fazendo o povo sofrer por violar a lei de Deus. Mas o contrário: como inimigos de Deus, eles faziam o povo sofrer por *seguir* as leis de Deus.

Para os apocaliptistas, forças cósmicas do mal estavam soltas no mundo, e essas forças más estavam unidas contra o povo justo de Deus, lançando dor e infelicidade sobre suas cabeças, fazendo-os sofrer porque tinham se alinhado a Deus. Mas esse estado de coisas não duraria para sempre. De fato, os apocaliptistas judeus pensavam que não duraria muito. Deus logo interferiria neste mundo e derrubaria as forças do mal; destruiria os reinos ímpios deste mundo e estabeleceria seu próprio reino, o Reino de Deus, aquele onde Deus e seus mandamentos reinariam supremos, onde não haveria mais dor, infelicidade ou sofrimento. E quando esse reino chegaria? Nas palavras do mais famoso de todos os apocaliptistas judeus:

"Em verdade vos digo que estão aqui presentes alguns dos que não provarão a morte até que vejam o Reino de Deus, chegando com poder" (Marcos 9:1). Ou como ele diz depois — para aqueles que estavam de pé à frente dele: "Em verdade vos digo que esta *geração* não passará enquanto não tiver acontecido tudo isto" (Marcos 13:30). Essas são as palavras de Jesus. Como outros apocaliptistas de sua época, Jesus acreditava que as forças do mal estavam produzindo sofrimento para o povo de Deus, mas que Deus estava prestes a fazer algo quanto a isso — logo em sua própria geração.

Antes de discutirmos as visões do próprio Jesus, como apresentadas em nossos mais antigos Evangelhos, é importante entender mais especificamente de onde vieram as visões apocalípticas, historicamente, e apresentar os principais traços do pensamento apocalíptico judaico como uma espécie de "teodicéia" antiga, uma explicação de como pode haver sofrimento no mundo se um Deus bom e poderoso se encarrega dele.[1]

## As origens do pensamento apocalíptico

Na época de Jesus, o pensamento apocalíptico judaico tinha se tornado um ponto de vista disseminado e de grande influência entre os judeus, especialmente aqueles que viviam na Palestina. Podemos traçar suas raízes até um período entre 150 e 170 anos antes do nascimento de Jesus, durante os acontecimentos que passaram para a história como a Revolta dos Macabeus. Foi um período de intensa perseguição dos judeus da Palestina por seu governante não-judeu, o monarca da Síria (que na época controlava a terra prometida). Para dar uma idéia dessa perseguição — e da reação judaica a ela no desenvolvimento de uma visão de mundo apocalíptica —, precisamos de um pouco de história.[2]

Como vimos, o pequeno Israel estava constantemente no centro de lutas internacionais pelo controle do Mediterrâneo oriental. O país foi tomado e seus exércitos, derrotados por uma superpotência após a outra: os assírios (722 a.C.), os babilônios (586 a.C.), os persas (539 a.C.) e os gregos. Os exércitos gregos eram comandados por Alexandre, o Grande (356-323 a.C.), que conquistou o império persa e ajudou a espalhar a cultura grega por boa parte da região a leste do Mediterrâneo. Quando Alexandre morreu precocemente, em 323 a.C., seu grande império, que se estendia da Grécia para o Oriente, até o rio Indo, foi dividido entre seus generais. A Palestina — antigo nome da faixa de terra que hoje pensamos como sendo Israel — foi governada pelos egípcios até ser tomada pelos sírios em 198 a.C.

E difícil saber como a maioria dos judeus se sentia quanto ao domínio estrangeiro durante todo esse tempo: por mais de meio milênio a "terra prometida" não foi controlada pelo povo escolhido, mas por estrangeiros. Sem dúvida muitos judeus se ressentiam disso, mas temos poucos textos de época, portanto é difícil saber. O que é muito evidente é que a situação se tornou progressivamente pior sob o domínio sírio, especialmente quando o monarca Antíoco IV, também conhecido como Antíoco Epífanes, ascendeu ao trono. Antíoco não era um governante condescendente para com as terras que controlava. Ele pretendia estender seu reino o máximo possível — tomou boa parte do Egito durante seu reinado — e levar alguma hegemonia cultural às terras que conquistou. Estava especialmente interessado em impor a cultura grega — a forma de cultura considerada mais avançada e civilizada — aos povos sob seu controle. Isso, claro, produziu enormes conflitos para os judeus que viviam na Palestina e estavam tentando obedecer à lei de Moisés, que entrava em grande contradição com as determinações da cultura grega. Os homens judeus, por exemplo, eram circuncidados, algo que a maioria dos gregos considerava bizarro, quando não absolutamente hilariante; havia restrições alimentares, o sábado e certos dias especiais eram respeitados. E, acima de tudo, apenas o Deus de Israel era venerado — não os deuses estrangeiros encontrados nos cultos gregos espalhados ao redor do Mediterrâneo.

Antíoco, porém, queria mudar tudo isso em seu esforço de tornar todas as terras sob seu controle coerentes em termos de religião e cultura. O relato de sua relação com Israel foi registrado para nós em um texto judaico conhecido como 1 Macabeus, que é uma descrição detalhada do violento levante iniciado entre os judeus da Palestina em 167 a.C. contra as políticas de Antíoco. O livro leva o nome de uma família judia responsável pelo início da revolta — os Macabeus, com base no apelido de um dos principais homens, Judas Macabeu (isto é, Judas, o "martelador", presumivelmente por ser um cara durão); a família também é conhecida como os Hasmoneus, com base no nome de um antepassado distante. Para nossos objetivos, o que importa não é tanto a seqüência de acontecimentos que acabou levando a uma vitória judaica e ao estabelecimento de um Estado judeu independente na terra prometida após tantos séculos (um Estado que iria durar quase um século até a terra ser conquistada pelos romanos em 63 a.C. sob o comando do general Pompeu); o que mais importa para nós aqui são os acontecimentos que levaram à revolta, a tentativa de Antíoco de livrar Israel de sua religião e sua cultura.

Segundo 1 Macabeus, quando Antíoco IV assumiu o trono em 175 a.C., alguns judeus "renegados" de Israel defenderam intensamente a idéia de converter o povo de Israel aos princípios gregos. Esses homens empurraram a cultura grega para cima de outros judeus; construíram um ginásio grego (uma espécie de centro cultural grego) em Jerusalém e até mesmo se submeteram a operações para "eliminar as marcas da circuncisão", para que pudessem participar de esportes sem que todos vissem o constrangedor sinal da circuncisão (1 Mc 1:11-15). Mas nem todos estavam felizes com a situação. No final, Antíoco acabou se erguendo contra Jerusalém e a atacou, profanando o Templo e retirando dele todos os móveis e utensílios utilizados pelos sacerdotes para fazer sacrifícios a Deus como determinado pela Torá (1 Mc 1:20-23). Como nos conta o autor do relato, Antíoco partiu, depois de ter "derramado muito sangue e proferido palavras de extrema arrogância" (1 Mc 1:24).

Dois anos depois Antíoco atacou a cidade uma segunda vez, queimando parte dela, derrubando casas e levando cativas mulheres e crianças (1 Mc 1:29-31). Então, a fim de produzir unidade cultural em todo o seu reino, enviou a mensagem de que todos deviam renunciar "aos seus costumes particulares" (1 Mc 1:42); especialmente as práticas sacrificiais do Templo Judaico estavam proibidas, o Templo estava profanado, pais judeus estavam proibidos de circuncidar seus filhos e ninguém estava autorizado a seguir as determinações da Lei Mosaica, podendo ser condenado à morte (1 Mc 1:44-50). Começou então uma terrível perseguição: sacrifícios pagãos eram feitos no Templo, altares a deuses pagãos foram construídos por toda Judá, livros da Torá eram confiscados e queimados, qualquer um flagrado com um rolo da Torá era executado. Ainda pior: "Quanto às mulheres que haviam feito circuncidar seus filhos, eles, cumprindo o decreto, as executavam com os mesmos filhinhos pendurados em seus pescoços" (1 Mc 1:59-61).

Como ver sentido nessa situação horrível? Eis um caso de pessoas sofrendo não porque Deus as estava punindo por violar a Lei, mas porque os inimigos de

Deus se opunham a que eles *seguissem* a Lei. A antiga visão profética parecia incapaz de se ajustar às novas circunstâncias. Uma nova visão se desenvolveu, aquela que hoje os estudiosos chamam de apocaliptismo. Essa visão é expressa claramente pela primeira vez em um livro produzido na época do levante macabeu, o último livro da Bíblia hebraica a ser escrito, o livro de Daniel.

## A visão noturna de Daniel

De certo modo um texto complicado, o livro de Daniel contém uma série de histórias sobre o profeta e homem sábio Daniel, que teria vivido no século VI a.C., na época do exílio babilônico e do reino persa. Porém, os estudiosos concordam que o livro na verdade não foi produzido nessa época. Uma boa parte do livro foi escrita em aramaico e em uma forma posterior de hebraico — sugerindo uma data muito posterior. Ainda mais importante, o simbolismo do livro é em grande parte voltado contra Antíoco Epífanes e sua repressão aos judeus. Assim, o livro normalmente é datado de meados do século II a.C.[3]

A primeira parte do livro, capítulos 1 a 6, conta histórias de Daniel, um judeu exilado na Babilônia, e seus três amigos judeus, todos protegidos do mal de forma sobrenatural durante suas escapadas em uma terra estrangeira. A segunda parte do livro registra as visões de Daniel, e é esta parte do livro que tem especial interesse para aqueles preocupados com a ascensão do pensamento apocalíptico no antigo Israel.

Possivelmente a visão mais significativa é a que Daniel fala no capítulo 7. Em sua visão, Daniel vê quatro ventos celestes "agitando o grande mar" (Dn 7:2), e depois quatro feras terríveis se erguendo do mar uma após a outra. "A primeira era semelhante a um leão com asas de águia" (Dn 7:4); ela acaba se tornando humana. A segunda era "semelhante a um urso", com três costelas na boca. A essa é dito: "Levanta-te, devora muita carne!" (Dn 7:5). A terceira fera se parecia com um leopardo, com quatro asas de ave e quatro cabeças. Dizem que "foi lhe dado o poder" (Dn 7:6). Então Daniel vê a quarta fera, que ele descreve como sendo "terrível, espantosa e extremamente forte" (como se as outras não fossem). Essa fera tinha "enormes dentes de ferro, comia, triturava e calcava aos pés o que restava" (Dn 7:7). Ela tinha dez chifres, e então outro chifre surgiu, arrancando três dos primeiros; esse chifre tinha olhos e "uma boca que proferia palavras arrogantes" (Dn 7:8).

A seguir, o autor vê uma cena celestial na qual o Ancião (isto é, Deus) ascende a seu trono espetacular e aterrador, com multidões o adorando. "O tribunal tomou assento e os livros foram abertos" (Dn 7:10). A última fera, com o chifre de fala arrogante, é condenada à morte e queimada com fogo. As outras feras têm seus domínios retirados. E então Daniel vê "vindo sobre as nuvens do céu, um como o Filho do Homem". Este se apresenta ao ancião e recebe o poder sobre a Terra:

> A ele foi outorgado o poder,
> a honra e o reino,
> e todos os povos, nações e línguas o serviram.
> Seu império é império eterno
> que jamais passará,
> e seu reino jamais será destruído. (Dn 7:14)

Assim termina a visão. Como se pode imaginar, Daniel acorda aterrorizado, pensando no significado. Ele aborda um ser angelical, que por acaso estava ali e que interpreta o sonho para ele. A interpretação é curta e doce: "Essas feras enormes, em número de quatro, são quatro reis que se levantarão da terra. Os que receberão o reino são os santos do Altíssimo, e eles conservarão o reino para sempre, de eternidade em eternidade" (Dn 7:17-18). Mas o profeta quer saber especialmente sobre a quarta fera. O intérprete angélico diz que ela representa um quarto reino que "devorará a terra inteira, calcá-la-á aos pés e a esmagará". Essa fera tem dez chifres para representar os dez reis que a irão governar até que o pequeno chifre brote, que "proferirá insultos contra o Altíssimo e porá à prova os santos do Altíssimo: ele tentará mudar os tempos e as leis" (7:25). Em outras palavras, esse pequeno chifre será um governante estrangeiro que tentará acabar com a adoração a Deus, mudar as leis a serem seguidas pelo povo de Deus e persegui-lo até a morte. Se isso soa muito como Antíoco Epífanes, bem, assim é.

Mas o anjo continua, dizendo que o domínio desse "lhe será arrebatado, destruído e reduzido a nada até o fim". E então os santos de Israel herdarão o reino da terra:

> E o reino e o poder
> e as grandezas dos reinos sob todos os céus
> serão entregues aos povos dos santos do Altíssimo.
> Seu reino é um reino eterno,
> e todos os poderes o servirão e lhe prestarão obediência. (Dn 7:27)

Assim termina a explanação do anjo sobre a visão.

## A interpretação da visão

Como devemos compreender esta visão e a explicação do anjo para ela? Há muito tempo os estudiosos reconhecem que Daniel 7 nos dá um dos primeiros exemplos (ou, provavelmente, *o* primeiro exemplo) de um "apocalipse" judaico. O termo *apocalipse* se refere a um tipo de literatura — um gênero literário — que começou a se tornar popular no período dos Macabeus e continuou assim durante séculos, entre os judeus, e posteriormente entre os cristãos. A maioria das pessoas hoje tem consciência de pelo menos um apocalipse — o Apocalipse de João, o último livro do Novo Testamento. Como a visão de Daniel 7, o Apocalipse de João parece muito estranho aos olhos de hoje. Mas não teria parecido tão estranho a seus antigos leitores: era um apocalipse que partilhava com outros textos do mesmo gênero certas convenções literárias bem conhecidas. O gênero só nos soa estranho se não estivermos acostumados a ler antigos apocalipses; mas ainda há muitos deles (fora da Bíblia). Temos apocalipses escritos sob o nome de Adão, Moisés, Elias, Enoque, Baruc, Isaías, Pedro, João, Paulo e outros. Como qualquer tipo de literatura, é possível analisar o apocalipse *como um gênero* (isto é, um *tipo* de literatura) e classificar as várias características de gênero.

Os apocalipses eram obras literárias nas quais um profeta descrevia visões que tivera. Essas visões eram quase sempre expressas em um simbolismo bizarro de difícil interpretação (horrendas feras selvagens e afins). Mas invariavelmente um intérprete angelical está por perto para oferecer algumas chaves explicativas. Alguns apocalipses descrevem uma viagem que aquele que tem a visão faz pelos reinos celestes, nos quais vê em reflexos celestes o que acontece na terra (há um pouco disso no livro do Apocalipse). Em outros casos, ele recebe uma seqüência de acontecimentos que são interpretados como uma espécie de linha do tempo do que acontecerá no futuro (como aqui em Daniel). Como era verdade no caso dos profetas escritores hebraicos, os profetas apocalípticos estão falando para sua própria época — não estão olhando bolas de cristal e fazendo previsões para épocas milhares de anos à frente. Na maioria dos casos (nem todos), os videntes apocalípticos escrevem seus relatos sob pseudônimos — alegando serem algum famoso personagem religioso do passado. Isso dá alguma credibilidade aos seus relatos —, pois a quem mais seriam revelados segredos celestiais a não ser àqueles mais perto de Deus, os grandes homens de Deus do passado? E assim, como dissemos, temos apocalipses supostamente escritos por Moisés, Elias e mesmo Adão; depois temos apocalipses supostamente escritos por Isaías, Pedro e Paulo.

Uma das vantagens de ter uma pessoa famosa do passado escrevendo um apocalipse é que os acontecimentos futuros que ela vê na verdade são da época do verdadeiro autor, já acontecidos. Conseqüentemente, as "previsões" que o autor disfarçado supostamente faz com certeza se realizarão: elas já aconteceram!

Assim, o livro de Daniel nos dá um apocalipse. Ele foi escrito sob pseudônimo na época da Revolta dos Macabeus, quando Antíoco Epífanes estava profanando o santuário, tentando obrigar os judeus a não mais obedecerem à Lei e perseguindo aqueles que se recusavam a cooperar. É uma visão com um simbolismo bizarro, explicada por um anjo, na qual o "futuro" supostamente é previsto por um profeta do século VI; na realidade, porém, a maioria dos acontecimentos "futuros" são acontecimentos *passados* para o verdadeiro autor do século II. O valor desse tipo de previsão ficcional é que quando o autor vai em frente com o que acontecerá a seguir, em sua própria época, não fica a impressão de que ele deixou de falar sobre o que historicamente já aconteceu para antecipar o que vai acontecer a partir de então, no futuro. O leitor lê *tudo* como uma previsão do futuro; e como todo o resto descrito já se tornou realidade (como precisa ter sido, já que o autor sabe o que aconteceu no passado), a previsão do que acontecerá a seguir parece também ter a garantia de que vai acontecer.

Neste caso, o anjo explica que cada uma das feras representa um rei ou reino que vai se erguer na terra e causar grandes danos a seus habitantes. Como o livro é ambientado na época dos babilônios, os estudiosos identificaram a série de quatro reinos como sendo Babilônia, Média, Pérsia e Grécia. A quarta fera terrível tem dez chifres — são os governantes que se sucederam a Alexandre, o Grande.

O último chifre pequeno que "diz palavras arrogantes", tenta mudar as leis sagradas e persegue os santos (ver Dn 7:25) não é outro senão Antíoco Epífanes, que, segundo 1 Macabeus, tinha "proferido palavras de grande arrogância", obrigado os judeus a não mais obedecer à Lei e perseguido até a morte aqueles que desobedeciam a ele.

Quem, então, é este que era "como o Filho do Homem" ao qual o reino eterno é dado? Os cristãos, claro, tradicionalmente consideraram que isso se referia a Jesus, que em seu segundo advento herdará o Reino de Deus e o governará como o futuro messias. Porém, é importante ver não apenas como essa passagem de Daniel passou a ser interpretada posteriormente, mas também como ela foi lida em seu próprio contexto. E aqui temos uma grande ajuda, porque o anjo intérprete dá uma clara indicação de quem o "Filho do Homem" é. Aquele semelhante a um humano é colocado para estabelecer um contraste com as feras selvagens. Eles são animais, aquele é humano. Eles vieram do mar turbulento (o reino do caos); aquele vem dos céus. Se o contraste é entre feras e um semelhante a humano, e se as feras representam cada uma um reino, o que o semelhante a humano representa? Provavelmente um reino. E, de fato, o anjo nos diz quem é "aquele" que recebe o reino eterno: é o "povo dos santos do Altíssimo" (Dn 7:27; também 7:18). Em outras palavras, são os santos de Israel, anteriormente perseguidos e mortos por seus inimigos ferozes, então transformados em governantes da terra.[4]

## O sofrimento na tradição apocalíptica

É interessante comparar a compreensão do sofrimento apresentada na visão de Daniel com as visões dos profetas escritores clássicos como Amós, Oséias e Isaías. Isso pode ser feito levantando-se algumas das questões básicas do sofrimento.

Por que o povo de Deus sofre? Segundo uma passagem como Amós 3-5 (para usar um exemplo clássico), sofrimento horrendo se abate sobre o povo de Deus porque contrariou sua vontade e ele o está punindo. Segundo Daniel 7, o sofrimento se abate sobre o povo de Deus por causa de forças más no mundo (as feras), forças que se opõem a Deus e àqueles que se aliam a ele.

Quem causa o sofrimento? Em Amós, Deus dá o sofrimento. Em Daniel, são as forças que se opõem a ele.

Quem é o culpado pelo sofrimento? Para Amós, o povo é responsável por seu próprio sofrimento: ele pecou e Deus o pune. Para Daniel, são as forças aliadas contra Deus as culpadas: elas estão perseguindo aqueles que cumprem a vontade de Deus.

O que causa o sofrimento? Em Amós, a atividade pecadora do povo de Deus. Em Daniel, o comportamento justo daqueles aliados a Deus.

Como o sofrimento vai terminar? Para Amós, terminará quando o povo de Deus se arrepender e retornar à trilha de Deus. Para Daniel, quando Deus destruir as forças do mal que se opõem a ele no mundo e estabelecer o reino bom para seu povo.

Quando vai terminar? Para Amós, terminará em um futuro não revelado, quando o povo de Deus vir os erros de seus atos e se arrepender. Para Daniel, logo, quando Deus intervir na história para derrotar as forças do mal.

## Os princípios subjacentes ao apocaliptismo

Na época em que o livro de Daniel estava sendo escrito, pensadores e escritores judeus tomaram essas idéias e desenvolveram uma visão de mundo inteiramente nova que podia explicar por que há tanta dor e infelicidade em um mundo supostamente governado pelo Deus que o criou. Além de termos consciência do gênero literário do "apocalipse", precisamos conhecer a visão de mundo que está por trás dele, uma visão de mundo que eu chamei de "apocaliptismo". Pelo bem da clareza, devo enfatizar que, embora os judeus e cristãos que produziram "apocalipses" literários fossem todos apocaliptistas, nem todos os apocaliptistas produziram apocalipses (não mais que todos os marxistas produziram um Manifesto Comunista). Como veremos, dois dos mais famosos apocaliptistas do mundo antigo — Jesus e o apóstolo Paulo — não o fizeram. Mas ainda assim eles estavam firmemente comprometidos com visões apocalípticas. O que podemos dizer sobre essas visões do modo como expressas nos textos apocalípticos tanto na Bíblia quanto fora dela?

Como regra, os apocaliptistas judeus tinham quatro princípios básicos.

(1) *Dualismo*. Os apocaliptistas judeus sustentavam que havia dois componentes fundamentais da realidade em nosso mundo, as forças do bem e as forças

do mal. Controlando as do bem, claro, estava o próprio Deus. Mas Deus tinha um adversário pessoal, um poder maligno que controlava as forças do mal — Satanás, o Demônio. Antes vimos que no livro de Jó Satanás não era o arquiinimigo de Deus, mas um membro de seu conselho divino, que se reportava a Deus com os outros "filhos de Deus". É com os apocaliptistas judeus que Satanás assume um novo caráter e se torna o arquiinimigo de Deus, um poderoso anjo caído expulso do céu e que produz destruição aqui na terra, opondo-se a Deus e a tudo que ele representa. Foram os antigos apocaliptistas judeus que inventaram o Diabo judaico-cristão.

Para os apocaliptistas, tudo no mundo é dividido em dois campos: bem e mal, Deus e o Diabo. Do lado de Deus estão os anjos bons; do lado do Diabo, os demônios iníquos. Deus tem o poder da justeza e da vida; o Diabo tem o poder do pecado e da morte. No sistema apocalíptico, "pecado" não é apenas um ato humano, um ato de desobediência. O pecado de fato é um poder, uma espécie de força demoníaca, que tenta escravizar as pessoas, obrigá-las a fazer algo que é contrário a seus próprios interesses e contrário à vontade de Deus (e, obviamente, tem sucesso). Por que algumas pessoas simplesmente "não conseguem evitar" e fazem o que sabem ser ruim ou errado? Para os apocaliptistas judeus, é porque o poder do pecado as esmagou. Da mesma forma, "morte" não é simplesmente algo que acontece quando nossos corpos deixam de funcionar; é um poder demoníaco no mundo que tenta nos capturar. E quando ele é bem-sucedido, nos aniquila, nos retirando da terra dos vivos e de tudo o que é bom — e da presença de Deus.

O mundo está cheio de forças demoníacas aliadas contra Deus e seu povo; é um palco de um contínuo conflito cósmico. O sofrimento humano é criado durante a batalha, à medida que as forças do mal no mundo abrem caminho para seres humanos relativamente impotentes, que, como conseqüência, sofrem horrivelmente. Por alguma razão desconhecida, Deus entregou o controle deste mundo às forças do mal — por enquanto. Dor, infelicidade, angústia, sofrimento e morte são o resultado.

Esse dualismo cosmológico entre as forças do bem e do mal tem também um componente histórico. Os apocaliptistas concebem a própria história em termos dualistas: há uma separação radical entre esta época e a época por vir. Esta época — por razões desconhecidas e misteriosas — é dada às forças do mal: o Diabo, seus demônios, pecado, sofrimento e morte. Por que há no mundo tantas catástrofes, terremotos, fomes, epidemias, guerras, mortes? Porque os poderes do mal estão no controle. Mas não para sempre. Deus vai intervir no mundo, derrotar as forças do mal e estabelecer um novo reino na terra no qual tudo que se opõe a ele é destruído e seu povo ganha vidas além da dor e do sofrimento.

(2) *Pessimismo*. Os apocaliptistas não acham que conseguiremos ter sucesso em criar nós mesmos esse Reino de Deus. Na verdade, não podemos melhorar nossa sorte nesta era, uma era de mal, infelicidade e angústia. Deus transferiu o controle deste mundo para as forças do mal, e as coisas simplesmente continuarão a piorar cada vez mais, até o fim, quando literalmente será o inferno. Portanto, não devemos pensar que podemos melhorar as coisas aperfeiçoando nossos programas de assistência social, colocando mais professores nas salas de aula ou mais policiais nas ruas; não podemos melhorar as coisas desenvolvendo novas tecnologias para tornar a vida mais fácil, concebendo novos planos para implementar a paz mundial nem dedicando um enorme volume de recursos a combater malária, câncer e Aids. Nós *podemos* fazer essas coisas, claro, mas elas não terão importância. No final, são as forças do mal que controlam este mundo, e elas continuarão a afirmar seu poder e ter ascendência até o próprio Deus intervir.

(3) *Castigo*. Mas intervir ele vai, em um ato de julgamento cataclísmico neste mundo. Deus é aquele que criou este mundo, e ele é que vai redimi-lo. Vai vingar seu santo nome, e o povo que clama seu nome, em uma demonstração de força cósmica. Ele mandará dos céus um salvador — algumas vezes visto como o "messias", algumas vezes chamado de "o Filho do Homem" — que vai conduzir o julgamento da terra e de todos que nela vivem. Aqueles que se alinharam com Deus e os poderes do bem serão recompensados quando esse dia do julgamento chegar; serão levados para o reino eterno, um mundo em que não haverá mais dor, infelicidade ou sofrimento. Mas aqueles que se aliaram ao Diabo e aos poderes do mal serão punidos, enviados para tormento eterno de modo a pagar por sua desobediência a Deus e pelo sofrimento que causaram ao santo povo de Deus.

Ainda mais: esse julgamento afetará não apenas os que por acaso estiverem vivos quando esta era chegar ao fim; afetará a *todos*, vivos e mortos. Os apocaliptistas judeus desenvolveram a idéia de que ao final desta era haverá uma ressurreição dos mortos, quando aqueles que morreram antes serão devolvidos à vida para enfrentar o julgamento, com os justos recebendo recompensa eterna e os ímpios sendo sujeitados a tormento eterno.

Ao longo da maior parte da Bíblia hebraica não há nenhuma sugestão de tal futura ressurreição. Alguns autores (a maioria) pensavam que a morte levava a uma existência vaga entre as sombras no Xeol; outros pareciam acreditar que a morte era o fim da história. Mas não os apocaliptistas. Eles inventaram a idéia de que as pessoas viveriam eternamente, ou no Reino de Deus ou em um reino de tormento. A primeira expressão dessa visão de fato surge no livro de Daniel (capítulo 12). O objetivo dessa cisão é claro: não pense que pode se aliar às forças do mal neste mundo e, conseqüentemente, enriquecer, tornar-se poderoso e famoso (quem mais pode conseguir poder neste mundo a não ser aqueles aliados às forças encarregadas dele?), depois morrer e não pagar pelo que fez. Você não vai se safar. No final dos tempos Deus vai levantá-lo dos mortos e obrigá-lo a enfrentar julgamento. E não há nada que você possa fazer para impedi-lo.

(4) *Iminência.* E quando se dará o final desta era? Quando Deus vingará o seu nome? Para os apocaliptistas, a resposta é clara e fascinante: acontecerá em muito breve. Está logo na esquina. É iminente.

O motivo para afirmar que o fim está quase aqui é óbvio. Os apocaliptistas estavam escrevendo em uma época de terrível sofrimento, e tentavam encorajar seus leitores a resistir, apenas um pouco mais. Não desistam da fé; não abandonem a esperança. Deus logo vai intervir e derrubar as forças do mal, os poderes deste mundo que estão impingindo tal infelicidade e angústia ao povo de Deus, os inimigos cósmicos que estão causando as secas, fomes, epidemias, guerras, ódios e perseguições. Aqueles que são fiéis a Deus só precisam esperar um pouco mais. Quanto tempo vai demorar? "Em verdade vos digo que estão aqui presentes alguns dos que não provarão a morte até que vejam o Reino de Deus, chegando com poder (...). Em verdade vos digo que esta *geração* não passará enquanto não tiver acontecido tudo isto" (Marcos 9:1, 13:30).

Jesus de Nazaré não foi o único a pregar que um bom reino de Deus logo surgiria, que "está próximo". Na essência de sua proclamação, Jesus estava pregando uma mensagem apocalíptica de esperança para aqueles que sofriam neste mundo. Eles não teriam de esperar muito pela intervenção de Deus. Essa era uma mensagem pregada por uma gama de apocaliptistas judeus (e depois cristãos), tanto antes da época de Jesus quanto depois.

## Jesus como apocaliptista

Hoje, a maioria dos cristãos não pensa em Jesus como um apocaliptista judeu. Certamente esse não é o perfil de Jesus ensinado na maioria das escolas dominicais ou apresentado na maioria dos púlpitos. Ainda assim, foi dessa forma que a maioria dos estudiosos críticos em língua inglesa (e língua alemã) compreendeu Jesus por mais de um século, desde a publicação do estudo clássico de Albert Schweitzer, *A busca do Jesus histórico* (que em alemão teve o título mais prosaico de *Von Reimarus zu Wrede*, 1906). Eu não conseguirei aqui apresentar uma discussão aprofundada de todas as evidências que levaram os estudiosos a compreender Jesus desta forma — isso demandaria todo um livro, ou mais.[5] E, na verdade, para o que estou tentando provar não importa muito se o homem histórico Jesus era ele mesmo um apocaliptista. O que estou tentando demonstrar é que a Bíblia contém ensinamentos apocalípticos — e não há sombra de dúvida de que em todas as fontes mais antigas que descrevem a vida de Jesus, os Evangelhos de Mateus, Marcos e Lucas, Jesus é retratado como transmissor de uma mensagem apocalíptica do fim que se aproxima e da necessidade de permanecer fiel a Deus, antecipando o julgamento que em breve acontecerá.

Nos Evangelhos do Novo Testamento essa visão apocalíptica não nasce com Jesus, pois já é proclamada pelo seu antecessor, o profeta João Batista. Segundo uma de nossas fontes mais antigas, João tinha o seguinte a dizer a seus adversários:

> Quem vos ensinou a fugir da ira que está para vir? Produzi, então, frutos dignos de arrependimento. (...) O machado já está posto à raiz das árvores; e toda árvore que não produzir bom fruto será cortada e lançada ao fogo. (Lucas 3:7-9)

Para João, a ira de Deus logo se manifestaria. Em uma imagem vívida ele comparou esta cena de julgamento à derrubada de árvores que — como os pecadores — seriam queimadas com fogo. Quão cedo começaria a derrubada? O machado já está "posto à raiz das árvores". Em outras palavras, está pronto para começar, agora.

Jesus transmite mensagem semelhante ao longo de nossas primeiras fontes. No mais antigo Evangelho preservado, Marcos, as primeiras palavras de Jesus são uma proclamação apocalíptica do reino vindouro: "Cumpriu-se o tempo, e o Reino de Deus está próximo. Arrependei-vos e crede no Evangelho!" (Marcos 1:15). Quando Jesus diz que o tempo "se cumpriu", está usando uma imagem apocalíptica: esta era em que vivemos agora tem algum tempo disponível. Este tempo está quase encerrado; é como uma ampulheta cheia. O Reino de Deus está prestes a chegar, e as pessoas precisam se preparar para ele.

Jesus repetidamente fala sobre este vindouro "Reino de Deus" nos primeiros Evangelhos. Para Jesus, ele não é o destino das almas que deixam o corpo e "vão para o céu". O Reino de Deus é um lugar real, aqui na terra, onde Deus reina supremo sobre seu povo em um Estado utópico. Mas nem todos conseguirão entrar nele:

> Lá haverá choro e ranger de dentes, quando virdes Abraão, Isaque, Jacó e todos os profetas no Reino de Deus, e vós, porém, lançados fora. Eles virão do oriente e do ocidente, do norte e do sul, e tomarão lugar à mesa no Reino de Deus. (Lucas 13:28-29)

Em especial, Jesus ensina que um personagem cósmico, que ele chamou de o Filho do Homem, produzirá esse reino em um ato cósmico de julgamento.[6] Quando Jesus se refere ao Filho do Homem provavelmente está aludindo à passagem de Daniel que vimos anteriormente, na qual "um como o Filho do Homem" chega nas nuvens do céu no momento do julgamento na terra. Jesus também acha que alguém (que ele parece ter considerado um indivíduo), chamado o Filho do Homem, virá das nuvens do céu no julgamento. De fato, este indivíduo vai julgar as pessoas tendo como base se elas prestaram atenção à proclamação de Jesus, feita como ele exigiu, e se se arrependeram.

> De fato, aquele que, nesta geração adúltera e pecadora, se envergonhar de mim e de minhas palavras, também o Filho do Homem se envergonhará dele, quando vier na glória de seu Pai com os santos anjos. (Marcos 8:38)

Essa aparição do Filho do Homem envolverá um julgamento mundial, súbito e comparável à destruição do mundo na época de Noé:

> De fato, como o relâmpago relampeja de um ponto do céu e fulgura até o outro, assim acontecerá com o Filho do Homem em seu dia. (...) Como aconteceu nos dias de Noé, assim também ocorrerá nos dias do Filho do Homem. Comiam, bebiam, casavam e davam-se em casamento até o dia em que Noé entrou na arca; então veio o dilúvio, que os fez perecer a todos. (...) Será desse modo o dia em que o Filho do Homem for revelado. (Lucas 17:24, 26-27, 30)

Esse julgamento não será um momento feliz para os malfeitores da terra, mas os justos serão recompensados:

> Da mesma forma que se junta o joio e se queima no fogo, assim será no fim do mundo: o Filho do Homem enviará seus anjos e eles apanharão do seu reino *todos* os escândalos e os que praticam a iniqüidade e os lançarão na fornalha ardente. Ali haverá choro e ranger de dentes. Então os justos brilharão como o sol no reino de seu Pai. (Mt 13:40-43)

Esse futuro reino será um lugar real, na verdade governado pelos 12 seguidores do próprio Jesus:

> Em verdade eu vos digo, a vós que me seguistes: quando as coisas forem renovadas e o Filho do Homem se assentar no seu trono de glória, vos assentareis, vós também, em 12 tronos para julgar as 12 tribos de Israel. (Mt 19:28)

O reino será habitado pelos "escolhidos" (para Jesus, aqueles que aceitam seu ensinamento), e virá apenas depois que este mundo, que é controlado pelas forças do mal, tiver terminado:

> Naqueles dias, porém, depois daquela tribulação, o céu escurecerá, a Lua não dará sua claridade, as estrelas estarão caindo do céu, e os poderes que estão nos céus serão abalados. E verão o Filho do Homem vindo entre nuvens com grande poder e glória. Então ele enviará os anjos e reunirá seus eleitos, dos quatro ventos, da extremidade da terra à extremidade do céu. (Marcos 13:24-17)

Em nossos primeiros Evangelhos Jesus ensina que quando chegar o dia desse julgamento a sorte mudará inteiramente para aqueles na terra. Os poderosos e exultados serão destruídos; mas os pobres e oprimidos serão recompensados. Há uma lógica apocalíptica nesse raciocínio. Como as pessoas na era atual podem se tornar ricas, poderosas e influentes? Apenas se aliando aos poderes que controlam este mundo; e esses poderes são o mal. Quem está sofrendo neste mundo? Quem são os pobres, os marginalizados e os oprimidos? Aqueles a quem os poderes deste mundo estão atormentando. Na nova era que virá, tudo será invertido. Os poderes hoje no controle serão depostos e destruídos, juntamente com todos aqueles que se aliaram a eles. Por isso "os primeiros serão os últimos e os últimos serão os primeiros" (Marcos 10:31). Essa não foi apenas uma frase esperta com a qual Jesus se saiu um dia para nos dar algo a dizer enquanto estamos tentando não nos aborrecer em uma longa fila na mercearia; era algo em que ele realmente acreditava. Os proeminentes seriam tirados do poder, os oprimidos seriam recompensados. "Todo aquele que se exalta será humilhado, e quem se humilha será exaltado" (Lucas 14:11). Por isso "aquele que no vosso meio for o menor, esse será grande" (Lucas 9:48); e "aquele, portanto, que se tornar pequenino como esta criança, este é o maior no Reino dos Céus" (Mt 18:4).

A relevância destes ensinamentos para a questão do sofrimento deve ser óbvia. Para o Jesus de nossos mais antigos Evangelhos, aqueles que estão sofrendo no mundo presente podem esperar que no mundo por vir serão recompensados e ganharão lugar de destaque. Aqueles que estão causando dor e sofrimento, por outro lado, podem esperar punição. Esse é o ponto das famosas bem-aventuranças, que provavelmente têm sua forma mais antiga não no conhecido Sermão da Montanha de Mateus 5, mas no chamado Sermão da Planície, em Lucas 6. Ali Jesus diz: "Felizes vós, ó pobres, pois de vós é o Reino de Deus." É de pensar o que há de tão bom em ser pobre. A pobreza realmente deve ser festejada, algo com que se alegrar? O dito faz mais sentido em um contexto apocalíptico. Os pobres são "felizes" porque quando chegar o Reino de Deus, serão eles que o herdarão.

A mesma interpretação se aplica a "Felizes vós, que agora tendes fome, porque sereis saciados". Não que seja algo inerentemente bom passar fome. Mas aqueles que não têm o suficiente para comer hoje, fruirão dos frutos do reino quando ele chegar. Comparável àqueles afetados por outros tipos de infelicidades. Todas as coisas serão invertidas no reino vindouro. Por isso devem regozijar "quando vos odiarem, quando os rejeitarem, insultarem e proscreverem vosso nome como infame". Haverá uma reversão na era por vir. Entre outras coisas, isso significa que aqueles que agora estão bem devem se prevenir: quando o reino chegar, enfrentarão horríveis conseqüências pelos atos na vida que produziram tão bons resultados:

> Mas ai de vós ricos,
> porque já tendes a vossa consolação!
> Ai de vós, que agora estais saciados,
> porque tereis fome!
> Ai de vós que agora rides,
> porque conhecereis o luto e as lágrimas!
> Ai de vós, quando todos os bendisserem,
> pois do mesmo modo seus pais tratavam
> os falsos profetas. (Lucas 6:34-36)

E quando, para o Jesus de nossos primeiros Evangelhos, se dará esse tempo em que o Filho do Homem chegará em julgamento e produzirá uma mudança da sorte para todos que vivem na terra? Como vimos, Jesus achava que seria muito em breve, antes que "essa geração passe", antes que seus discípulos "provem a morte". Por isso ele diz repetidamente: "Eis o que vos digo, digo a todos, vigiai!" (Marcos 13:33-37); "Atenção, e vigiai, pois não sabeis quando será o momento". Esse também é o objetivo de muitas de suas parábolas:

> Se aquele servo [cujo senhor deixou a cidade brevemente], porém, disser em seu coração: "O meu senhor tarda a vir", e começar a espancar servos e servas, a comer, a beber e a se embriagar, o senhor daquele servo virá em dia imprevisto e em hora ignorada; ele o partirá ao meio e lhe imporá a sorte dos infiéis. (Lucas 12:45-46)

Ninguém sabe quando o dia virá, diz Jesus: mas será em breve. Por isso todos devem constantemente "Vigiar!".

## A relevância de uma visão apocalíptica

Como avaliar esse ponto de vista apocalíptico, com sua convicção de que este rumo degenerado dos acontecimentos, este mundo infeliz que habitamos, logo será brutalmente interrompido? Vivemos quase 2 mil anos além do momento em que Jesus teria dito essas palavras e, claro, o fim não chegou. Mas durante toda a história sempre houve pessoas que esperaram por ele — em sua própria geração. De fato, quase toda geração de seguidores de Jesus, desde sua época até hoje, teve seus próprios profetas — ainda há muitos em cena hoje — que acreditavam poder prever que o fim, dessa vez, era mesmo iminente.

Uma das oportunidades em que eu vi isso pessoalmente, de forma explícita, foi quando mudei para a Carolina do Norte para assumir um cargo letivo na Universidade da Carolina do Norte, em Chapel Hill. Foi em agosto de 1988, e na época havia um certo frenesi nos meios de comunicação envolvendo o iminente fim do mundo com o reaparecimento de Jesus. Um ex-engenheiro de foguetes da Nasa chamado Edgar Whisenant tinha escrito um livro no qual alegava que Jesus logo retornaria à terra e tiraria seus seguidores do mundo (o chamado arrebatamento), levando à ascensão do Anticristo e à chegada do fim. O título do livro era *Eighty-eight Reasons Why the Rapture Will Occur in 1988*.

Não há razão para relembrar todas as 88 razões de Whisenant aqui, mas posso mencionar uma. No Evangelho de Mateus, Jesus explica a seus discípulos o que acontecerá no final da era, e eles querem saber quando será. Jesus diz: "Aprendei da figueira esta parábola: quando o seu ramo se torna tenro e suas folhas começam a brotar, sabeis que o verão está próximo. Da mesma forma, também vós, quando virdes todas essas coisas, sabereis que ele está próximo, às portas. Em verdade vos digo que esta geração não passará sem que tudo isso aconteça" (Mt 24:32-34).

Mas o que tudo isso significa? Em seu livro, Whisenant destaca que nas Escrituras a "figueira" muitas vezes é uma imagem para a nação Israel. E o que significa a figueira "começar a brotar"? Isso se refere ao que acontece toda primavera; a árvore permaneceu adormecida durante o inverno, como se morta, e então surgem os brotos. Quando isso acontece a Israel? Quando Israel retorna à vida? Quando é devolvido à terra prometida, e mais uma vez, após permanecer tanto tempo adormecido, se torna uma nação soberana. E quando isso aconteceu? Em 1948, quando Israel voltou a ser um país. "Esta geração não passará sem que tudo isso aconteça." Qual a duração de uma geração na Bíblia? Quarenta anos. Então aí está: acrescente quarenta anos ao ano de 1948, e isso nos leva a 1988.

Whisenant estava convencido, com base nessa profecia — e em 87 outras —, que o fim do mundo como o conhecemos ocorreria em setembro de 1988, durante a festa judaica de Rosh Hashanah. Quando outros cristãos crentes na Bíblia chamaram atenção para o fato de que o próprio Jesus tinha dito "ninguém sabe o dia ou a hora" em que o fim chegaria, Whisenant não se abalou. Ele não sabia "o dia ou a hora", alegou; sabia apenas a semana.

Whisenant, evidentemente, foi desmascarado. Jesus não retornou. Em resposta, o autor escreveu um segundo livro, alegando que tinha cometido um erro na primeira vez porque se esquecera de que não havia ano "zero em nosso calendário". Logo, seus cálculos estavam errados em um ano. Jesus retornaria em 1989. O que também não aconteceu.

Whisenant tinha duas coisas em comum com todos os outros muitos milhares de cristãos que ao longo dos séculos acharam que sabiam quando seria o fim. Individualmente, eles basearam seus cálculos em profecias "inquestionáveis" das Escrituras (especialmente do livro do Apocalipse, que estudaremos no próximo capítulo). E todos eles estavam absolutamente errados.

Mas talvez o importante no ensinamento apocalíptico na Bíblia — mesmo pelos lábios de Jesus — não seja o calendário, o momento do fim. Talvez seja outra coisa.

Jesus e os outros apocaliptistas do mundo antigo estavam lidando com os problemas muito reais de dor e sofrimento. Eles não achavam que Deus estava provocando sofrimento — fosse para punir pecadores ou para testar seu povo. Ao mesmo tempo acreditavam que Deus controlava este mundo. Então, por que há sofrimento? Por razões misteriosas, Deus tinha transferido o controle do mundo, temporariamente, para os poderes do mal, que estão provocando devastação aqui, especialmente entre os escolhidos de Deus. Mas no final Deus é soberano. E o mal não é o fim da história. Dor, infelicidade e morte não são as últimas palavras. Deus tem a última palavra. Deus vai se reafirmar e tomar o controle deste mundo das forças que hoje o dominam. E aqueles que agora sofrem serão recompensados, no reino bom que Deus está prestes a dar.

Esta talvez não seja uma visão que as pessoas possam aceitar hoje sem que precisem adotar uma visão de mundo mais arcaica que moderna. Mas apesar de tudo ela não deveria ser ignorada. Como mostrarei no próximo capítulo, a visão apocalíptica predomina no Novo Testamento, e é uma mensagem concebida para dar esperança àqueles que sofrem, impedir que desesperem em meio à agonia e à infelicidade que pertencem a um mundo que parece controlado por forças do mal que se opõem a Deus e seu povo.

# Mais visões apocalípticas: a vitória final de Deus sobre o mal

Após me preparar para escrever este capítulo ontem, eu saí para um seminário escolar sobre os Evangelhos apócrifos — ou seja, os Evangelhos que não integram o Novo Testamento. Estou em um ano sabático de meu cargo na Universidade da Carolina do Norte, mas me pediram que durante uma semana fosse professor residente na vizinha Universidade High Point. Durante o seminário, ontem, uma aluna me perguntou se eu estava escrevendo algo, e respondi que sim, estava escrevendo um livro sobre as respostas bíblicas para a questão de por que há sofrimento. Como eu esperava, ela estava pronta e ansiosa para me dar "a" resposta: "Há sofrimento", disse ela, "porque precisamos ter livre-arbítrio, do contrário seríamos como robôs." Eu fiz minha pergunta-padrão: se o sofrimento diz respeito apenas ao livre-arbítrio, como explicar furacões, tsunamis, terremotos e outras catástrofes naturais? Ela não tinha certeza, mas estava confiante de que tinha alguma relação com o livre-arbítrio.

Como já vimos, a resposta "livre-arbítrio" não é nem de longe tão importante para os autores bíblicos quanto é para as pessoas hoje. Mas há uma série de coisas que não estão na Bíblia (ou não são a principal questão dos autores bíblicos), e as pessoas equivocadamente *pensam* que estão na Bíblia. Eu me lembro de ter crescido pensando, como quase todo mundo, que um dos principais versículos da Bíblia era "Deus ajuda quem ajuda a si mesmo". Mas na verdade, a frase, embora possa ser antiga, não é bíblica. Ela foi popularizada, pelo menos nos Estados Unidos, pela edição de 1736 de *Poor Richard's Almanack*, de Benjamin Franklin. Da mesma forma o argumento do livre-arbítrio — ou talvez devêssemos chamá-lo de argumento do robô. Muito popular hoje, ele não era nem de longe tão ouvido nos tempos bíblicos.

O argumento do livre-arbítrio, claro, pode explicar boa parte do mal do mundo ao redor de nós, do Holocausto à catástrofe de 11 de setembro, do sexismo ao racismo, de crimes de colarinho branco à corrupção governamental. Mas também deixa muita coisa de fora da equação.

A primeira vez que me dei conta disso de forma mais ampla foi mais ou menos na época em que dava meu curso "O problema do sofrimento nas tradições bíblicas", na Rutgers, em meados dos anos 1980. Eu não tinha prestado muita atenção a catástrofes naturais antes disso; tomava conhecimento delas, lamentava pelos envolvidos, pensava sobre o que um pobre coitado como eu poderia fazer para ajudar, esse tipo de coisas. Mas elas realmente não me afetavam muito. Então aconteceu uma que me assombrou durante semanas e meses.

No dia 13 de novembro de 1985, tomamos conhecimento da erupção de um vulcão no norte da Colômbia, na América do Sul. As avalanches de lama resultantes cobriram e destruíram quatro cidades. Praticamente todos nessas cidades foram mortos durante o sono, com a lama descendo a cerca de 50 quilômetros por hora, esmagando as cabanas frágeis e sufocando as pessoas que estavam dentro delas. O número de mortos foi avaliado em mais de 30 mil pessoas. Aquele número se cravou em minha mente: 30 mil pessoas que estavam vivas num minuto e no seguinte tinham sido mortas durante o sono de modo terrível. Mais de dez vezes o número de pessoas mortas nos ataques às torres do World Trade Center em 11 de setembro. Este ocupou nossos pensamentos — justificadamente! — pelos últimos anos desde o ataque terrorista. Do outro mal nos lembramos, e meio que damos de ombros. Pobres almas; não deveriam viver tão perto de um vulcão.

Mas catástrofes naturais não podem ser deixadas de lado tão levianamente. As milhares, centenas de milhares de pessoas afetadas todos os anos, feridas, aleijadas, mortas; lares destruídos, desabrigados sem ter para onde ir e ninguém em quem se apoiar; para muitos, um inferno na terra. Os que estão mais perto de nós, claro, são aqueles com os quais mais nos preocupamos. Mas mesmo no caso destes há muitas pessoas que parecem menos que interessadas. Tomemos aqueles que sofreram com a devastação provocada pelo furacão Katrina. Sofremos por aqueles que morreram e coçamos a cabeça, incrédulos com a incompetência da burocracia federal que tornou impossível a reconstrução de Nova Orleans e não permitiu que as pessoas seguissem em frente com suas vidas. Parecemos capazes de mandar frotas inteiras de navios para o Golfo Pérsico sem grandes dificuldades, e isso custa *toneladas* de dinheiro. Por que não podemos destinar recursos adequados para ajudar pessoas que vivem perto de nosso próprio golfo? Embora as conseqüências do Katrina permaneçam no noticiário um ano e meio depois, a realidade parece ser a de que a maioria das pessoas deseja que Nova Orleans de algum modo apenas desapareça. E algumas pessoas estão dispostas demais a culpar outros seres humanos pelo que aconteceu. As barragens eram mal construídas, e todos sabiam disso. E que direito eles tinham de construir Nova Orleans ali? Certamente as pessoas sabiam que isso iria acontecer — por que eles simplesmente não se mudaram? E assim por diante. Eu suponho que seja mais fácil culpar as vítimas quando pensamos principalmente em nós mesmos: *eu* teria saído dali!

É fácil dizer isso quando você pode comprar uma passagem de ônibus para ir para qualquer canto do país ou fazer as malas facilmente e se mudar sem perceber uma diminuição na renda. É mais difícil falar quando você não consegue colocar comida na mesa, quanto mais sair para um belo jantar fora de vez em quando — e como exatamente uma pessoa assim pode se mudar para um lugar mais seguro? E, na verdade, qual lugar é completamente seguro? Eu vivi no Kansas quase todo o começo da minha vida, mas quando me mudei para a Carolina do Norte quase fui apanhado por um tornado. O problema com as catástrofes naturais é que nenhum de nós está seguro.

Por mais devastador que o Katrina tenha sido e continue a ser, ele é pouco comparado com as outras catástrofes horrendas que aconteceram em nosso mundo nos últimos anos. No dia 26 de dezembro de 2004, um terremoto devastador sacudiu o oceano Índico, com epicentro em frente à costa oeste de Sumatra, na Indonésia. Ele provocou um tsunami (ou melhor, uma série de tsunamis) nas costas da maioria dos países banhados pelo oceano e destruiu aldeias, cidades e a vida humana por todo sul e sudeste da Ásia, principalmente na Indonésia, no Sri Lanka, na Índia e na Tailândia. A contagem de corpos provavelmente nunca será concluída, mas as melhores estimativas avaliam o total em torno de 300 mil. Se a avalanche colombiana destruiu dez vezes mais vidas do que os ataques terroristas de 11 de setembro, o tsunami destruiu dez vezes mais vidas do que a avalanche. Para não falar das milhões de pessoas afetadas de outras formas extremamente tangíveis, pessoas forçadas, como aquelas em Nova Orleans, a recolher os cacos, mas, diferentemente daquelas em Nova Orleans, em sua maioria incapazes de gritar e berrar com funcionários do governo por sua total insensibilidade e incapacidade de lidar com a situação. A maioria das pessoas é desamparada e desesperançada, no melhor dos casos dependente dos esforços internacionais de ajuda.

Uma catástrofe após a outra. É o suficiente para transformá-lo em um apocaliptista. Essas catástrofes — e um número incontável de outras como elas, desde tempos imemoriais — não são produzidas por seres humanos, mas pelas forças da natureza. A não ser que você queira pensar que Deus é aquele que convocou os demônios por trás desses ataques, é difícil saber o que Deus teve a ver com eles. Uma das virtudes da perspectiva apocalíptica esposada por muitos (a maioria?) dos autores do Novo Testamento é que ela insiste de forma muito exaltada em que Deus não produz desastres, e sim seus inimigos cósmicos. Não apenas terremotos, furacões e tsunamis, mas mal-estar e doença, problemas mentais, opressão e perseguição; são o Diabo e seus acólitos os culpados. Esta é uma era em que eles ganharam uma força quase absoluta. Na verdade, Deus algumas vezes interfere para o bem — por exemplo, no ministério de Jesus ou de seus apóstolos. Mas as forças do mal deste mundo não serão afastadas antes do fim, quando Deus lançará sua ira sobre eles e seus aliados. E então será o inferno na terra de formas que nunca foram vistas antes.

Essa é a mensagem transmitida por Jesus nos Evangelhos, como vimos no capítulo anterior; é também a mensagem dos autores dos Evangelhos à medida que lembram os principais acontecimentos de sua vida, do apóstolo Paulo, que viveu depois de Jesus, e do autor do livro do Apocalipse, que oferece um adequado clímax apocalíptico para os escritos que formam o cânone do Novo Testamento.

## Lembrando a vida apocalíptica de Jesus

A vida de Jesus como lembrada pelos autores dos Evangelhos dizia respeito inteiramente a sofrimento — sofrimento dos outros que ele aliviou, e seu próprio sofrimento que ele suportou. De certa forma a essência da vida de Jesus é resumida nas palavras de escárnio ditas a ele pelos líderes judaicos quando estava preso à cruz, no Evangelho de Marcos — palavras que, para Marcos, contam a verdade de um modo que aqueles que as dizem parecem não ter compreendido: "A outros salvou, a si mesmo não pode salvar!" (Marcos 15:31). A palavra *salvou* aqui não tem a mesma conotação que tem hoje para muitos cristãos evangélicos modernos, que perguntam "Você está salvo?", para saber se você fez o que precisa para ir para o céu quando morrer. A palavra grega para "salvar", neste e em outros contextos, se refere a devolver a uma pessoa a saúde e a integridade. Jesus "salvou" outros porque os curou quando estavam doentes ou possuídos. Ele é incapaz de salvar a si mesmo não porque não tenha a capacidade de sair da cruz (na visão de Marcos), mas porque precisa fazer a vontade do Pai, que é sofrer e morrer pelo bem de outros. Em outras palavras, para dar a salvação, Jesus curou aqueles que estão sofrendo pelo que fez em sua vida; no fim, as curou pelo que fez em sua morte.

Em relação à sua vida, os Evangelhos contam um milagre após o outro nos quais Jesus lidou com as enfermidades, infelicidades e o sofrimento que via ao redor de si. As mais antigas tradições de Mateus, Marcos e Lucas são muito claras: Jesus não fazia milagres em benefício próprio, para se ajudar. Essa é, em parte, a idéia das tentações que Jesus experimenta no deserto quando o Diabo o provoca para fazê-lo aplacar a própria fome transformando pedras em pão (Mt 4:1-11). Não, sua capacidade de fazer milagres não é para seu próprio bem, mas para o bem dos outros. E assim o Evangelho registra sua vida milagrosa à medida que ele segue em frente com seu ministério na Galiléia devolvendo às pessoas a saúde física e mental — "salvando-as". A capacidade de fazer milagres marca de tal forma seu ministério que é difícil encontrar uma página dos Evangelhos em que não se possa ler sobre ele curando uma pessoa ou outra.

Ele cura um homem que passou a vida paralisado, fazendo com que se erga e saia andando do meio da multidão, carregando seu catre; cura um homem que tem uma mão seca; dá visão aos cegos, mesmo aos cegos de nascença; faz o aleijado andar; cura uma mulher que vertia sangue havia 12 anos; faz o mudo falar, cura leprosos. Algumas vezes seus milagres demonstram seu poder sobre a natureza: ele detém uma tempestade do mar; caminha sobre a água. Outras vezes, os milagres revelam seu caráter divino, como quando transforma água em vinho. Freqüentemente, seus milagres são feitos para completos desconhecidos; mas em algumas oportunidades, para os amigos. Às vezes, são feitos para as massas: uma vez ele alimentou 5 mil que estavam passando fome no deserto; noutra, alimentou 4 mil. Seus milagres lidam não apenas com enfermidades físicas, mas também com o que poderíamos chamar de doenças mentais: ele expulsa demônios das pessoas, demônios que provocam esquizofrenia ou personalidades dementes, ou que levam as pessoas a se ferir.

Seus milagres mais espetaculares são provavelmente aqueles em que ressuscita os mortos — uma garota de 12 anos cujos pais estão sofrendo; um jovem cuja mãe ficou só; seu grande amigo Lázaro, que ele ergue teatralmente em frente a uma grande multidão de modo a mostrar que ele, o próprio Jesus, é a "ressurreição e a vida" (João 11:25).

Para os autores dos Evangelhos, os milagres de vida de Jesus mostram que ele é o messias há muito aguardado. Quando João Batista, na prisão, manda mensageiros a Jesus querendo saber se ele é Aquele que viria, Jesus responde: "Ide contar a João o que vide e ouvis: os cegos recuperaram a vista, os coxos andam, os leprosos são purificados, os surdos ouvem, os mortos ressuscitam; e feliz aquele que não ficar escandalizado por causa de mim!" (Lucas 7:22-23). Essa é uma mensagem apocalíptica. Para os apocaliptistas, no final das eras Deus mais uma vez vai intervir em benefício de seu povo que sofre; ele o libertará dos poderes do mal que foram colocados à solta neste mundo. É o Diabo e seus demônios que criam tanta aflição — cegando, mutilando, paralisando, subjugando as pessoas. Jesus é retratado como a intervenção de Deus, que chegou no final da era para derrotar os poderes do mal, antecipando a chegada iminente do reino bom de Deus, no qual não haverá mais pecado, doença, demônios, o Diabo ou a morte.

Embora Jesus alivie o sofrimento, sua própria vida chega ao clímax em um momento de intenso padecimento. Ao longo dos Evangelhos, ele repetidamente diz aos seus seguidores que tem de seguir para uma morte excruciante e humilhante na cruz, uma morte que é necessária para a salvação do mundo. Ele "salvou" outros, mas "a si mesmo não pode salvar". Fazer isso seria fracassar em sua grande missão, que não era dar saúde e bem-estar temporários a pessoas que, no final, acabariam se tornando frágeis e morrendo. Sua missão final era ele mesmo sofrer, para poder resgatar todas as pessoas para a correção perante Deus, de modo que elas pudessem entrar no Reino de Deus, que logo urgirá. Seu sofrimento substituiria o delas; sua morte seria um sacrifício pelos pecados dos outros. Jesus mostra que tem o poder sobre o pecado curando aqueles que estão doentes. Mas no final supera o poder do pecado morrendo ele mesmo pelo pecado. Ele sofre a punição pelo pecado para que outros possam ser perdoados e receber a vida eterna no reino que logo chegará. Essa é a mensagem final dos autores do Evangelho, que lembram a vida de Jesus.

## O sofrimento nos textos de Paulo

A mensagem final dos autores do Evangelho é também a mensagem final do apóstolo Paulo. Depois de Jesus, é Paulo quem domina as páginas do Novo Testamento. Dos 27 livros do Novo Testamento, 13 teriam sido escritos por Paulo; um outro, o livro dos Atos dos Apóstolos, é em boa parte escrito por Paulo; e mais um, a epístola aos Hebreus, foi aceita no cânone porque se acreditou (equivocadamente) que tinha sido escrita por ele. Isso faz com que 15 dos livros do Novo Testamento estejam direta ou indiretamente ligados a Paulo. E quem foi Paulo? Acima de tudo, foi um apocaliptista judeu que passou a acreditar que a morte e a ressurreição de Jesus devolveram ao povo a correção perante Deus, aqui, no clímax da era, antes que chegasse o dia apocalíptico do julgamento e o fim do mundo como o conhecemos.

Nós já estudamos algumas das visões de Paulo sobre o sofrimento. Em certa medida ele concordava com os profetas da Bíblia hebraica, para quem o sofrimento era uma punição pelo pecado. Por isto Cristo tinha de morrer na cruz: o pecado determina uma punição, e Cristo pagou a pena de outros. Cristo obviamente não estava pagando uma pena por pecados cometidos por ele mesmo: ele era perfeito e sem pecado. O motivo de sua crucificação foi que a Lei de Deus estabelece que qualquer um que "seja preso à árvore é amaldiçoado" (Gl 3:13, citando Dt 21:23). Assumindo a maldição da Lei, Jesus foi capaz de retirar a maldição dos outros que acreditavam nele. Assim, Paulo também concorda com aqueles autores bíblicos que consideravam o sofrimento redentor. Para Paulo, a morte de Cristo produz a redenção final; por intermédio de sua morte e ressurreição, as pessoas que são amaldiçoadas por seus pecados podem ser aliviadas de seus pecados. Jesus pagou o preço pelos outros.

Mas o raciocínio de Paulo vai além disso. Para compreender Paulo plenamente, é importante reconhecer que no fundo ele era um apocaliptista.[1] De fato, Paulo provavelmente foi um apocaliptista antes mesmo de ser um seguidor de Jesus. Foram suas suposições apocalípticas sobre o mundo que mais afetaram sua teologia. Para compreender sua teologia — baseada na idéia do sofrimento —, temos de compreender o que significava para ele ser um apocaliptista. E para isso precisamos de alguma base histórica.[2]

## Paulo, o fariseu

Paulo não nos diz muito sobre sua vida antes de se tornar um seguidor de Jesus, mas conta algumas coisas, em duas passagens de suas epístolas (Gl 1-2; Fl 2). Ele nos conta que era um judeu muito justo, formado nas tradições dos fariseus, e que era um empolgado perseguidor dos seguidores de Jesus. Sua conversão, portanto, foi de um oponente da igreja dos primórdios para um de seus maiores defensores, missionários e teólogos.

O que significava ser Paulo um fariseu justo? Algumas vezes as pessoas — mesmo acadêmicos experientes — falam com grande desembaraço sobre o agrupamento judeu conhecido como fariseus, como se todos soubéssemos sobre eles e o que defendiam. A realidade é que não sabemos muito sobre os fariseus da época de Jesus ou Paulo, já que nossas fontes de informação são em sua maioria posteriores — na maioria dos casos, bem mais de um século depois.[3] Temos textos de apenas um judeu fariseu, produzidos antes da catastrófica destruição de Jerusalém em 70 d.C.; perturbadoramente, são os textos de Paulo, escritos *após* ele ter se convertido à fé em Cristo. Uma coisa que sabemos com relativa certeza é que os fariseus, diferentemente de outros judeus e grupos de judeus (como os saduceus), acreditavam firmemente na futura ressurreição dos mortos. Isso mostra que os fariseus eram, de um modo geral, apocaliptistas que pensavam que no final da era as pessoas seriam erguidas dentre os mortos para enfrentar o julgamento e serem recompensadas se tivessem se aliado a Deus, ou punidas caso tivessem se aliado às forças do mal. Assim, essa parece ter sido a crença de Paulo *antes* de sua conversão em seguidor de Jesus.

Isso levanta uma questão interessante. Qual o significado da ressurreição de Jesus? Eu descobri que quando faço esta pergunta a meus alunos, eles raramente têm grandes idéias quanto a isso, embora acreditem piamente que Jesus foi erguido dos mortos. Mas eu pergunto: o que isso significa? Qual o *significado* da ressurreição? Alguns alunos têm uma idéia bem vaga de que de alguma forma a ressurreição mostrou que Cristo era o messias (momento em que eu chamo a atenção para o fato de que antes do cristianismo não havia judeus que acreditassem que o messias deveria morrer e ser erguido dentre os mortos); outros têm uma idéia ainda mais vaga de que de alguma forma a ressurreição mostrou que Jesus era justo perante Deus (você não pode impor reveses a um homem bom).

Eu acho que é possível uma resposta mais precisa. O que significaria um apocaliptista judeu passar a acreditar que alguém tinha sido erguido dentre os mortos? Lembrem-se, os apocaliptistas sustentavam que este mundo era controlado por forças cósmicas do mal, que, por alguma razão misteriosa, tinham a liberdade de lançar a catástrofe sobre a terra; mas os apocaliptistas também acreditavam que Deus logo iria intervir no rumo das coisas e vingar seu nome derrubando as forças do mal para estabelecer na terra seu reino bom. No fim desta era — antes do advento da nova era — haveria a ressurreição dos mortos para enfrentar o julgamento.

Se era essa a crença de Paulo como fariseu — um apocaliptista judeu —, o que ele deveria pensar se passasse a acreditar que alguém *já tinha* sido erguido dentre os mortos? Se a ressurreição aconteceria no final desta era, então a conclusão teológica seria certa e significativa. Se alguém tinha sido erguido, então a ressurreição tinha começado! Estamos vivendo no final dos tempos. Esta era está quase acabada, a nova era está pronta para surgir. O fim começou.

## Os ensinamentos de Paulo sobre a ressurreição

E era exatamente isso que Paulo pensava. Para ele, a ressurreição de Jesus não era apenas a defesa por Deus de um homem bom. Era um sinal claro de que o esperado e iminente fim da história como a conhecemos tinha chegado, e que a humanidade estava vivendo os seus últimos dias. Esta era iníqua, com toda sua dor e infelicidade, estava quase encerrada; seus dias estavam contados. O perfeito Reino de Deus, no qual não mais haveria agonia, sofrimento e morte, logo surgiria.

Que isso era o que Paulo pensava fica evidente em seus próprios textos, especialmente no capítulo (1 Cor 15) que ele dedica quase que exclusivamente à questão da ressurreição, tanto de Jesus quanto de seus seguidores.[4] Paulo começa o capítulo enfatizando o ensinamento que era o cerne de sua mensagem do Evangelho:

> Transmiti-vos, em primeiro lugar, aquilo que eu mesmo recebi: Cristo morreu por nossos pecados, segundo as Escrituras. Foi sepultado, ressuscitou ao terceiro dia, segundo as Escrituras. Apareceu a Cefas, e depois aos Doze. (1 Cor 15:3-5)

Paulo continua, dizendo que depois da ressurreição Jesus apareceu a um grande número de pessoas:

> Em seguida apareceu a mais de quinhentos irmãos de uma vez, a maioria dos quais ainda vive, enquanto alguns já adormeceram. Posteriormente, apareceu a Tiago, e, depois, a todos os apóstolos. Em último lugar, apareceu também a mim como a um abortivo. (1 Cor 15:6-8)

Muitos leitores de 1 Coríntios equivocadamente pensaram que ao dar esta lista de pessoas que viram o Jesus ressuscitado Paulo estava tentando convencer os coríntios de que a ressurreição de Jesus realmente tinha acontecido. Mas este não é absolutamente o caso. Paulo está *relembrando* a eles o que já sabem e acreditam (ver o versículo 1: "Lembro-vos, irmãos, o Evangelho que vos anunciei, que recebestes, no qual permaneceis firmes"). Por que então ele insiste em que Jesus apareceu a todas essas pessoas após sua morte — inclusive a quinhentas pessoas de uma só vez (um incidente não mencionado nos Evangelhos do Novo Testamento), algumas das quais ainda vivas para testemunhar? Porque Paulo quer relembrar a seus seguidores que, de fato, Jesus, real e fisicamente, foi erguido dentre os mortos. Paulo precisa insistir nesse ponto porque há algumas pessoas na congregação de Corinto que negam que haverá uma futura ressurreição física de todos os que já tenham morrido (versículo 12).

Havia cristãos na igreja de Corinto que tinham começado a acreditar que já estavam experimentando todos os benefícios da salvação, que já tinham experimentado algum tipo de ressurreição espiritual, e que de algum modo já estavam governando com Cristo, no presente. Paulo, em 1 Coríntios 15, insiste em que a doutrina da ressurreição tem a ver com uma verdadeira ressurreição física. Jesus não foi erguido apenas espiritualmente. Ele tinha um tipo de corpo quando foi erguido. Ele podia ser visto — e foi visto, por muitas pessoas. Como Jesus foi o primeiro a ser erguido, todos os outros seriam erguidos como ele, em corpos físicos.

Por isso Paulo chama Jesus de "primícias" da ressurreição (versículo 20). É uma imagem agrícola: as primícias eram a primeira colheita no primeiro dia da safra. Os fazendeiros festejavam o acontecimento, antecipando o trabalho de recolher o resto da colheita. E quando o restante seria colhido? Imediatamente — não em algum futuro distante. Ao chamar Jesus de primícias, Paulo estava dizendo que o restante da ressurreição era iminente; iria acontecer logo. A ressurreição dos crentes não era um acontecimento passado, espiritual; era um acontecimento futuro, físico. A prova estava na própria ressurreição de Jesus. Ele foi fisicamente erguido dentre os mortos, e outros também seriam.

Foi o fato de que a ressurreição era um acontecimento físico, não apenas espiritual, que mostrou a Paulo que a ressurreição ainda não tinha acontecido. Ninguém mais tinha experimentado uma transformação do corpo do modo que Jesus a tinha. Um grande número de intérpretes leu equivocadamente 1 Coríntios 15 por causa do que Paulo diz no versículo 50: "Digo-vos, irmãos, a carne e o sangue não podem herdar o Reino de Deus, nem a corrupção herdar a incorruptibilidade." Por causa deste versículo, esses intérpretes equivocados insistem em que Jesus não se ergueu corporeamente dentre os mortos, porque corpos de carne e sangue supostamente não entram no reino. Por esta razão, eles dizem que Jesus foi erguido espiritualmente, não fisicamente.

Mas isso é não entender absolutamente o que Paulo diz. Para Paulo, é com certeza um corpo físico que entra no reino. Mas não um corpo físico normal. É um corpo que foi transformado e tornado imortal. Por isso as pessoas puderam ver Jesus depois de sua ressurreição. Era realmente o seu corpo. Mas um corpo transformado. Paulo o compara a uma árvore: é uma bolota que vai para o solo, mas é um carvalho que emerge do solo. A ressurreição é assim. Corpos vão para a terra mortais, fracos e doentios; e se erguem da terra completamente transformados (versículos 36-41). Os corpos que surgirão na ressurreição serão corpos gloriosos, como o corpo ressuscitado de Jesus. Eles estarão intimamente ligados aos corpos que vão para o solo (isto é, que são enterrados). O carvalho cresce de uma bolota, não do nada. Mas os corpos erguidos serão transformados de formas maravilhosas e espetaculares: o que brota do solo não é uma bolota gigante, mas um carvalho.

Sendo um apocaliptista judeu, Paulo acreditava que este mundo físico no qual vivemos é controlado por forças do mal, e que nossos corpos estão eles mesmos sujeitos a essas forças. Por isso ficamos doentes, envelhecemos, morremos. Mas Deus vai intervir e derrubar tais forças. E quando isso acontecer nossos corpos serão transformados, não estando mais sujeitos ao ataque de doenças, envelhecimento e morte. Teremos corpos eternos e viveremos com Deus para sempre. Para Paulo, este era um acontecimento que se daria muito rapidamente. De fato, assim como Jesus tinha previsto a seus discípulos que "alguns do que aqui estão não provarão da morte antes de verem que o Reino de Deus se fortaleceu", também Paulo previa que o fim dos tempos, a ressurreição dos mortos e a transformação dos corpos ocorreriam enquanto alguns — inclusive ele — ainda estivessem vivos para ver.

> Eis que vos dou a conhecer um mistério: nem todos morreremos, mas todos seremos transformados, num instante, num abrir e fechar de olhos, ao som da trombeta final; sim, a trombeta tocará, e os mortos ressurgirão incorruptíveis, e nós seremos transformados. Com efeito, é necessário que este ser corruptível revista a incorruptibilidade e que este ser mortal revista a imortalidade. (1 Cor 15:51-53)

Essa ressurreição dos mortos, na qual nossos corpos fracos, mortais e sofridos são transformados e recriados de modo que não estejam mais sujeitos à dor e à morte, marcará o fim da história como a conhecemos:

> Quando, pois, este ser corruptível tiver revestido a incorruptibilidade e este ser mortal tiver revestido a imortalidade, então cumprir-se-á a palavra da Escritura:
> A morte foi absorvida na vitória.
> Morte, onde está a tua vitória?
> Morte, onde está o teu aguilhão? (1 Cor 15:54-55)

Para Paulo, a solução para a dor e o sofrimento no mundo vem pelo fim dos tempos, quando todos seremos transformados e levados para o glorioso Reino de Deus, no qual não haverá mais infelicidade, angústia ou morte. É um acontecimento futuro, mas é iminente. A prova? Jesus foi erguido dentre os mortos, de modo que a ressurreição já começou.

## Paulo e a iminência do fim

Por todos os seus escritos Paulo pressupõe que o fim dos tempos começou com a ressurreição de Jesus, e que logo chegará ao clímax. Esse clímax envolverá o próprio Jesus voltando dos céus, iniciando a ressurreição dos mortos. Em nenhum outro ponto esse ensinamento é mais claro do que na primeira epístola preservada escrita pela mão de Paulo, o livro de 1 Tessalonicenses.[5] Em parte Paulo escreveu essa epístola porque membros da igreja que ele tinha fundado na cidade de Tessalônica estavam ficando confusos. Na época de sua conversão Paulo havia ensinado a eles que o fim viria com o retorno de Jesus do céu para julgar a terra. Mas ele não veio. Enquanto isso, algumas pessoas na congregação tinham morrido, e os que ficaram estavam chateados: isso significava que aqueles que tinham morrido perderiam as recompensas gloriosas a ser concedidas quando Cristo retornasse em glória? A epístola de Paulo assegura a eles que tudo se desenrola conforme planejado, e que "os mortos em Cristo" não perderam as recompensas eternas. Na verdade, eles serão os primeiros a ser recompensados quando da volta de Cristo. Isso é afirmado claramente nos comentários mais vívidos de Paulo sobre o que acontecerá no fim desta era:

> Por isto vos declaramos, segundo a palavra do Senhor, que os vivos, os que ainda estivermos aqui para a vinda do Senhor, não passaremos à frente dos que morreram. Quando o Senhor, ao sinal dado, à voz do arcanjo e ao som da trombeta divina, descer do céu, então os mortos em Cristo ressuscitarão primeiro; em seguida nós, os vivos que estivermos lá, seremos arrebatados com eles nas nuvens para o encontro com o Senhor, nos ares. E assim estaremos para sempre com o Senhor. (1 Ts 4:15-17)

Uma passagem impressionante. Vários pontos merecem ser enfatizados. Primeiramente, Paulo parece pensar que será um dos que ainda estarão vivos quando este acontecimento cataclísmico ocorrer (ele se inclui entre "os vivos que estivermos lá"). Em segundo lugar, toda a passagem pressupõe uma antiga cosmologia em que o universo em que vivemos consiste de três níveis (algumas vezes chamado de universo de três andares). Há o nível em que os seres humanos vivem hoje, sobre a terra plana. Há o reino abaixo de nós onde existem os mortos (isto é, o Xeol). E há o reino acima de nós, onde Deus — e agora Cristo — vive. Segundo esse raciocínio, Cristo esteve um dia conosco em nosso nível, depois morreu e foi para o nível inferior. Mas foi erguido dentre os mortos, para nosso nível, e a seguir ascendeu para o nível acima de nós. Ele descerá novamente, porém, e quando o fizer, aqueles abaixo de nós subirão, e também nós seremos arrebatados com eles, para encontrar o Senhor acima, nos ares.

É assim que Paulo pensava — exatamente como uma pessoa antiga que não se dava conta de que este mundo é redondo, apenas um planeta em um grande sistema solar de planetas girando em torno de uma única estrela entre bilhões de outras estrelas em nossa galáxia, que é apenas uma galáxia de tamanho médio entre bilhões de outras. Em *nossa* cosmologia, não existe acima e abaixo, literalmente falando. E Deus certamente não vive "lá em cima" nem os mortos "lá embaixo". Temos um universo diferente daquele de Paulo. É difícil imaginar como ele teria conceitualizado sua mensagem apocalíptica se soubesse o que sabemos sobre o planeta Terra.

## O sofrimento no meio-tempo

Assim, para Paulo, como apocaliptista, o sofrimento do modo como o experimentamos agora acabará quando ocorrer a ressurreição final e este mundo e nossos corpos mortais forem transformados em algo imperecível e imune à dor, ao sofrimento e à morte. Mas o que acontece nesse ínterim? Para Paulo, muito sofrimento.

As epístolas de Paulo aos coríntios (1 e 2 Coríntios) foram escritas contra aqueles que supunham que já estavam experimentando os benefícios da vida ressuscitada no presente. Para Paulo, nada podia estar mais longe da verdade. A ressurreição de Cristo era o começo do fim, mas o fim do fim ainda não tinha chegado, e até que chegasse este seria um mundo de dor e infelicidade. Como ele diz em outro ponto de sua epístola aos romanos:

> Penso, com efeito, que os sofrimentos do tempo presente não têm proporção com a glória que deverá revelar-se em nós. Pois a criação em expectativa anseia pela revelação dos filhos de Deus [isto é, a transformação que acontecerá na futura ressurreição]. (...) De fato, a criação foi submetida à vaidade (...) na esperança de ela também ser libertada da escravidão da corrupção para entrar na liberdade da glória dos filhos de Deus. Pois sabemos que a criação inteira geme e sofre as dores do

> parto até o presente. E não somente ela, mas também nós, que temos as primícias do Espírito, gememos interiormente, suspirando pela redenção do nosso corpo. (Rm 8:18-23)

A vida no presente é uma vida de dor e sofrimento, enquanto gememos como mulher em trabalho de parto. Para Paulo, era assim que tinha de ser. A futura redenção ainda não tinha se dado, e vivemos a vida em nossos corpos mortais.

Paulo enfatiza que o próprio Cristo não teve uma existência sem dor nesta vida. Na verdade, como foi muitas vezes percebido, Paulo fala muito pouco sobre a real vida de Jesus em suas cartas. Ele nunca menciona nenhum dos grandes milagres de Jesus, as curas, os exorcismos, as ressurreições dos mortos. Não se estende sobre as coisas espetaculares que Jesus fez ou pelas quais passou. Dedica-se a um único aspecto da vida de Jesus: sua crucificação. Para Paulo, esse era o símbolo do que significava viver neste mundo. A vida no presente era uma vida assolada de dor e agonia, do mesmo modo como Cristo tinha experimentado a agonia da cruz. Por isso, para Paulo, os "superapóstolos", como os chamava — os pretensos apóstolos que apareceram na igreja de Corinto —, tinham se enganado seriamente quanto à mensagem do Evangelho (ver 2 Cor 11).

Esses apóstolos acreditavam que Cristo tinha dado a eles o poder de se erguer acima das infelicidades da vida aqui na terra, e que qualquer um que seguisse seus ensinamentos poderia fazer o mesmo. Não de acordo com Paulo. A vida neste mundo era infeliz, e aqueles que seguiam Cristo participariam plenamente da infelicidade que ele experimentara na cruz. Por isso, para Paulo, ser um apóstolo nesta era significava sofrer — daí ele exibir orgulhosamente seu próprio sofrimento por Cristo, suas prisões, seus açoitamentos, os espancamentos, o fato de ter sido submetido a apedrejamento e naufrágio, a perigo constante e apuros; sua fome, sede e seu desabrigo (2 Cor 11:23-29). Essas eram as marcas de um verdadeiro apóstolo nesta era de sofrimento, nos dias antes que Jesus retornasse em glória e produzisse a ressurreição dos mortos, quando aqueles que eram fiéis a ele seriam recompensados e tornados perfeitos e íntegros, entrando no grande Reino de Deus que ele trazia dos céus.

## O Apocalipse de João

Quando eu dou minhas aulas sobre o Novo Testamento em Chapel Hill, sempre começo a primeira semana pedindo a meus alunos uma lista com três coisas que eles gostariam de aprender no curso até o final do semestre. Em parte faço isso para ajudá-los a começar a pensar no que estão interessados; em parte para descobrir o que, ou se, eles já estão pensando. Algumas das respostas são bizarras: "Eu gostaria de aprender mais sobre por que os budistas não acreditam em Deus" ou "Eu quero aprender se Moisés realmente dividiu o mar Vermelho". Em um curso sobre o Novo Testamento. E assim vai. Mas há um item que sempre espero receber, muitas vezes: "Quero aprender o que o livro do Apocalipse diz sobre o fim do mundo."

Por alguma razão, a imensa maioria das pessoas que pensa no livro do Apocalipse supõe que ele está preocupado com nosso próprio futuro, que é sobre o que acontecerá quando a história como a conhecemos for bruscamente interrompida. A maioria das pessoas parece pensar que o livro foi escrito tendo especificamente nós em mente: toda a história se move na nossa direção, nós somos o clímax de tudo o que aconteceu até agora, as profecias estão sendo cumpridas em nossa própria época. Em outras palavras, tem tudo a ver conosco. Ou tem tudo a ver comigo.

Quando finalmente chegamos ao livro do Apocalipse — que eu guardo para o final do curso, claro —, alguns alunos ficam chateados por eu não falar sobre o atual conflito no Oriente Médio como a realização de antigas profecias, sobre como a Rússia vai lançar um ataque nuclear a Israel, ou sobre como a Comunidade Européia logo será liderada por um político que se revelará nada menos que o Anticristo. Mas a triste realidade é que não creio que o livro do Apocalipse — nem qualquer outro livro da Bíblia — tenha sido escrito pensando em nós. Ele foi escrito para as pessoas que viviam na época do autor. Ele não estava antecipando o surgimento do islamismo militante, a guerra contra o terror, uma futura crise do petróleo ou um eventual holocausto nuclear. Ele estava antecipando que o fim chegaria na própria época do autor. Quando o autor do Apocalipse esperava que o Senhor Jesus viesse "muito em breve" (Ap 22:20), ele realmente queria dizer "muito em breve" — não 2 mil anos depois. Apenas um sofisma posterior gerou a idéia de que "muito em breve" no caso de Deus significava "o futuro distante" — que "para o Senhor um dia é como mil anos e mil anos como um dia", como o autor de 2 Pedro definiu (2 Pd 3:8). Essa redefinição de o que "muito em breve" poderia significar faz sentido, claro. Se o autor do Apocalipse, e outros profetas cristãos antigos como Paulo, achava que o fim chegaria imediatamente, e ele nunca chegou, o que mais *poderia* alguém fazer além de dizer que era "imediatamente" pelo calendário de Deus, não pelos calendários terrestres?

Para estudiosos críticos do Novo Testamento, interpretar o livro do Apocalipse significa entender o que ele pode ter significado em seu próprio contexto. E existe algo bem nítido nesse contexto: seu autor, que chama a si mesmo de João, achava que as coisas estavam ruins na terra e que só iriam piorar, até o fim, quando seria o inferno. Nenhum livro da Bíblia se concentra mais no sofrimento que o livro do Apocalipse. Nele lemos sobre guerra, fome, epidemias, catástrofes naturais, massacres, martírios, dificuldades econômicas, pesadelos políticos e, por fim, o Armagedom propriamente dito. Não surpreende que as pessoas sempre — desde o primeiro dia — tenham suposto que ele se referia à sua própria época. Para todas as gerações, ele soa exatamente *como* sua própria época.

No capítulo anterior eu falei sobre o gênero literário "apocalipse", que começou a ficar popular aproximadamente na época da Revolta dos Macabeus. O gênero na verdade toma seu nome emprestado do livro do Apocalipse, que se descreve como uma "Revelação de Jesus Cristo" (Ap 1:1). Esse livro é o apocalipse maduro do Novo Testamento, em muitos sentidos como o livro de Daniel na Bíblia hebraica e, como outros apocalipses judaicos e cristãos, escrito aproximadamente na mesma época. Como outros apocalipses, ele discute as visões de um profeta que faz uma visita guiada pelos céus e vê as verdades celestes — e acontecimentos futuros — que dão sentido às realidades terrenas. Tais visões freqüentemente são apresentadas com símbolos bizarros que incluem, como no livro de Daniel, feras selvagens que devastam a terra; e os símbolos são quase sempre interpretados por um companheiro angelical que permite ao profeta, e ao leitor, saber o que eles realmente significam. Como outros apocalipses, o livro do Apocalipse tem uma espécie de seqüência triunfal: assim como o livro de Daniel insiste em que depois de todas as catástrofes que se abatem sobre a terra Deus dará o comando final do mundo a seus escolhidos, da mesma forma o livro do Apocalipse. Após uma série de capítulos cheios de catástrofes terrenas, vem a batalha final e a seguir um Estado utópico no qual não haverá mais dor, tristeza ou sofrimento. O reino de Deus chegará, e aqueles destinados a viver nele terão vidas gloriosas para sempre. Mas primeiro é preciso passar pelo inferno.[6]

## O fluxo narrativo

Após a abertura do livro, com o autor se identificando como João e anunciando que Cristo em breve voltará dos céus (Ap 1:1, 7), ele descreve uma visão simbólica de Cristo como "alguém semelhante a um filho de Homem", que aparece em meio a "sete candelabros de ouro" (Ap 1:12-13). É uma visão dominadora: Cristo é uma figura poderosa que veste uma longa túnica com um cinto de ouro (demonstrando sua nobreza), tem cabelos "brancos como a lã branca" (mostrando sua eternidade), com olhos que parecem "uma chama de fogo" (apresentando-o como um juiz), e sua voz soa "como o estrondo de águas torrenciais" (mostrando seu poder). Ele segura sete estrelas na mão (que representam os anjos da guarda das sete igrejas da Ásia Menor às quais o livro é dirigido — estão nas mãos de Cristo), e de sua boca sai uma "espada afiada, com dois gumes" (mostrando que ele fala a língua de Deus, que nas Escrituras costuma ser chamada de espada de dois gumes [ver Hb 4:12] por ser a palavra do julgamento). Compreensivelmente, quando o profeta vê tudo isso, desfalece.

Mas Cristo levanta João e diz a ele para escrever as coisas que viu, "tanto as coisas presentes como as que deverão acontecer depois destas" (Ap 1:19). Essa ordem estrutura o livro. O que João já teve foi uma visão de Cristo, que em última instância controla as igrejas nas quais está presente. As "coisas presentes" se referem à situação de então das sete igrejas da Ásia Menor; cada uma delas recebe uma carta de Cristo (nos capítulos 2-3), na qual são indicados seus sucessos e fracassos e são exortadas a fazer o que é certo e permanecer fiéis até o final dos tempos. As coisas "que deverão acontecer depois destas" se referem ao grande corpo do livro, capítulos 4-22, nos quais o profeta tem uma série de visões sobre o futuro curso da história da terra. São essas as visões que mais cativaram os leitores desse livro ao longo dos anos.

As visões começam com o profeta olhando para cima e vendo uma passagem no céu (como Paulo, este autor imagina o universo em três andares: acima, no céu, habita Deus). Ele é convidado a subir, e assim pode ver "as coisas que devem acontecer depois destas" (Ap 4:1). De alguma forma, o profeta dispara pelo céu, através da porta, e se vê na sala do trono de Deus, onde o Todo-poderoso, com seu poder assustador, está sendo venerado e adorado eternamente por 24 anciãos (os 12 patriarcas de Israel e os 12 apóstolos?) e quatro criaturas vivas (que parecem representar todas as formas de vida). O autor então vê na mão direita de Deus um rolo "selado com sete selos" (Ap 5:1). Ele começa a chorar quando se dá conta de que não há ninguém que mereça romper os selos do rolo. Mas então vê "um Cordeiro de pé, como que imolado" (Ap 5:6) — obviamente uma imagem de Cristo, que em outro ponto do Novo Testamento é identificado como "o cordeiro de Deus que tira o pecado do mundo" (João 1:29). Este, aprendemos, merece abrir o rolo, rompendo seus selos.

O cordeiro recebe o rolo, para louvor e adoração dos anciãos e das criaturas vivas. Então começa a ação. O cordeiro rompe os selos um de cada vez, e a cada vez que rompe um selo um terrível conjunto de catástrofes atinge a terra — guerra, assassinato, dificuldades econômicas, morte, martírio e destruição indiscriminada. Com o rompimento do sexto selo, acontecem enormes levantes no céu e na terra:

> Vi quando ele abriu o sexto selo: houve um grande terremoto; o Sol tornou-se negro como um saco de crina, e a Lua inteira, como sangue; as estrelas do céu se precipitaram sobre a terra, (...) o céu afastou-se, como um livro que é enrolado; as montanhas e as ilhas todas foram removidas de seu lugar. (Ap 6:12-13)

Seria o caso de pensar que, com a destruição de Sol, Lua, estrelas e Terra, teríamos chegado ao fim de todas as coisas. Mas ainda não: estamos apenas no capítulo 6! Ainda faltam mais duas rodadas de catástrofes. Com o rompimento do sétimo selo se faz um grande silêncio, e depois surgem sete anjos que recebem sete trombetas (Ap 8:1-2). À medida que os anjos sopram suas trombetas, novas catástrofes se abatem: a Terra é calcinada, as águas se transformam em sangue envenenado, o Sol, a Lua e as estrelas são apagados, feras selvagens se lançam sobre os habitantes da Terra, há violentas guerras e pestes. Juntamente com outras catástrofes se dá a aparição da grande besta — o Anticristo —, que assola ainda mais a terra. Depois que a sétima trombeta é soprada, surgem mais sete anjos, cada um carregando uma enorme taça com o furor de Deus (Ap 16:1-2). Cada anjo verte a taça sobre a terra, levando a novas catástrofes — até chegarmos ao clímax, com a destruição da grande cidade que é a inimiga de Deus, "Babilônia, a grande" (Ap 18:2).

Finalmente, há uma última batalha, na qual Cristo surge dos céus em um cavalo branco (Ap 19:11). Ele combate o Anticristo e seus exércitos, levando à sua destruição eterna em um lago de fogo (Ap 19:17-21). Segue-se então um período de mil anos de utopia na terra, no qual o Diabo está escondido no Abismo para que não possa fazer mal (Ap 20:1-6). Depois dos mil anos, o Diabo é libertado por um breve tempo, e então finalmente chega o fim. Todos os mortos são erguidos e forçados a enfrentar o julgamento. Aqueles inscritos "no livro da vida" recebem recompensa eterna; aqueles cujos nomes estão "nos outros livros" são mandados para o castigo eterno. Então a Morte é jogada no lago de fogo, que é o reino dos mortos, Hades (Ap 20:11-15).

E surge o reino eterno. O céu e a terra são refeitos e uma cidade celeste, a santa Jerusalém, desce dos céus, uma cidade com portões de pérola e ruas de ouro (Ap 21:9-27). Lá os redimidos vivem para sempre, uma abençoada existência de alegria e paz, onde não há mais dor, angústia, infelicidade, morte ou sofrimento. Lá Deus reina soberano, por intermédio do vitorioso "Cordeiro", que é adorado para todo sempre.

O profeta conclui o livro indicando que Cristo está "vindo em breve" para que tudo isso aconteça (Ap 22:12). Ele estimula Cristo a fazê-lo: "Amém! Vem, Senhor Jesus!" (Ap 22:20).

## O público do livro

Como o Apocalipse descreve as catástrofes que acontecerão no final dos tempos e o glorioso e utópico Reino de Deus que então surgirá, e como nada disso, claro, aconteceu, não espanta que leitores ao longo dos séculos tenham interpretado o livro como se referindo a algo que ainda se dará. Mas há no livro claros indícios de que o autor não está preocupado com o futuro distante, digamos, o século XXI, e sim se referindo simbolicamente ao que iria acontecer em sua própria época.[7]

Como já disse, as visões encontradas em antigos apocalipses costumam ser interpretadas por um companheiro angélico, e é também o que acontece no livro do Apocalipse. Apenas dois exemplos. No capítulo 17 está escrito que um dos anjos com a taça do furor de Deus leva o profeta para o deserto para dar a ele uma visão do grande inimigo de Deus que aparecerá no final dos tempos. É a famosa "Prostituta da Babilônia". João vê uma mulher sentada em uma besta escarlate, que tem sete cabeças e dez chifres (isso é para lembrar ao leitor da quarta fera de Daniel, também com dez chifres). A mulher está ornada de ouro, jóias e pérolas — ou seja, é extraordinariamente rica. Ela seria uma com quem os "reis da terra" "se prostituíram". Leva na mão uma taça de ouro repleta de abominações e impurezas de suas prostituições. E na testa "estava escrito um nome, um mistério: 'Babilônia, a Grande mãe das prostitutas e das abominações da terra.'" A mulher estaria "embriagada com o sangue dos santos e com o sangue das testemunhas de Jesus" (Ap 17:6).

Quem ou o quê é essa grande abominação, este grande inimigo de Deus? A primeira coisa a observar é que seria uma cidade: Babilônia. Qualquer um que conheça a Bíblia hebraica sabe que a cidade de Babilônia era a maior inimiga de Deus e de seu povo Israel. Mas qual cidade poderia ser inimiga de Deus para este profeta, já que a Babilônia real e histórica já não era uma ameaça no final do século I, quando o profeta estava escrevendo? Tinha sido uma cidade que "se prostituíra" com outros reis — ou seja, uma cidade da terra que tivera relações escandalosas e francamente pecaminosas com outros impérios. Ainda mais significativamente: está escrito que as sete cabeças da besta simbolizam sete reis que governaram a cidade, mas também que eles representam os "sete montes sobre os quais a mulher está sentada" (Ap 17:9). Qualquer leitor esperto sabe agora o que a mulher representa. Qual cidade do mundo antigo foi construída sobre sete montes? A cidade de Roma (você provavelmente já ouviu falar das "sete colinas de Roma"; era uma cidade construída sobre sete colinas). E para fixar essa interpretação, é dito ao profeta que a mulher na verdade é "a Grande Cidade que reina sobre os reis da terra" (Ap 17:18). Qual cidade controlava o mundo do autor no século I? Roma, ou o Império Romano. Este era o grande inimigo de Deus, aquele que havia perseguido os cristãos (ela está bêbada com seu sangue). O inimigo que seria derrubado por Deus. O inimigo contra o qual o livro do Apocalipse é escrito.

Vejamos outra imagem. No capítulo 13, lemos sobre outra besta, uma que se ergue do mar (mais uma vez, lembrem-se da quarta fera de Daniel). E está escrito que ela tem sete chifres e sete cabeças. E tem um enorme poder sobre a terra. Uma de suas cabeças (isto é, um de seus governantes) teria recebido um "golpe mortal" e então se curado. Toda a terra venera a besta, mas ela diz "palavras insolentes e blasfêmias" (lembrem-se do pequeno chifre da fera em Daniel). Mais ainda: ela "faz a guerra contra os santos e os vence". Se isso soa muito como a besta do capítulo 17, é porque também é Roma. Mas aqui está escrito que a besta tem "o número de uma pessoa", e que esse número — a marca da besta — é 666.

Quem é esse Anticristo cujo número é 666? Ao longo dos anos, as pessoas se saíram com todos os tipos de especulações sobre o que poderia ser. Nos anos 1940, costumava-se acreditar que se referia a Hitler ou a Mussolini. Quando eu estava na faculdade, livros foram escritos para mostrar que era Henry Kissinger, ou o papa. Recentemente as pessoas escreveram outros livros alegando que era Saddam Hussein ou alguma outra figura famosa em nossa época.

Um leitor antigo inteligente não teria dificuldade de saber a quem o número faz referência. Linguagens antigas como o grego e o hebraico usavam letras do alfabeto para os números (nós, por outro lado, usamos letras romanas, mas números arábicos). A primeira letra era "um", a segunda, "dois", e assim por diante. O autor do Apocalipse está indicando que se você pegar as letras do nome dessa pessoa, elas somarão 666. Em dado nível isso é muito simbólico. O número perfeito, claro, o número de Deus, é sete. Um menos sete é seis; este é o número de um "humano". O triplo seis é alguém distante da perfeição de Deus; é um número que simboliza o que está mais distante de Deus. Mas quem é?

Se a besta do capítulo 17 com sete cabeças e dez chifres é Roma, é provável que esta besta do capítulo 13 também seja. Este é o grande inimigo dos santos. Quem em Roma era considerado o grande inimigo dos cristãos? O primeiro imperador a perseguir os cristãos foi César Nero. Por acaso, corria por todo o império romano o boato de que Nero iria retornar dos mortos para devastar o mundo ainda mais do que tinha feito quando vivo da primeira vez. Soa como alguém que recebeu "um golpe mortal" mas se recuperou, como é dito desta besta. Mas o mais impressionante é o próprio número da besta. Quando você soletra o nome César Nero em letras hebraicas e as soma, elas totalizam 666.

## O sofrimento no livro do Apocalipse

O livro do Apocalipse não estava prevendo o que vai acontecer em nossa própria época. Seu autor estava preocupado com o que acontecia no tempo dele. Era uma época de perseguição e sofrimento. Os cristãos tinham sido condenados à morte em Roma pelo imperador Nero. E o mundo em geral parecia estar em péssimo estado. Havia terremotos, fomes e guerras. Certamente, pensou este autor, as coisas estavam quase tão ruins quanto iriam ficar.

Mas as coisas iriam piorar. Este mundo estava repleto de mal, e Deus iria julgá-lo. A ira de Deus logo seria lançada sobre este mundo, e ai de quem vivesse para ver isso acontecer.

Porém, no final dos tempos terríveis por vir, Deus finalmente viria intervir em prol de seu povo. Viria destruir todas as forças do mal — os impérios do mal aliados contra ele, e o Diabo e seus agentes que os apoiavam. Cristo retornaria do céu e, em uma demonstração cósmica de força, aniquilaria cada poder oposto a Deus e cada ser humano, do imperador para baixo, que tivesse colaborado com eles. O povo de Deus seria vingado, e um novo reino nasceria na terra, simbolizado pela Jerusalém celeste, com portões de pérola e ruas calçadas de ouro. Tudo de odioso e pernicioso desapareceria com eles. Não haveria mais perseguição, dor, angústia, infelicidade, pecado, sofrimento ou morte. Deus reinaria soberano para sempre. E seu povo teria uma existência celestial, para todo o sempre.

## A transformação do raciocínio apocalíptico

O que acontece a uma visão de mundo apocalíptica quando o apocalipse esperado nunca se dá? No Evangelho de Marcos, Jesus diz que alguns de seus discípulos "não provarão a morte" antes de verem o "Reino de Deus chegando com poder" (Mc 9:1). Embora diga que ninguém sabe o "dia ou a hora" exatos, ele indica que o fim de todas as coisas se dará antes que "esta geração" passe (Marcos 13:30). O próprio Paulo parecia esperar estar entre aqueles "vivos, os que ainda estivermos aqui" até o Senhor descer do céu para seu feroz julgamento. O profeta João, no livro do Apocalipse, ouviu Jesus dizer que ele viria "muito em breve", então orou: "Vem, Senhor Jesus!" Mas o que acontece quando ele não vem?

Os primeiros cristãos acreditavam que viviam "nos últimos dias". Seu próprio Senhor tinha sido um apocaliptista que avisara ao povo de Israel para se arrepender antes que fosse tarde demais, porque "o Reino de Deus está próximo" (Marcos 1:15). E Jesus tinha sido seguidor de João, que havia dito que o "machado já está à raiz da árvore" — em outras palavras, que o julgamento apocalíptico logo começaria. Os próprios seguidores de Jesus pensavam que seria ele quem traria o julgamento, que ele tinha ascendido aos céus mas que logo voltaria para julgar a terra e trazer o Reino de Deus como o messias. Eles esperavam que fosse iminente. Mas os dias de espera se transformaram em semanas, depois em meses, e anos, e então em décadas. E o fim não chegou. O que acontece a uma crença que é radicalmente desmentida pelos acontecimentos da história?

Neste caso, o que aconteceu foi que os seguidores de Jesus transformaram sua mensagem. Em certo sentido, a esperança apocalíptica pode ser entendida como uma espécie de linha do tempo divina na qual toda a história é dividida em dois períodos: esta era impura controlada pelas forças do mal e a era por vir na qual o mal será destruído e o povo de Deus reinará soberano. Quando o fim não veio como esperado, alguns dos seguidores de Jesus transformaram este dualismo temporal (esta era em oposição à era por vir) em um dualismo espacial, entre o mundo abaixo e o mundo acima. Ou, de outra forma, trocaram o dualismo horizontal da expectativa de vida apocalíptica nesta era em oposição à vida na era por vir (dualismo horizontal porque tudo acontece neste plano, aqui na terra) por um dualismo vertical, que passava a falar em vida no mundo inferior em oposição à vida no mundo acima (com um alto e um baixo). Em outras palavras, das cinzas da expectativa apocalíptica frustrada nasceu a doutrina cristã de céu e inferno.

O apocaliptismo não passa de um tipo arcaico de teodicéia, uma explicação para o motivo para haver tanta dor e tanto sofrimento neste mundo se há um Deus bom e poderoso encarregado dele. A resposta apocalíptica é que Deus de fato é completamente soberano, e que vai reafirmar sua soberania no futuro, quando derrubar as forças do mal e vingar todos os que se aliaram a ele (e, portanto, sofreram), nesta era. Por que os ímpios prosperam agora? Porque eles se aliam ao mal. Por que os justos sofrem? Porque eles se aliam ao bem. Mas Deus vai mudar a ordem de recompensa e punição na era por vir. Os primeiros serão os últimos, e os últimos, os primeiros. Os exaltados serão humilhados, e os humilhados, exaltados.

Quando isso não aconteceu — quando o mundo não foi transformado —, os cristãos começaram a pensar que o julgamento era algo que não se daria aqui, neste plano terreno, em algum futuro evento cataclísmico. Aconteceria na vida após a morte, depois que cada um morre. O dia do juízo não é algo que acontecerá daqui a pouco. É algo que acontece o tempo todo. Na morte. Aqueles que se aliaram ao Diabo irão receber sua recompensa eterna sendo enviados para viver para sempre com o Diabo, nas chamas do inferno. Aqueles que se aliaram a Deus terão sua recompensa eterna com a garantia de vida eterna com Deus, para sempre desfrutando da bem-aventurança do céu. Nessa visão transformada, o Reino de Deus já não é imaginado como um reino futuro aqui na terra; é o reino que Deus já comanda, no céu. É depois da morte que Deus vinga seu nome e julga seu povo, não em alguma espécie de transformação deste mundo de maldade.

Já há traços dessa versão des-apocaliptizada de cristianismo no próprio Novo Testamento. O último dos Evangelhos a ser escrito foi o de João, escrito por outra pessoa que não o João que escreveu o livro do Apocalipse.[8] É marcante que no Evangelho de João, Jesus já não fale do vindouro Reino de Deus como um lugar onde Deus reinará aqui na terra. O importante para o Evangelho de João não é o futuro do mundo. O que importa é a vida eterna no céu, que chega para aqueles que acreditam em Jesus. Em João, Jesus não exorta o povo de Israel a se arrepender porque "o Reino de Deus está próximo". Ele exorta o povo a acreditar nele como aquele que desceu do céu e está retornando ao céu para seu Pai celestial (observem o dualismo vertical). Aqueles que acreditam nele experimentarão um renascimento, um nascimento "do alto" (o significado literal de João 3:3), aqueles que nascem do alto podem esperar retornar a seu lar celestial quando deixarem esta vida. Por isso Jesus está deixando seus discípulos, segundo João, a fim de que possa "preparar para eles um lugar", uma moradia no céu para onde eles possam ir ao morrer (João 14:1-3).

Para João, o mundo ainda é um lugar do mal, governado pelo Diabo. Mas a salvação não virá quando o Filho do Homem chegar para julgar o mundo, trazendo o Reino de Deus durante a vida de seus discípulos. Ela virá para cada indivíduo, que terá vida eterna caso acredite naquele que desceu do Pai e retornou a ele. Em João, encontramos o dualismo horizontal da expectativa apocalíptica transformado no dualismo vertical de céu e terra.

Os cristãos depois desenvolveram detalhadamente a doutrina do céu e do inferno como os locais para onde as almas individuais vão quando morrem. Esse ensinamento não é muito encontrado na Bíblia. A maioria dos autores da Bíblia hebraica, quando acreditava em vida após a morte, pensava que a vida após a morte era uma existência indistinta no Xeol para todos os seres humanos, fossem eles iníquos ou justos. A maioria dos autores do Novo Testamento achava que a vida após a morte envolvia uma existência ressuscitada na Terra quando da chegada do Reino de Deus. As noções cristãs de céu e inferno refletem o desenvolvimento dessa idéia de ressurreição, mas é uma idéia transformada — transformada por causa da expectativa apocalíptica frustrada de Jesus e seus primeiros seguidores.

## A solução apocalíptica para o sofrimento: uma avaliação

No cerne da resposta apocalíptica para o sofrimento está a idéia de que o Deus que criou este mundo vai transformá-lo. O mundo se tornou iníquo; forças do mal controlam o mundo e se tornarão cada vez mais poderosas até o final, quando Deus vai intervir de uma vez por todas, destruir tudo o que é maldade e recriar o mundo como um paraíso para o seu povo.

Devo dizer que há aspectos desta visão apocalíptica que considero muito poderosos e atraentes. É uma visão de mundo que leva o mal a sério. O mal não é simplesmente algo ruim que as pessoas fazem umas às outras — embora certamente seja no mínimo isso. Mas o mal que as pessoas fazem umas às outras pode ser tão enorme, tão iníquo, tão esmagador que é difícil imaginá-lo como sendo simplesmente pessoas fazendo coisas ruins. O Holocausto, o genocídio no Camboja, a limpeza étnica na Bósnia — são de algum modo maiores que os indivíduos responsáveis. As catástrofes humanas podem ter proporção cósmica; o mal é algo tão além do palpável, que é demoníaco. O apocaliptismo argumentava que de fato é demoníaco, provocado por forças maiores que seres humanos e mais poderosas que qualquer coisa que possamos conceber ou imaginar.

Ademais, a visão apocalíptica leva em conta o horrendo sofrimento experimentado pelas pessoas que são vítimas de tragédias naturais: furacões que devastam cidades inteiras; terremotos que deixam mais de 3 milhões de pessoas sem teto e desamparadas, com o inverno se abatendo sobre elas no Himalaia; deslizamentos de terra que destroem cidades em questões de minutos; tsunamis que matam centenas de milhares em um só golpe. A visão apocalíptica reconhece que há um verdadeiro mal no mundo e que não é simplesmente uma questão de pessoas ruins fazendo coisas ruins.

Também é uma visão concebida para dar esperança àquelas pessoas que experimentam um sofrimento que do contrário seria pesado demais para suportar, um sofrimento que parece não ser absolutamente redentor, que dilacera não apenas o corpo, mas o próprio cerne de nossa existência emocional e mental. Ela diz que embora o mal seja dominante agora, seus dias estão contados. As pessoas que experimentam dor, infelicidade e sofrimento no mundo serão todas vingadas. Deus intervirá e reafirmará seu poder bondoso neste mundo distorcido. O mal não tem a última palavra; Deus tem a última palavra. A morte não é o fim da história; o futuro Reino de Deus é o fim da história.

Eu considero tudo isso poderoso e atraente. Ao mesmo tempo, tenho de admitir que a visão apocalíptica é baseada em idéias mitológicas que eu simplesmente não posso aceitar. Para pensadores antigos, como os autores da Bíblia, a própria noção do que iria acontecer no final dos tempos era baseada em uma compreensão do mundo como um universo de três andares no qual Deus, acima, tinha abandonado o controle da terra aqui embaixo, mas que logo desceria e traria o mundo de cima para nosso mundo aqui embaixo. Mas não há Deus lá em cima, logo acima do céu, esperando para "descer" aqui ou para nos levar lá para "cima".

Além disso, a fervorosa expectativa de que devemos estar vivendo no final dos tempos com o tempo se provou — sempre — errada. É verdade que aqueles que sofrem podem encontrar esperança na expectativa de que logo todas as coisas serão transformadas, que o mal que eles experimentam será destruído e que eles receberão sua justa recompensa. Mas também é fato que esse fim esperado não veio, e nunca virá até que, qualquer que seja a razão, a raça humana simplesmente deixe de existir.

Na verdade, sempre houve profetas nos dizendo que isso vai acontecer muito em breve. Sempre que há uma grande crise mundial esses profetas ganham força. Escrevem livros (muitos deles ganham muito dinheiro fazendo isso, o que sempre me pareceu irônico). Dizem que os acontecimentos no Oriente Médio, na Europa, na China, na Rússia ou em nosso próprio país estão obedecendo ao que foi previsto pelos profetas há muito tempo. Mas então o tempo passa e nada muda, a não ser os donos do poder e suas políticas e, com freqüência, as fronteiras dos países que eles controlam. E surge uma nova crise: em vez da Alemanha nazista é a União Soviética; em vez da União Soviética é o fundamentalismo islâmico; em vez do fundamentalismo islâmico é... O que vier a seguir. Cada nova crise gera um novo conjunto de livros, que mais uma vez nos asseguram que os recentes acontecimentos estão cumprindo as profecias. E assim por diante, *ad infinitum*, e o mundo não acaba.

Há problemas com esses pontos de vista. O mais óbvio é o fato de que todos que já fizeram uma previsão desse tipo — cada um deles — estavam absoluta e incontrovertidamente errados. Outro problema é que esse tipo de perspectiva tende a alimentar a complacência religiosa entre aqueles que "sabem" o que o futuro reserva e não estão dispostos a estudar seus pontos de vista de forma crítica. Há poucas coisas mais perigosas do que a certeza religiosa congênita.

Outro problema é que "saber" que todas as coisas no final serão consertadas por uma intervenção sobrenatural pode levar a uma espécie de complacência social, a um desinteresse em lidar com o mal quando nos deparamos com ele aqui e agora, já que isso será enfrentado posteriormente por Alguém muito mais capaz de lidar com ele do que nós somos. Mas complacência face ao sofrimento real certamente não é a melhor forma de lidar com o mundo e seus imensos problemas. Tem de haver um caminho melhor.

# Sofrimento: a conclusão

Esta manhã eu decidi pegar o jornal e dar uma olhada no mundo. Como estamos hoje no departamento de sofrimento? Francamente, não é animador. Eis algumas das matérias que encontrei. (Li apenas o primeiro caderno do meu jornal de domingo, o *News and Observer*, de Raleigh.)

A dor atinge até os ricos e famosos. O candidato à presidência John Edwards, um garoto da cidade (ele vive em Chapel Hill, onde eu leciono), anunciou que continuará a fazer campanha embora sua esposa, Elizabeth, tenha recebido o diagnóstico de câncer ósseo. Foi encontrado um tumor maligno. É incurável. Eles têm quatro filhos. O segundo, Wade, morreu de forma trágica em um acidente de carro 11 anos atrás. Dois dos outros têm apenas oito e seis anos de idade. Ninguém sabe quanto tempo Elizabeth vai durar, mas ela está mantendo a coragem e continua na campanha.

Um estudante de 21 anos de idade de minha faculdade, mascote da equipe de atletismo, foi atingido por um utilitário esportivo; ele está em coma, com graves ferimentos na cabeça e edema cerebral. Ele se formaria em um mês e meio; provavelmente não viverá tanto.

Um tornado atingiu Logan, Novo México, derrubando e destruindo cerca de cem casas e lojas e três escolas, e ferindo 35 pessoas.

Moradores de Nova Orleans estão começando a se armar em ritmo acelerado. As vendas de armas estão aumentando lá. O motivo? Na esteira do Katrina, a taxa de homicídios se tornou a mais alta do país. O xerife mandou carros blindados para alguns bairros, e a Guarda Nacional e a polícia estão patrulhando as ruas. Mas as pessoas não confiam no sistema, por isso estão se armando.

Ontem, representantes da Coréia do Norte suspenderam as negociações conjuntas entre seis países sobre o programa nuclear coreano. É exatamente *isso* de que o mundo precisa: mais ameaças nucleares.

A guerra no Iraque entrou esta semana em seu quinto ano. Até agora, o conflito já causou a morte de 3.230 soldados americanos. Só Deus sabe quantos iraquianos morreram; nunca recebemos essas estatísticas.

A guerra já custou pelo menos 400 bilhões de dólares. O que o governo não diz é que são 400 bilhões que poderiam ter sido usados em outras coisas, como alimentar quem tem fome ou dar casas aos sem-teto.

Atentados suicidas mataram 46 pessoas no Iraque ontem (essa pequena notícia estava escondida na página 18). Um soldado dos Estados Unidos foi morto em patrulha. Quatro iraquianos foram mortos em um disparo de morteiro. Dez corpos de homens fuzilados foram encontrados em Bagdá; dez outros foram achados na cidade de Fallujah, todos executados. As coisas não estão boas.

Havia uma espécie de matéria de interesse humano sobre o segundo-sargento Daniel Gilyeat, ferido no Iraque. Ele estava dirigindo um Humvee blindado, que passou por cima de uma mina antitanque. Depois da explosão ele olhou para baixo e viu suas calças rasgadas, mas não percebeu como estava mal — até ver dois de seus amigos retirarem sua perna do veículo, e outra pessoa remover seu pé. Ele voltou para casa e está tentando aprender a caminhar com uma perna artificial.

Outra matéria do Iraque. Há uma mulher — uma de centenas — cujo irmão foi seqüestrado. Os seqüestradores estavam exigindo 100 mil dólares. Ela e a família só conseguiram levantar 20 mil e receberam a informação de que seria suficiente. Eles entregaram o dinheiro e os seqüestradores disseram que entrariam em contato, avisando onde achar o irmão dela. Mas eles nunca receberam outras notícias dos seqüestradores. Desesperados, percorreram os necrotérios para tentar localizar o corpo. Finalmente, chegaram a um agente funerário que tinha fotos de todos os corpos que tinha enterrado. O do irmão da mulher era um deles. A fotografia mostrava-o com as mãos amarradas acima da cabeça, o rosto muito ferido. Os torturadores tinham usado uma furadeira elétrica para fazer um orifício em sua testa.

A esta altura eu parei de ler. O jornal de ontem tinha matérias semelhantes, assim como o do dia anterior. E por aí vai. O jornal não mencionou o número de pessoas que morreram ontem de fome, câncer, Aids, malária e parasitas que infestam a água, nem de pessoas eternamente sem teto ou com fome, pessoas que são física ou emocionalmente agredidas por seus maridos, crianças agredidas pelos pais, de vítimas de violência racista ou sexista, e assim por diante.

O que vamos fazer com toda essa confusão? Devo dizer que não sou uma daquelas pessoas melancólicas e trágicas que acordam toda manhã deprimidas e desanimadas com o estado do mundo. Na verdade sou muito alegre, com um belo senso de humor, entusiasmo pela vida e a sensação de que há um volume inacreditável de bem no mundo — parte do qual eu desfruto pessoalmente todos os dias de minha vida. Mas fazer o quê com todas as tragédias do mundo, toda infelicidade, dor, todo o sofrimento?

Praticamente todo dia recebo e-mails de pessoas que não conheço; elas leram alguma coisa que escrevi e ouviram que por ter dificuldade de explicar o sofrimento no mundo eu me tornei agnóstico. Esses e-mails são sempre bem intencionados e muitos deles são bastante ponderados. Eu tento responder a todos, no mínimo para apenas agradecer à pessoa por ter mandado suas reflexões. Mas é um *pouco* surpreendente para mim que tantas pessoas tenham uma compreensão tão simples do sofrimento e queiram partilhá-la comigo, como se eu não tivesse ouvido ou pensado naquela antes. Ainda assim, é sempre muito gentil e inocente, então eu aprecio. Uma das explicações mais comuns que recebo é a de que temos de compreender que Deus é como um pai bom, um pai celestial, e que ele permite que haja sofrimento em nossas vidas como uma forma de moldar nosso caráter e nos dar lições sobre como viver. Há, claro, precedentes bíblicos para essa visão:

> Meu filho não desprezes a disciplina do Senhor,
> nem te canses com a sua exortação;
> porque o Senhor repreende os que ele ama,
> como um pai ao filho que preza. (Pr 3:11-12)

Eu não dediquei todo um capítulo a essa visão porque não acho que seja uma das explicações mais comuns da Bíblia, mas ela às vezes está lá, como já vimos. No livro de Amós, por exemplo, quando Deus pune seu povo pelos pecados, é exatamente como uma espécie de disciplina, para dar uma lição: o povo precisa retornar a ele e a seu caminho. Segundo Amós, é por isso que a nação experimentou fome, seca, pestes, guerra e morte: Deus estava tentando fazer seu povo "voltar a mim" (Amós 4:6-11).

Essa visão faria sentido para mim se a punição não fosse tão severa, a disciplina tão dura. Realmente devemos acreditar que Deus faz as pessoas morrerem de fome para dar uma lição nelas? Que ele manda epidemias que destroem o corpo, doenças mentais que destroem a mente, guerras que destroem a nação, para dar às pessoas uma aula de teologia? Que tipo de pai é ele se aleija, fere, desmembra, tortura, atormenta e mata seus filhos — tudo com o objetivo de manter a disciplina? O que deveríamos pensar de um pai humano que deixasse um filho morrer de fome porque tinha feito algo errado, ou que açoitasse um filho quase até a morte para ajudá-lo a perceber seus erros? O pai celestial é tão pior que o pior pai humano que podemos imaginar? Eu não acho essa visão muito convincente.

Em função das mensagens que recebo me dou conta de que muitas pessoas acham que o sofrimento vivido neste mundo é um mistério — ou seja, não pode ser compreendido. Como já disse, esta é uma visão que tem apelo para mim. Mas ao mesmo tempo muitos pensam que seremos capazes de compreender, e que isso fará sentido. Em outras palavras, Deus tem um plano que nós não podemos, no momento, discernir. Mas no final todos veremos que o que aconteceu, mesmo o sofrimento mais horrendo experimentado pela pessoa mais inocente, foi no interesse de Deus, do mundo, da raça humana e até de nós mesmos.

É um pensamento reconfortante para muitas pessoas, uma espécie de reafirmação de que Deus realmente esta no comando e sabe o que está fazendo. E se isso for verdade, suponho que nunca saberemos, até o final de tudo. Mas não estou certo de que seja um ponto de vista convincente. É uma visão que me lembra muito um episódio de um dos maiores romances já escritos, *Os irmãos Karamazov*, de Fiodor Dostoiévski. O capítulo mais famoso deste romance muito longo é intitulado "O Grande Inquisidor". É uma espécie de parábola, contada por um dos personagens principais do livro, Ivan Karamazov, a seu irmão Aliocha, na qual ele imagina o que aconteceria se Jesus retornasse à terra como ser humano. Em sua parábola Ivan argumenta que os líderes da igreja cristã teriam de dar um jeito para que Jesus fosse morto novamente, já que aquilo que as pessoas querem não é a liberdade que Cristo dá, mas as estruturas e respostas autoritárias fornecidas pela Igreja. Acho que os líderes das mega-igrejas de nosso mundo deveriam parar e pensar — líderes que preferem fornecer a certeza de respostas certas a orientar as pessoas a fazer perguntas difíceis.

Seja como for, embora o capítulo sobre o Grande Inquisidor seja o mais conhecido do romance, são os dois capítulos anteriores a ele que sempre considerei os mais fascinantes. Nesses dois capítulos, mais uma vez são Ivan e

Aliocha conversando. Aliocha é um jovem noviço do mosteiro local, brilhante mas inexperiente; ele é profundamente religioso, mas ainda demonstra certa (em alguns momentos deliciosa) ingenuidade. Ivan, seu irmão mais velho, é um intelectual e um cético. Admite que acha que Deus existe (ele não é ateu, como alguns analistas algumas vezes disseram), mas não quer nada com Deus. A dor e o sofrimento no mundo são grandes demais, e em última instância Deus é o culpado. Mesmo se no final dos tempos Deus revelasse o segredo que desse sentido a tudo o que tinha acontecido aqui na terra, não seria o bastante. Ivan não quer participar disso. Como Ivan diz: "Não é Deus que eu não aceito, compreende, é este mundo de Deus, criado por Deus, que eu não aceito e não posso concordar em aceitar" (página 235).[1]

Ele não aceita o mundo porque mesmo que Deus no final revele aquela coisa que dá sentido a tudo, Ivan ainda consideraria o sofrimento no mundo horrível demais. Ele compara sua rejeição do mundo a um problema matemático. O antigo matemático grego Euclides disse que duas linhas paralelas não podem se encontrar (do contrário elas não seriam paralelas). Mas Ivan observa que há "alguns geômetras e filósofos" que acham que a regra se aplica apenas no campo do espaço finito, que na verdade, em algum ponto do infinito, duas linhas paralelas se encontram. Ivan não nega que isso possa ser verdade, mas rejeita tal idéia — sua mente não consegue captá-la, então ele se recusa a acreditar. Da mesma forma, o sofrimento para ele. Se no final Deus mostrasse que tudo tinha servido a um objetivo maior, mais nobre, ainda assim não seria o suficiente para justificar. Como Ivan diz:

> Eu tenho uma convicção pueril de que os sofrimentos serão curados e mitigados, e (...) que no final, no fim do mundo, no momento de harmonia eterna, acontecerá e será revelado algo tão precioso que satisfará todos os corações, aplacará toda indignação, redimirá toda a vilania humana, todo o banho de sangue, bastará não apenas para tornar possível o perdão, mas também para justificar tudo o que aconteceu. (...) Que isso tudo se torne real e seja revelado, mas eu não aceito isso, e não quero aceitar isso! Que as linhas paralelas até mesmo se encontrem frente a meus olhos: eu olharei e direi, sim, elas se encontram, e ainda assim eu não aceito. (Página 236)

Isso então lança Ivan em uma discussão sobre a visão que tem do sofrimento, no capítulo fundamental do livro, chamado "Rebelião". Ali ele explica que, para ele, o sofrimento de crianças inocentes *não* pode ser explicado, e que se um dia vier uma explicação do Todo-poderoso, ele simplesmente não a aceitará (por isso o capítulo tem o título de "Rebelião" — para seu devoto irmão Aliocha, esse tipo de postura em relação a Deus é rebelde).

Grande parte do capítulo mostra Ivan angustiado com o sofrimento dos inocentes. Ele fala sobre a violência dos soldados turcos nas guerras na Bulgária, que "queimam, matam, estupram mulheres e crianças, pregam prisioneiros pelas orelhas a cercas e os deixam lá até de manhã, e na manhã os enforcam". Ele se opõe a classificar isso como comportamento animalesco, porque seria "terrivelmente injusto e ofensivo aos animais", que nunca se comportariam com tal crueldade. E continua:

> Esses turcos, entre outras coisas, se deliciavam em torturar crianças, começando por tirá-las dos ventres das mães com um punhal e terminando arremessando os bebês para cima no ar e os apanhando com suas baionetas em frente aos olhos das mães. O maior prazer estava em fazer isso frente aos olhos das mães. (Página 238)

E apresenta a seguir outra cena horrível:

> Imagine um bebê nos braços de sua mãe trêmula, cercada por turcos. Eles conceberam uma brincadeira divertida: acalentam o bebê, riem para que ele ria, e conseguem — o bebê ri. Nesse momento o turco aponta uma pistola para ele, a dez centímetros de seu rosto. O bebê ri de prazer, estende as mãozinhas para agarrar a pistola, e de repente o artista puxa o gatilho direto em seu rosto e explode a sua cabecinha. (...) Artístico, não? (Páginas 238-39)

As histórias de Ivan não são apenas sobre atrocidades de tempo de guerra. Elas envolvem o cotidiano. E o assustador é que elas soam verdadeiras como experiências reais. Ele é obcecado com a tortura de crianças pequenas, mesmo entre pessoas bem educadas, "civilizadas", vivendo na Europa:

> Eles adoram torturar crianças, eles até mesmo adoram crianças nesse sentido. É precisamente a indefensabilidade dessas criaturas que provoca os torturadores, a confiança angelical da criança, que não tem para onde e para quem se voltar — é isso que aquece o sangue vil do torturador. (Página 240)

Ele conta a história de uma menina de cinco anos, que foi atormentada pelos pais e severamente punida por molhar sua cama (uma história que Dostoiévski baseou em um caso da corte verdadeiro):

> Aqueles pais educados submeteram a pobre menina de cinco anos de idade a todas as torturas possíveis. Eles bateram nela, açoitaram, chutaram, sem nem mesmo saberem por quê, até que todo o corpo estivesse ferido; finalmente, chegaram ao auge da elegância: sob um frio de gelar, eles a trancaram a noite toda na privada do lado de fora, porque ela não iria se levantar e pedir para ir ao banheiro no meio da noite (como se uma menina de cinco anos dormindo seu sono angelical tivesse aprendido a pedir com essa idade) — e sujaram seu rosto com suas fezes e a obrigaram a comer as fezes, e foi sua mãe, sua mãe quem obrigou! (Página 242)

Ivan observa que algumas pessoas alegaram que o mal é necessário para que os seres humanos possamos reconhecer o que é bom. Tendo em mente a menina de cinco anos com fezes no rosto, ele rejeita esse ponto de vista. Com alguma verve, ele pergunta a Aliocha:

> Você consegue compreender tal absurdo [isto é, atos de maldade], meu amigo e irmão, meu devoto e humilde noviço, pode compreender por que esse absurdo é necessário e criado? Sem ele, dizem, o homem sequer poderia ter vivido na terra, pois não conheceria o bem e o mal. Quem quer conhecer esse maldito bem e mal por tal preço? (Página 242)

Para Ivan, o preço é alto demais. Ele rejeita a idéia de que possa haver uma solução divina que torne todo o sofrimento merecido, uma resposta final dada daqui a pouco no céu que justificará a crueldade feita a crianças (para não falar dos outros; ele se limita a crianças apenas, para simplificar): "Ouça: se todos devem sofrer de modo a comprar a harmonia eterna com seu sofrimento, eu lhe suplico, diga-me o que as crianças têm a ver com isso?" (página 244). Ivan se aferra ao aqui e agora para dizer que, o que quer que seja revelado depois, seja lá o que possa produzir "harmonia final" nesse mundo caótico cheio de mal e sofrimento, ele o rejeita, em solidariedade às crianças que sofrem:

> Enquanto ainda há tempo, eu me apresso a me defender contra isso, e portanto definitivamente renuncio a toda harmonia superior. Ela não vale uma pequena lágrima daquela criança atormentada que bate no peito com seu pequeno punho e reza ao "querido Deus" em uma latrina fedorenta com suas lágrimas impenitentes! (Página 245)

Em certo sentido, Ivan está reagindo à velha visão iluminista de Leibniz, de que, a despeito de toda dor e infelicidade, este é o "melhor de todos os mundos possíveis". A única forma de alguém poder reconhecer que este é o melhor mundo é se o que acontece nele for finalmente explicado e justificado. Mas para Ivan não há justificativa. Ele prefere ser solidário às crianças que sofrem a receber no final uma solução divina que dê "harmonia" ao mundo — ou seja, um sentido de por que todas as coisas funcionaram juntas para os bons propósitos de Deus e de toda a humanidade.

> Prefiro ficar com meu sofrimento não aplacado e minha indignação insaciável *mesmo que esteja errado*. Ademais, eles pediram um preço alto demais pela harmonia. Não podemos pagar tanto pela entrada. Assim, eu me apresso a devolver meu ingresso. E é meu dever, como homem honesto, devolvê-lo com a maior antecedência possível. Que é o que estou fazendo. Não que eu não aceite Deus, Aliocha, eu apenas, com todo respeito, devolvo a ele o ingresso. (Página 245)

Aqui Ivan compara o ato final da história, no qual Deus revela por que todo o sofrimento dos inocentes era "necessário" para um bem maior — a harmonia de todas as coisas —, a uma peça de teatro, na qual os conflitos da trama são solucionados no final. Ivan admite que os conflitos podem ser solucionados, mas não está interessado em assistir à peça. Os conflitos são reais e malditos demais. Assim, ele devolve o ingresso.

Eu li *Os irmãos Karamazov* há mais de 25 anos, quando estava na faculdade (por anos eu li apenas romances do século XIX, e este era um dos meus preferidos). Este trecho permaneceu na minha cabeça esses anos todos. Não estou certo de que concordo inteiramente com Ivan. Penso que se de fato Deus Todo-poderoso aparecer a mim e me oferecer uma explicação que dê sentido até mesmo à tortura, desmembramento e morte de crianças inocentes, e a explicação for tão poderosa que eu realmente *consiga* entender, então seria o primeiro a me jogar de joelhos em humilde submissão e admiração. Por ouro lado, não acho que isso vai acontecer. Esperar que aconteça provavelmente não passa de pensamento positivo, um artifício da fé utilizado por aqueles que estão igualmente desesperados para continuar fiéis a Deus e compreender este mundo, ao mesmo tempo se dando conta de que os dois — suas visões de Deus e a realidade deste mundo — se contradizem.

Outras pessoas, claro, lidaram com o sofrimento insistindo em que mudemos nossa visão de Deus. É o que estimula o rabino Harold Kushner em seu best-seller *Quando coisas ruins acontecem a pessoas boas.*[2] Tenho de admitir que quando li o livro pela primeira vez, preparando-me para meu curso sobre sofrimento nas tradições bíblicas na Rutgers em meados da década de 1980, não gostei de modo algum e passei a chamá-lo de "Quando livros ruins são escritos por pessoas boas". Meu problema com ele era que Kushner queria argumentar que Deus não é todo-poderoso e não consegue controlar as coisas ruins que acontecem com as pessoas. Mas o que eu considerei mais perturbador foi que Kushner considerava que este era o ensinamento da própria Bíblia, especificamente o livro de Jó. Achei aquela interpretação ultrajantemente ruim, na verdade exatamente o *oposto* da visão de Jó (e de quase todos os outros autores bíblicos). A questão de Jó é que Deus é o Todo-poderoso que criou e comanda o mundo, e que simples mortais não têm o direito de questionar o que ele faz, mesmo quando faz o inocente sofrer. Kushner não tinha apenas feito uma interpretação ruim — ele a invertera completamente.

Reli Kushner há dois meses, e devo dizer que agora que sou mais velho (e em geral menos irritável), tive uma reação muito diferente. Na verdade, é um livro sábio escrito por um homem sábio que consegue falar a pessoas que experimentam tragédias pessoais. Suponho que agora — vinte anos depois — não estou nem de longe tão preocupado quanto antes em ter a interpretação "certa" da Bíblia. Eu vi muita coisa nas duas últimas décadas, e a interpretação bíblica já não é para mim a maior preocupação sobre a face da Terra. Ademais, o ponto de vista de Kushner tem muito a dizer. Não que seja uma interpretação correta de Jó — nem de longe. Mas é uma visão útil, que de fato ajudou milhares de pessoas, talvez milhões.

Para Kushner, não é Deus que causa nossas tragédias pessoais. Nem mesmo ele as "permite", quando poderia impedi-las. Simplesmente há algumas coisas que Deus não pode fazer. Ele não pode interferir para impedir que soframos. Mas o que ele pode fazer é igualmente importante. Ele pode nos dar a força para lidar com nosso sofrimento quando passamos por ele. Deus é um Pai amoroso que está aqui por causa de seu povo; não para garantir miraculosamente que nunca terá dificuldades, mas para dar a ele a paz e a força necessárias para enfrentar a adversidade.

Hoje considero esta uma visão poderosa, e é compreensível que tantas pessoas tenham sido tocadas por ela. Se ainda acreditasse em Deus, provavelmente seria a visão que acabaria assumindo. Mas para a maioria dos autores da Bíblia, o poder de Deus é ilimitado. Deus sabe todas as coisas e pode fazer todas as coisas. Por isso, ele é Deus. Dizer que ele não pode curar o câncer, eliminar defeitos congênitos, controlar furacões ou impedir um holocausto nuclear é dizer que ele na verdade não é Deus — pelo menos não o Deus da Bíblia e da tradição judaico-cristã. Acreditar em um Deus que está ao meu lado em meu sofrimento mas que de fato não pode fazer muito quanto a isso torna Deus muito parecido com minha mãe ou meu vizinho gentil, mas não faz dele muito um Deus.

Kushner é um rabino judeu, e descobriu que seus pontos de vista eram úteis em seu trabalho pastoral. Há outros pontos de vista, apresentados por pensadores cristãos, que também se mostraram úteis às pessoas ao longo dos anos. Uma das discussões clássicas sobre o sofrimento no início da década de 1980, um livro que muitos seminaristas costumavam ler, é *Suffering: A Test of a Theological Method*, de Arthur McGill.[3] Também é um livro de grande sabedoria — não escrito para o grande público como o de Kushner, mas para pastores e teólogos que não se incomodam de pensar com profundidade sobre um tema complexo. O livro de McGill é explicitamente cristão e não teria utilidade quase nenhuma para alguém que já não é cristão. Ele de fato insiste em que a teologia cristã pressupõe a fé cristã, e é um exercício intelectual praticado pelos cristãos e adequado apenas a eles. Sua visão do sofrimento é absolutamente cristocêntrica (isto é, centrada em Cristo). Para McGill, Cristo é em si a encarnação, a incorporação de Deus. Se quisermos saber como é Deus, devemos olhar para Jesus.

E o que vemos quando olhamos para Jesus? Vemos alguém que passou toda a sua vida, e foi para a morte, dando amor. Não era um amor que esperava algo em troca. Foi um amor custoso. Ele custou a Jesus tudo enquanto estava vivo, e no fim custou a ele a vida. Jesus é aquele que pagou o preço final de seu amor. E se os cristãos querem segui-lo, seguirão seu exemplo. Terão também que dar tudo pelo bem dos outros. Foi o que Jesus fez, e fazendo isso nos mostrou o verdadeiro caráter de Deus. Deus é aquele que sofre conosco. Seu poder se manifesta no sofrimento. Seu caráter é revelado quando seus seguidores se dão pelos outros, mesmo que leve à morte.

Essa pode parecer uma visão religiosa rígida, e é. É cristianismo sério. Não é o tipo de cristianismo que vende livros (ele nunca foi um best-seller); não é o tipo de cristianismo que constrói mega-igrejas (que preferem e pregam o sucesso, e não o sofrimento, muito obrigado). Mas é alicerçado em uma posição cuidadosamente refletida sobre o que significa ser um cristão no mundo — um verdadeiro cristão, em oposição ao modelo de plástico.

Por mais atraente que considere esse ponto de vista, temo que — estando de fora — eu ainda assim o considere problemático. Muitos outros teólogos, juntamente com McGill, argumentaram que Cristo é a solução de Deus para o sofrimento, porque em Cristo o próprio Deus sofreu. Acho que essa visão se mostrou reconfortante para pessoas cristãs que sofrem e se deram conta de que também Deus enfrentou dor, agonia, tortura, humilhação e morte. Mas, novamente, eu fico pensando. A maior parte da Bíblia, claro, não retrata o sofrimento de Deus. Ele causa sofrimento. Ou usa o sofrimento. Ou impede o sofrimento. A idéia de que o próprio Deus sofreu é baseada na visão teológica de que Jesus era Deus, e como Jesus sofreu, logo Deus também sofreu. Mas a visão de que Jesus era Deus não é partilhada pela maioria dos autores do Novo Testamento. Na verdade essa é uma visão teológica desenvolvida bem tardiamente no movimento cristão inicial; ela não aparece, por exemplo, nos Evangelhos de Mateus, Marcos ou Lucas — quanto mais nos ensinamentos do homem histórico Jesus. Para mim, é um desdobramento teológico interessante e importante, mas não um que eu considere convincente.

Eu também tenho dificuldades com o ponto de vista de McGill porque ele parece fornecer uma compreensão arbitrária, mais que necessária, do Deus cristão. É igualmente possível argumentar teologicamente que desde que Cristo tomou todo o sofrimento do mundo, o mundo já não precisa sofrer. Isso, afinal, foi o que os teólogos argumentaram em relação a pecado e danação: Jesus tomou nosso pecado e experimentou a condenação de Deus exatamente para que *nós* não precisássemos passar por isso. Por que isso não é igualmente verdadeiro para o sofrimento? Ele não sofreu de modo que nós não precisemos sofrer?

Ademais, se o Deus cristão é aquele que sofre, então quem é aquele que criou e sustenta o mundo? Não é o mesmo Deus? Ao dizer que Deus sofre com sua criação, parecemos ter sacrificado a visão de que Deus é soberano sobre sua criação. Em outras palavras, mais uma vez Deus não é realmente Deus. E permanecemos com o problema do sofrimento: por que ele está aqui?

Neste livro eu estudei uma gama de respostas bíblicas, e em minha opinião a maioria delas simplesmente não é intelectual ou moralmente satisfatória. (É importante lembrar que estas são *diferentes* explicações para por que há sofrimento; algumas dessas explanações contradizem outras.) É porque Deus está punindo as pessoas por seus pecados? É o que os profetas da Bíblia hebraica sustentam. Mas eu me recuso a pensar que defeitos congênitos, fome em massa, epidemias de gripe, mal de Alzheimer e genocídios são dados por Deus para que as pessoas se arrependam ou para ensinar uma lição a elas.

Outros autores — e os próprios profetas — querem sustentar que algum sofrimento é causado porque as pessoas têm o livre-arbítrio de ferir, aleijar, torturar e matar as outras. Isso certamente é verdade. O racismo e o sexismo são disseminados, continua a haver guerras, ainda há genocídios — para não falar das pessoas mesquinhas e malévolas com as quais alguns temos de conviver o tempo todo, em nossos bairros, locais de trabalho, no governo, e assim por diante. Mas por que Deus permitiria o mal causado pelo homem em alguns casos e não em outros? Por que ele não *faz* alguma coisa em relação a isso? Se ele era poderoso o bastante para erguer os exércitos babilônicos para destruir Jerusalém, e depois erguer os persas para destruir os babilônios — onde ele estava quando do Vietnã? Ou Ruanda? Se ele pôde fazer milagres para seu povo ao longo da Bíblia inteira, onde ele está hoje quando seu filho é morto em um acidente de carro, seu marido tem esclerose múltipla, eclode uma guerra civil no Iraque ou os iranianos resolvem ter ambições nucleares?

Alguns dos autores bíblicos acreditavam que o sofrimento era no fim redentor; e é verdade que com freqüência pode haver benefícios nas dificuldades que encontramos. Mas eu simplesmente não vejo nada de redentor quando bebês etíopes morrem de subnutrição, quando milhares de pessoas morrem hoje (e ontem, e no dia anterior) de malária ou quando toda a sua família é brutalizada por uma gangue drogada que invade sua casa no meio da noite.

Alguns autores pensavam no sofrimento como um teste de fé. Mas eu me recuso a acreditar que Deus assassinou (ou permitiu que Satanás assassinasse) os dez filhos de Jó para ver se Jó iria amaldiçoá-lo. Se alguém matasse *seus* dez filhos, você não teria o direito de amaldiçoá-lo? E pensar que Deus podia compensar Jó dando a ele outros dez filhos é obsceno.

Alguns autores achavam que o sofrimento no mundo é provocado por forças que se opõem a Deus, forças que oprimem seu povo quando tenta obedecer a ele. Essa visão pelo menos leva a sério o fato de que o mal existe e é disseminado. Mas no fim ela é baseada em visões mitológicas deste mundo (um universo em três andares; demônios que são diabinhos malévolos que tentam invadir os corpos dos homens e fazer coisas nojentas com eles) que não se encaixam com o que hoje sabemos sobre o mundo. Também é baseada em uma fé cega, levando a acreditar que no final tudo o que está errado será consertado — um pensamento agradável, que eu gostaria que fosse verdade. Mas é apenas uma fé cega, que pode, com muita facilidade, levar à apatia social: como os problemas não serão resolvidos antes do fim, não há por que trabalharmos para resolvê-los agora.

Certos autores — como aquele que escreveu os poderosos diálogos poéticos de Jó — sustentaram que o sofrimento é um mistério. Eu encontro eco nessa visão, mas não tenho grande apreço pelo seu corolário — o de que não temos o direito de pedir uma resposta para o mistério, já que, afinal, somos meros peões, Deus é o TODO-PODEROSO e não temos base para chamá-lo às falas pelo que fez. Se Deus nos fez (assumindo por um momento o ponto de vista teísta), então supostamente nossa noção de certo e errado vem dele. Se este é o caso, não há outra noção de certo e errado que não a dele. Se ele faz algo errado, então é culpado pelos próprios princípios de julgamento que ele nos deu como seres humanos conscientes. E assassinar bebês, matar multidões de fome e permitir — ou causar — genocídios é errado.

Devo admitir que no final das contas tenho uma visão bíblica do sofrimento. No fim, é a visão apresentada no livro de Eclesiastes. Há muita coisa que não podemos saber sobre este mundo. Muitas situações desse mundo não fazem sentido. Algumas vezes não existe justiça. As coisas não acontecem como o planejado ou como deveriam. Muitas coisas ruins acontecem. Mas a vida também oferece coisas boas. A solução para a vida é desfrutar dela enquanto podemos, porque ela é passageira. Este mundo, e tudo nele, é temporário, transitório, e logo terá acabado. Não viveremos para sempre — de fato, não viveremos muito. Assim, deveríamos desfrutar da vida em sua plenitude, o máximo que pudermos, o tempo que pudermos. É o que o autor do Eclesiastes pensa, e eu concordo.

Em minha opinião, esta vida é tudo o que há. Meus alunos têm dificuldade de acreditar em mim quando digo a eles que esta é uma visão transmitida pela Bíblia, mas é. É explicitamente o ensinamento do Eclesiastes, e uma visão partilhada por outros grandes pensadores, como o autor dos diálogos poéticos de Jó. Assim, talvez eu afinal seja um pensador bíblico. Seja como for, a idéia de que esta vida é o que existe não deve ser motivo de desespero e abatimento, mas exatamente o contrário. Deve ser uma fonte de alegria e sonhos — alegria de viver o momento e os sonhos de fazer do mundo um lugar melhor, tanto para nós quanto para os outros nele.

Isso significa trabalhar para aliviar o sofrimento e dar esperança a um mundo carente de esperança. A realidade é que podemos fazer mais para lidar com os problemas que as pessoas enfrentam no mundo. Levar a vida na plenitude significa, entre outras coisas, fazer mais. Não precisa haver pobreza mundial. A riqueza pode ser redistribuída — e ainda haverá muito para muitos de nós serem obscenamente ricos. Mesmo em um nível muito pequeno, podemos redistribuir parte de nossa riqueza (não estou defendendo uma revolução marxista). Não precisa haver pessoas dormindo nas ruas de minha cidade, Durham. Crianças realmente não precisam morrer de malária; famílias não precisam ser destruídas por doenças provocadas por água suja; aldeias não precisam morrer de fome. Idosos não precisam passar semanas sem receber uma só visita. Crianças não precisam ter a perspectiva de ir para a escola sem um café-da-manhã saudável. Um salário digno para todos não tem de ser apenas uma visão idealista de um grupo de liberais enlouquecidos. O país não precisa gastar bilhões de dólares em guerras que não tem como vencer, para fortalecer regimes que não têm como sobreviver.

Não temos de ficar sentados preguiçosamente enquanto governos (mesmo em terras sem importância estratégica) praticam genocídio contra seu povo. Muitas pessoas leram sobre o Holocausto e disseram "nunca mais". Assim como disseram "nunca mais" durante as chacinas na Bósnia. Como disseram "nunca mais" durante os massacres em Ruanda. Como agora estão dizendo "nunca mais" durante os estupros, saques e assassinatos disseminados em Darfur. Não precisa ser assim. Este não é um apelo liberal nem conservador: é um apelo humano.

As pessoas não precisam ser intolerantes ou racistas. Nossas leis e nossos costumes não precisam discriminar com base em gênero ou orientação sexual.

Penso que, por todos os meios, e da forma mais enfática, devemos nos esforçar para tornar o mundo — aquele em que vivemos — o lugar mais agradável possível *para nós*. Devemos amar e sermos amados. Cultivar nossas amizades, desfrutar de nossos relacionamentos íntimos, festejar nossas vidas familiares. Ganhar dinheiro e gastar dinheiro, quanto mais, melhor. Desfrutar de boa comida e bebida. Comer fora e pedir sobremesas nada saudáveis e fazer filés na churrasqueira e beber *bordeaux*. Dar uma volta no quarteirão, trabalhar no jardim, assistir ao basquete e tomar cerveja. Viajar, ler livros, ir a museus, ver arte e escutar música. Dirigir belos carros e ter belas casas. Fazer amor, ter filhos e formar famílias. Fazer o possível para amar a vida — é um presente, e não estará conosco por muito tempo.

Mas também devemos trabalhar duro para tornar nosso mundo o lugar mais agradável possível *para os outros* — isso significa visitar um amigo no hospital, doar mais para uma instituição de caridade ou para uma missão humanitária internacional, ser voluntário para alimentar os pobres, votar em políticos mais preocupados com o sofrimento no mundo do que com seu próprio futuro político ou expressar nossa oposição à opressão violenta de pessoas inocentes. O que temos aqui e agora é tudo o que há. Precisamos viver a vida na sua plenitude e também ajudar os outros a aproveitar os frutos da terra.

No final, podemos não ter as soluções definitivas para os problemas da vida. Podemos não saber as causas. Mas só porque não temos uma resposta para o sofrimento, não significa que não possamos ter uma reação a ele. Nossa reação deve ser trabalhar para aliviar o sofrimento quando possível e viver a vida o melhor que pudermos.

# Notas

## Capítulo um: Sofrimento e uma crise de fé

1. Está disponível uma nova tradução, pela esposa de Wiesel, Marion Wiesel: *Night*. Nova York: Hill & Wang, 2006.
2. Harold S. Kushner. *When Bad Things Happen to Good People*. Nova York: Schocken Books, 1981.
3. Archibald MacLeish. *J. B. A Play in Verse*. Boston: Houghton Mifflin, 1957.
4. G. W. Leibniz. *Theodicy: Essays on the Goodness of God and the Freedom of Man and the Origin of Evil*. Chicago: Open Court, 1985.
5. David Hume. *Dialogues Concerning Natural Religion*, organizado por Martin Bell. Londres: Penguin, 1991, p. 108-9. Os sentimentos são expressos pelo personagem ficcional de Hume, Philo.
6. Voltaire. *Candide: or Optimism*. Trad. para o inglês por Theo Cuffe. Nova York: Penguin, 2005.
7. Ver, por exemplo, as análises e as bibliografias de Dale Martin. *Sex and the Single Savior: Gender and Sexuality in Biblical Interpretation*. Louisville: Westminster John Knox Press, 2006, e Jeffrey Siker. *Homosexuality in the Church: Both Sides of the Debate*. Louisville: Westminster John Knox Press, 1994.
8. Eu não preciso relacionar exemplos desse tipo de livro: eles estão disponíveis às centenas. Simplesmente vá a uma livraria cristã!
9. Mais uma vez, há uma infinidade de exemplos desse tipo de livro. Muitos deles têm títulos como "O problema do mal", "Bem e Mal" ou "Deus e o problema do Mal". Para avaliações duras e críticas das tentativas de filósofos modernos de lidar com a teodicéia, ver especialmente Kenneth Surin. *Theology and the Problem of Evil*. Oxford: Blackwell, 1986, e Terrence W. Tilley. *The Evils of Theodicy*. Eugene, OR: Wipf & Stock, 2000.

## Capítulo dois: Pecadores nas mãos de um Deus raivoso: a visão clássica do sofrimento

1. Raul Hilberg (org.). *Documents of Destruction: Germany and Jewry, 1933-1945*. Chicago: Quadrangle, 1971, p. 68.

2. Hilberg. *Documents of Destruction*, p. 79.
3. Primo Levi (com Leonardo de Benedetti). *Auschwitz Report*. Trad. para o inglês por Judith Woolf. Londres: Verso, 2006.
4. Levi. *Auschwitz Report*, p. 62-63.
5. Rudolph Höss. *Death Dealer: The Memoirs of the SS Kommandant at Auschwitz*. Nova York: Da Capo, 1992.
6. Höss. *Death Dealer*, p. 36.
7. Höss. *Death Dealer*, p. 37.
8. Miklos Nyiszli. *Auschwitz: A Doctor's Eyewitness Account*. Trad. para o inglês por Tibère Kremer e Richard Seaver. Nova York: Arcade, 1993, p. 87-88.
9. *The Trial of the Major War Criminals Before the International Military Tribunal*. Nuremberg: Tribunal Internacional Militar, 1947, vol. 8, p. 319-20.
10. Hilberg. *Documents of Destruction*, p. 208.
11. Irving Greenberg. "Cloud of Smoke, Pillar of Fire: Judaism, Christianity, and Modernity After the Holocaust", em *Auschwitz: Beginning of a New Era? Reflections on the Holocaust*, organizado por Eva Fleischner. Nova York: Cathedral of St. John the Divine, 1974, p. 13.
12. Para um relato bastante acessível, e ainda assim produzido a partir de um substancial conhecimento histórico, ver Richard Friedman. *Who Wrote the Bible?* São Francisco: HarperSanFrancisco, 1997.
13. Há muitos estudos sobre a história do antigo Israel e a confiabilidade histórica das narrativas da Bíblia hebraica. Alguns dos estudos mais utilizados, escritos a partir de diferentes perspectivas, são: Gösta W. Ahlström. *The History of Ancient Palestine*. Minneapolis: Fortress, 1993; Philip R. Davies. *In Search of "Ancient Israel"*. Sheffield, Inglaterra: Sheffield Academic Press, 1992; William Dever. *Who Were the Early Israelites and Where Did They Come From?* Grand Rapids, MI: Eerdmans, 2003 e J. Maxwell Miller e John H. Hayes. *A History of Ancient Israel and Judah*, 2. ed. Louisville: Westminster John Knox, 2006.
14. Para uma análise geral da Bíblia hebraica, ver essas duas excelentes introduções: John Collins. *Introduction to the Hebrew Bible*. Minneapolis: Fortress, 2004, e Michael D. Coogan, *The Old Testament: A Historical and Literary Introduction to the Hebrew Scriptures*. Nova York: Oxford Univ. Press, 2006.
15. Para uma introdução geral e acessível aos profetas escritores da Bíblia hebraica, ver David L. Petersen. *The Prophetic Literature: An Introduction*. Louisville: Westminster John Knox, 2002.
16. Para uma rápida análise de Amós, ver Collins. *Hebrew Bible*, p. 286-95, e Coogan, *Old Testament*, p. 311-18.
17. Mais uma vez, não precisamos ver Amós como um vidente de bola de cristal. Muitas pessoas perto do final de 2001 diziam que os dias de Saddam Hussein estavam contados — anos antes de sua execução. Amós, possivelmente de modo semelhante, viu que os dias de Israel estavam contados. Porém, alguns estudiosos sugeriram que as "profecias" específicas de destruição na verdade foram escritas posteriormente e colocadas na boca de Amós como uma antecipação do que iria acontecer.

18. Ver nota anterior. Não é fácil dizer se essas previsões foram feitas antes dos próprios acontecimentos ou escritas como profecias retrospectivas.
19. A frase "por três crimes (...) e por quatro" indica apenas um número indefinido de crimes.
20. Ver Miller e Hayes. *History of Ancient Israel*, p. 286-89.
21. Para uma análise útil de Oséias, ver John Day. "Hosea", em *The Oxford Bible Commentary*, organizado por J. Barton e J. Muddiman. Oxford: Oxford Univ. Press, 2001, p. 571-78. Ver também Collins. *Hebrew Bible*, p. 296-304, e Coogan. *Old Testament*, p. 318-25.
22. Ver Collins. *Hebrew Bible*, p. 307-21, 334-47, e Coogan. *Old Testament*, p. 331-39, 366-76.
23. Há, porém, uma diferença fundamental em Isaías. Em vez de recuar até o pacto que Deus fez com Israel quando do êxodo, Isaías se concentra no pacto que Deus fez com Davi — que Davi sempre teria um descendente no trono e que Jerusalém seria inviolável.
24. Sobre Jeremias, ver Collins. *Hebrew Bible*, p. 334-47, e Coogan. *Old Testament*, p. 366-76.
25. Quanto a Amós, alguns estudiosos consideram esta uma "profecia" feita retrospectivamente, depois dos próprios acontecimentos.

## Capítulo três: Mais pecado e mais ira: o domínio da visão clássica do sofrimento

1. Para uma introdução à literatura sapiencial, ver Richard J. Clifford. *The Wisdom Literature*. Nashville: Abingdon, 1998, e James Crenshaw. *Old Testament Wisdom: An Introduction*. Louisville: Westminster John Knox, 1998. Sobre Provérbios, ver Collins. *Hebrew Bible*, p. 487-502, e Coogan. *Old Testament*, p. 468-75.
2. Para uma boa análise da história deuteronômica, ver Steven McKenzie. "The Deuteronomistic History", em *Anchor Bible Dictionary*, organizado por David Noel Freedman. Nova York: Doubleday, 1992, vol. 2, p. 160-68.
3. Ver a análise em Dever. *Who Were the Ancient Israelites?*
4. Ver a útil análise de Gary Anderson. "Sacrifice and Sacrificial Offerings", em *Anchor Bible Dictionary*, vol. 5, p. 870-86.
5. Ver Anderson. "Sacrifice".
6. Ver Collins. *Hebrew Bible*, p. 380-89, e Coogan. *Old Testament*, p. 408-25.
7. Ver as obras citadas na nota 13 do capítulo 2.
8. Alguns estudiosos consideram o "servo" como um indivíduo (não a nação, ou parte da nação de Israel), uma espécie de representante do povo como um todo. Se essa visão fosse partilhada também pelos antigos leitores, isso levaria naturalmente à compreensão dos cristãos de que o indivíduo não era outro que não seu messias, Jesus. Ver a próxima nota.
9. Para outras interpretações do "servo sofredor", ver qualquer bom comentário sobre 2 Isaías, como Richard J. Clifford. *Fair Spoken and Persuading: An Interpretation of Second Isaiah*. Nova York: Paulist, 1984, ou Christopher Seitz. "The Book of Isaiah 40–66", em *The New Interpreter's Bible*, organizada por Leander Keck. Nashville: Abingdon, 2001, vol. 6, p. 307-551.

## Capítulo quatro: As conseqüências do pecado

1. Josefo. *Jewish Wars,* livro 6, cap. 4.
2. Ver nota 9 no capítulo 3.
3. Ver nota 9 no capítulo 1.

## Capítulo cinco: O mistério do bem maior: sofrimento redentor

1. Ver Bart D. Ehrman. *The New Testament: A Historical Introduction to the Early Christian Writings*. 3. ed. Nova York: Oxford Univ. Press, 2004, cap. 9.
2. Ver Ehrman. *New Testament,* p. 288-91.
3. Ver John Collins. *The Scepter and the Star: The Messiahs of the Dead Sea Scrolls and Other Ancient Literature*. Nova York: Doubleday, 1995.
4. Assim, 2 Coríntios 11:22-29; ver a análise no capítulo 4.

## Capítulo seis: Faz sentido sofrer? O livro de Jó e o Eclesiastes

1. Como se pode imaginar, a literatura sobre Jó é vasta. Para uma introdução a alguns dos mais importantes temas críticos, ver as análises e bibliografias em Collins. *Hebrew Bible,* p. 505-17; Coogan. *Old Testament,* p. 479-89; e James Crenshaw. "Job, Book of", em *Anchor Bible Dictionary,* vol. 3, p. 858-68.
2. Ver as obras citadas no capítulo 6, nota 1.
3. Ver as obras citadas no capítulo 6, nota 1.
4. Isso, claro, teria sido impossível, como meu leitor Greg Goering me indicou, já que o Eclesiastes foi escrito depois.
5. Ver as análises do Eclesiastes em Collins. *Hebrew Bible,* p. 518-27; Coogan. *Old Testament,* p. 490-95; e James Crenshaw. "Ecclesiastes, Book of", em *Anchor Bible Dictionary,* vol. 2, p. 271-80.

## Capítulo sete: Deus tem a última palavra: o apocaliptismo judaico-cristão

1. Há uma farta literatura sobre apocaliptismo (e o gênero literário "apocalipse"). Ver as análises e bibliografias em Adela Yarbro Collins. "Apocalypses and Apocalypticism", em *Anchor Bible Dictionary,* vol. 1, p. 279-92, e em John Collins. *The Apocalyptic Imagination: An Introduction to the Matrix of Christianity*. Nova York: Crossroad, 1984.
2. Para uma introdução ao período dos Macabeus, ver Shaye Cohen. *From the Maccabbees to the Mishnah*. Filadélfia: Westminster, 1987.

3. Ver John Collins. "Daniel, Book of", em *Anchor Bible Dictionary,* vol. 2, p. 29-37; Collins. *Hebrew Bible,* p. 553-71; e Coogan. *Old Testament,* p. 536-43.
4. Para outras interpretações, incluindo a visão de que o "semelhante a um filho do homem" é uma figura angelical que recebe o reino em prol do povo escolhido por Deus, ver os estudos citados na nota anterior.
5. Para essa visão de Jesus como um apocaliptista, ver os seguintes livros (que representam uma fração mínima da literatura acadêmica sobre o Jesus histórico, mas concordam com a opinião majoritária de que Jesus era um apocaliptista): Dale Allison. *Jesus of Nazareth: Millenarian Prophet.* Minneapolis: Fortress, 1998; Bart D. Ehrman. *Jesus: Apocalyptic Prophet of the New Millennium.* Nova York: Oxford Univ. Press, 1999; Paula Frederiksen. *Jesus of Nazareth, King of the Jews: A Jewish Life and the Emergence of Christianity.* Nova York: Knopf, 1999; John Meier. *A Marginal Jew: Rethinking the Historical Jesus.* Nova York: Doubleday, 1991–; três volumes foram publicados até agora); E. P. Sanders. *The Historical Figure of Jesus.* Londres: Penguin, 1993.
6. Nas narrativas dos Evangelhos, Jesus usa a frase "Filho do Homem" para se referir a si mesmo. Em meu livro *Jesus: Apocalyptic Prophet of the New Millennium*, eu apresento os argumentos que convenceram muitos estudiosos — entre eles eu — de que o Jesus histórico não usou o termo como referência pessoal; em vez disso, antecipou que *outro* alguém, uma figura divina do céu, viria para julgar a terra como o Filho do Homem.

## Capítulo oito: Mais visões apocalípticas: a vitória final de Deus sobre o mal

1. Uma brilhante exposição desse ponto de vista, por um dos grandes acadêmicos paulinos do final do século XX, está em J. Christiaan Beker. *Paul the Apostle: The Triumph of God in Life and Thought.* Filadélfia: Fortress, 1980.
2. Para uma breve análise da vida de Paulo, ver Ehrman. *New Testament,* cap. 19 (e a bibliografia citada); para um tratamento mais amplo, mas ainda introdutório, ver E. P. Sanders. *Paul.* Nova York: Oxford Univ. Press, 1991.
3. Há uma extensa literatura sobre os fariseus. Ver especialmente E. P. Sanders. *Judaism: Practice and Belief, 63 BCE–66 CE.* Filadélfia: Trinity Press International, 1992.
4. Ver minha análise mais completa em Ehrman. *New Testament,* cap. 21.
5. Ver Ehrman. *New Testament,* cap. 20.
6. Sobre o livro do Apocalipse, ver Ehrman. *New Testament,* cap. 29. Para uma abordagem mais extensa, ver Adela Yarbro Collins. "Revelation, Book of", em *Anchor Bible Dictionary,* vol. 5, p. 694-708. Uma abordagem mais completa pode ser encontrada em Adela Yarbro Collins. *Crisis and Catharsis: The Power of the Apocalypse.* Filadélfia: Westminster, 1984.
7. Sobre as várias formas de interpretar o livro do Apocalipse, ver Bruce M. Metzger. *Breaking the Code: Understanding the Book of Revelation.* Nashville: Abingdon, 1993.

8. Isso tem sido reconhecido pelos estudiosos desde o segundo século cristão. Estudiosos modernos destacaram que a visão do fim dos tempos é radicalmente diferente no Evangelho de João e no Apocalipse — o primeiro não tem nenhuma das ênfases apocalípticas do segundo, mas vê a "vida eterna" como uma realidade presente (não futura). Além das diferenças teológicas, também há óbvias diferenças nos estilos literários entre os dois livros (em grego). O Evangelho de João foi escrito por alguém fluente em grego; o livro do Apocalipse não é bem redigido e parece ter sido criado por alguém que não tinha o grego como língua materna.

## Capítulo nove: Sofrimento: a conclusão

1. Eu uso a tradução para o inglês de Richard Pevear e Larissa Volokhonsky. Fiodor Dostoievski. *The Brothers Karamazov*. Nova York: Farrar, Straus & Giroux, 1990.
2. Harold S. Kushner. *When Bad Things Happen to Good People*. Nova York: Schocken Books, 1981.
3. Arthur McGill. *Suffering: A Test of a Theological Method*. Filadélfia: Westminster, 1982. Sou grato a Fuzzy Siker por esta indicação.

# Índice

# Índice das Escrituras

BÍBLIA HEBRAICA

NOVO TESTAMENTO

## APÓCRIFOS

Este livro foi composto em Minion 10,5/15
e impresso pela Ediouro Gráfica em setembro de 2008
sobre papel Offset 75g.